www.tredition.de

AF214931

Lisa-Marie Hartung

Secrets

Das erste Geheimnis - Hope & Dante

www.tredition.de

© 2016 Lisa-Marie Hartung

Verlag: tredition GmbH, Hamburg

ISBN
Paperback: 978-3-7345-2248-2
Hardcover: 978-3-7345-2249-9
e-Book: 978-3-7345-2250-5

Printed in Germany

Was das Herz verlangt, kann man

weder beeinflussen, noch kontrollieren.

Man kann es nur zulassen

oder daran zugrunde gehen.

1

Hope sah an der Fassade des Gebäudes hinauf. Es war mitten in der Nacht und sie war gerade erst angekommen. Ihren kleinen Koffer hinter sich herziehend ging sie auf das imposante Tor zu.

Es war gänzlich aus Metall geschmiedet und bot den einzigen Ausgang. Denn es verschloss die mindestens fünf Meter hohe Mauer, die sich um das ganze Gelände erstreckte.

Ihr wurde flau im Magen. Wieso waren solche Sicherheitsmaßnahmen nötig?

Wollte sie das überhaupt wissen? Nicht wirklich.

Sie atmete noch einmal tief durch, bis sie ans Tor trat.

Dort standen zwei Männer. Offensichtlich Wachen, auch wenn sie keinerlei Waffen trugen.

Sie sahen ihr schon entgegen und bevor sie sich vorstellen konnte, fing der eine auch schon an zu reden.

„Du bist Hope MacLee, nicht wahr?"

Er wartete gerade lange genug, dass sie nicken konnte.

„Gut."

Und schon hatte er sie durch das Tor geschoben, dass nur einen Spaltbreit geöffnet wurde.

Verwirrt wollte sie sich zu ihnen umdrehen, doch das Tor war schon geschlossen.

Ein Rascheln ließ sie an der Mauer entlang nach links sehen.

Sie staunte nicht schlecht. Dort befand sich ein kleiner Wald. Mitten im Schulgelände.

Doch ihr Staunen wich schnell leichter Furcht. Denn irgendwer oder irgendetwas lauerte dort und beobachtete sie.

Langsam ging sie den Kiesweg entlang. Dieser führte direkt zur riesigen Eingangstür, der eigentlichen Schule. Dabei behielt sie die ganze Zeit den Wald im Auge.

Es raschelte erneut und dieses Mal konnte sie die schemenhafte Gestalt eines Mannes erkennen. Ihr Herz raste und Panik stieg in ihr auf. Die alles verschluckende Dunkelheit machte es da nicht besser. Kein einziger Stern war am Himmel zu sehen, nicht einmal der Mond.

Ganz ruhig, Hope, beruhigte sie sich.

Sie konzentrierte sich jetzt ganz auf ihr Ziel, die Eingangstür. Den Rücken durchgedrückt marschierte sie los. Das Rascheln verfolgte sie.

Kalter Schweiß brach ihr aus, aber sie ließ sich nichts anmerken.

Verhindern, dass ihre Schritte schneller wurden, konnte sie allerdings nicht. Aus den Augenwinkeln glaubte sie etwas grün aufblitzen zu sehen. Augen?

Quatsch. Sie bildete sich das garantiert nur alles ein.

Hope hatte die Tür schon fast erreicht, als sie aufgestoßen wurde und eine Frau im mittleren Alter heraustrat.

„Herzlich willkommen in Secrets."

Die Frau lief auf sie zu und schüttelte ihr die Hand. Sie hatte einen ganz schönen Druck.

„Ich bin Mrs. Ducan, die Schulleiterin. Du bist bestimmt Hope, nicht?"

Irgendwie kam ihr diese Frau komisch vor. Ihr Lächeln wirkte aufgesetzt und ihr Blick flatterte unruhig herum.

„Ja, ich bin Hope MacLee."

Ihr Blick flog wieder zu ihr.

„Sehr schön. Dann komm mal mit."

Mrs. Ducan packte ihren Arm und zerrte sie regelrecht ins Gebäude.

Hope sah sich noch einmal nach dem Schatten im Wald um. Nun konnte sie sich nicht mehr täuschen. Dort stand wirklich ein Mann im Schatten der Bäume und beobachtete sie.

Er musste ihren Blick bemerkt haben, denn er trat einen Schritt zurück und verschmolz wieder mit den Schatten.

Mrs. Ducan zerrte sie weiter und die Türen schlossen sich mit einem leisen Knarzen in ihrem Rücken.

Jetzt gab es kein zurück mehr.

Automatisch musste sie schwer schlucken.

Beklemmung machte sich in ihr breit, aber sie versuchte sie abzuschütteln. Zwar nur mit mäßigem Erfolg, aber immerhin.

Die Rektorin führte sie durch lange Gänge in ihr Büro.

„Die anderen sind noch im Unterricht", erklärte sie dabei. Ach ja. Dies war eine ganz besondere Schule. Sie ging von Sonnenuntergang bis etwa Mitternacht.

Die ungewöhnlichen Schulzeiten hatten sie zwar am Anfang irritiert, aber sie hatte schon schlimmeres erlebt, als nachts unterrichtet zu werden.

In ihrem Büro angekommen, setzte sie sich in ihren Sessel. Es war ein großer, weinroter Sessel, der hinter einem imposanten Eichentisch stand. Darauf türmten sich verschiedene Formulare und andere Sachen.

Die Wand hinter dem Schreibtisch war mit Bücherregalen verdeckt. An den anderen Wänden hingen mehrere Gemälde, die hauptsächlich das Anwesen zeigten. Doch eins zeigte einen jungen Mann. Er hatte rabenschwarzes Haar und sah mürrisch aus.

Das Zimmer hatte außerdem riesengroße Fenster, die fast eine komplette Wand einnahmen.

Die Rektorin wies auf einen Stuhl vor ihrem Schreibtisch.

„Setz dich doch."

Hope stellte ihren Koffer neben den Stuhl und setzte sich.

Die Rektorin faltete die Hände und stützte das Kinn darauf. Über ihre Brille hinweg musterte sie sie genau.

„Ich werde mich mit dem gewöhnlichen Herumgeplänkel nicht lange aufhalten, wenn dir das nichts ausmacht?"

Hope schüttelte den Kopf. Überhaupt nicht.

„Zuerst musst du wissen, dass es hier an der Schule bestimmte Regeln gibt, die es an anderen Schulen nicht gibt. Genaugenommen sind es drei."

Sie reichte ihr ein Blatt.

Secrets

Schulregeln

1. Das Verlassen des Schulgeländes ist strengstens verboten. Der umliegende Wald ist nur mit Genehmigung zu betreten.
2. Beziehungen zwischen den unterschiedlichen Klassen sind strengstens untersagt.
3. Streitigkeiten sind ruhig und ohne Gewalt auszutragen.

Zuwiderhandelnde werden augenblicklich der Schule verwiesen.

Hope hob den Blick und sah die Rektorin an. Diese beobachtete sie genau. Mit der ersten und der letzten Regel konnte sie ja noch etwas anfangen, aber nicht mit der Zweiten.

Wieso waren Beziehungen zwischen den einzelnen Klassen verboten?

Sie schaute noch einmal ihr Blatt an, bevor sie den Blick gänzlich hob und die Rektorin ansah.

Diese lächelte.

„Wenn du dich an diese drei einfachen Regeln hältst, wirst du dich schon bald gut eingelebt haben."

Danach erklärte sie ihr noch einiges zu den Abläufen der Schule.

Frühstück gab es bei Sonnenuntergang. Mittagessen nach der Schulzeit, also so um halb eins morgens, Abendessen um sieben. Schlafenszeit war, wann man schlafen wollte. Dies überraschte sie schon etwas. Das hatte es an den anderen Internaten nie gegeben.

Sie hatte einen festen Stundenplan, der zu ihrer Klasse gehörte, konnte sich aber für den Nachmittag in freie Fächer einwählen.

Sport war keine Pflicht. Da fiel ihr ein Stein vom Herzen, denn sie war total unsportlich.

Außerdem gab es eine Schuluniform. Diese musste während des Unterrichtes getragen werden, zum Lernen oder in der Freizeit nicht. Zudem gab es am Sonntag einen Gottesdienst, den sie freiwillig besuchen konnte.

„Du warst an vielen Internaten, wieso?"

Die Frage kam so überraschend, dass sie mehrfach blinzeln musste, bis sie antwortete.

„Meine Eltern reisen gerne, daher ist die Wohnungsfrage nie wirklich geklärt."

Der Blick der Rektorin wurde weicher.

„Das tut mir leid. Es muss schwer sein, so oft umzuziehen. Ich schlage vor, du siehst dich nun etwas um. Die anderen werden jetzt alle beim Essen sein. Du musst heute nicht zum Unterricht.

Ich nehme an, du hattest eine lange Fahrt?"

Sie nickte nur.

„Dann kannst du dich etwas ausruhen. Die Mädchenzimmer sind auf der Ostseite des Geländes. Du hast eine Einzelwohnung, wie alle. Damit du dich erst einmal einleben kannst."

Und schon hatte sie sie aus der Tür geschoben.

Blinzelnd stand Hope da und starrte die Tür an. Diese Schule war wirklich komisch. Das ungute Gefühl machte sich wieder in ihrem Magen breit und sie fühlte sich beobachtet. Ein Blick aus dem Fenster ließ sie den Wald sehen. Der Schatten war immer noch da, auch wenn sie ihn nicht sehen konnte. Sie war sich ganz sicher.

2

Dante lümmelte sich auf seinem Stuhl und hörte dem Lehrer gar nicht zu.

Mürrisch sah er aus dem Fenster. Von seinem Platz aus konnte man das Tor sehen. Davor hielt gerade ein Taxi. Schlagartig wurde es in der Klasse mucksmäuschenstill.

Alle wollten sie sehen. Die neue Schülerin.

Gespannt verfolgten alle, wie die Tür des Taxis sich öffnete.

Dante war es gleichgültig.

Die Klasse jedoch starrte gespannt aus dem Fenster. Sogar Mr. Zazeck sah aus dem Fenster. Normalerweise unterbrach er seinen langweiligen Unterricht nie. Unter keiner Bedingung.

Synchrones Stöhnen ging durch die Klasse und lenkte seinen Blick wieder zum Fenster. Die Neue war mittlerweile ausgestiegen.

Ja, sie war definitiv nicht das, was sich die meisten vorgestellt hatten.

Das Mädchen war ziemlich klein. Dazu war sie nicht vollbusig und blond. Nein. Sie hatte braunes Haar und unter den weiten Sachen, die sie trug, konnte man nicht mal den Ansatz von Kurven erkennen.

Schnaubend wandte er sich ab. Dabei streifte sein Blick Anakin Falko.

Er war der Traumprinz jedes Mädchens. Blond, blauäugig und schön.

Sein Blick ruhte immer noch interessiert auf diesem Mädchen.

Nachdenklich lehnte Dante sich zurück und beobachtete ihn unter halb geschlossenen Augen.

Anakin jedoch spürte seinen Blick und sah zu ihm herüber.

Dante hielt seinem Blick stand. Nach einer Weile drehte sich Blondie wieder nach vorne.

Interessant.

Nach einer halben Stunde Folter durch Zazeck klingelte es endlich zur Pause.

Dante erhob sich geschmeidig und ging zielstrebig an dem Speisesaal vorbei. Er hatte ein anderes Ziel, wie jede Pause.

Der Musikraum war genauso wie der Kunstraum am weitesten von den Haupträumen und dem Speisesaal entfernt. Zielstrebig ging er auf den Musikraum zu.

Er hatte die Hand schon an der Türklinke, als ihn etwas aufhorchen ließ.

Es war jemand in dem Raum. Doch wie konnte das sein? Alle waren beim Essen.

Misstrauen regte sich in ihm und er aktivierte seine Sinne. Ein Mensch war in diesem Raum. Er konnte seinen Herzschlag hören. Vorsichtig öffnete er die Tür nur einen Spaltbreit.

Sein Blick schweifte durch den Raum und blieb an der Person im Zimmer haften.

Dort stand die Neue und betrachtete die Gitarrensammlung der Schule.

Ihr Geruch wehte zu ihm. Automatisch atmete er tief ein. Sie roch nach Kirschen und Vanille. Unter diesen Geruch mischte sich aber auch noch etwas anderes, etwas was er noch nie gerochen hatte.

In seinen Gedanken versunken, hatte er nicht bemerkt, dass die Neue sich eine der Gitarren geschnappt hatte. Verächtlich betrachtete er das Instrument. Es war eine E-

Gitarre. Für so Musik hatte er sich noch nie begeistern können. Eigentlich war die Gitarre auch nur der Vollständigkeit halber hier. Keiner hatte je darauf gespielt. Das schien die Neue auch zu merken. Sie hatte die Saiten angeschlagen und verzog das Gesicht.

Ihre Augen waren langweilig braun, genauso wie ihre Haare.

Zu seiner Verblüffung schloss sie die Augen und begann die Gitarre zu stimmen. Schon nach wenigen Handgriffen war sie offenbar fertig.

Sie schlug die Saite noch einmal an und schien zufrieden zu sein.

Dante lehnte sich an die Wand und beobachtete sie weiter.

Die Neue setzte sich auf einen Hocker und fing an eine Melodie zu spielen.

Er erkannte sie sofort.

Für Elise.

Er schnaubte.

Nach einer Weile hielt sie inne und drehte an einem Knopf an der Gitarre. Dessen Ton hatte sich nun komplett verändert. Vorher hatte sie wie eine stink normale Gitarre geklungen. Jetzt klang sie wie in diesen neumodischen Liedern.

Metal, oder so.

Er wurde unangenehm aus seinen Gedanken gerissen, als er die Präsenz eines anderen fühlte.

Anakin lehnte an der Wand ihm gegenüber und beobachtete die Neue ebenfalls.

Er ließ die Tür zufallen.

Der Blick seines Gegenübers richtete sich nun auf ihn.

Er sagte nichts. Dante auch nicht.

Sie maßen sich mit Blicken. Dann verschwand Anakin genauso geräuschlos, wie er gekommen war und auch Dante ging. Menschen waren ihm einfach zu langweilig.

3

Hope hockte auf ihrem Stuhl ganz hinten und betete stumm, dass die Stunde schneller vorbei gehen würde.

Der Tag hatte schon schrecklich angefangen. Sie hatte verschlafen und musste sich beeilen, um pünktlich in ihrem Kurs zu sein.

Den Raum hatte sie zwar schnell gefunden, war sogar noch pünktlich gewesen, aber die neugierigen Blicke in ihrem Rücken hatten sie fast verrückt gemacht.

Dabei war ihr aufgefallen, dass die Schule in Gruppen aufgeteilt war, was wohl die einzelnen Klassen waren.

Da gab es zum einen die in Leder. Schwarz, natürlich. Entweder sie trugen nur Leder oder mindestens eine Lederjacke. Diese Gruppe erschien ihr irgendwie wild. Sie sahen sie auch alle so an, als würden sie sie fressen wollen.

Doch das tat die zweite Gruppe auch. Diese trugen auch schwarz, aber nicht nur. Alle von ihnen waren sehr blass und erschienen ihr düster.

Die dritte Gruppe war ihr etwas spuky. Deren Mitglieder trugen hauptsächlich Pastelltöne und weite Sachen, die ihre Figur allerdings nur noch besser zur Geltung brachten. Diese Gruppe strahlte etwas aus, was sie irgendwie nervös machte.

Und zu guter Letzt gab es noch die ganz Normalen. Sie sahen aus, wie jeder andere, doch ihr Blick war bohrend.

Hope war ja mal gespannt, in welche Gruppe oder Klasse, ganz wie man es nennen wollte, sie kommen würde.

Es war die Zweite.

Dabei war sie sich nicht sicher, ob sie das gut oder schlecht finden sollte.

Als sie sich vorgestellt hatte, war ihr Puls auf hundert-achtzig.

Dass alle sie ansahen, als ob sie ein schönes saftiges Steak wäre, half da auch nicht.

Sie hatte sich pflichtbewusst vorgestellt und war dann schnell auf den ihr zugewiesenen Platz gehuscht. Dabei waren ihr zwei Leute aufgefallen. Einmal ein blonder Typ, der sie eher interessiert ansah, als hungrig. Er schenkte ihr sogar ein aufmunterndes Lächeln, was sie zaghaft erwiderte.

Der Zweite war ein komplett in schwarz gekleideter Kerl. Er saß ganz hinten.

Hope war heilfroh, dass noch zwei Tische zwischen ihnen waren.

Er beachtete sie gar nicht, sondern schaute aus dem Fenster.

Irgendetwas hatte er an sich, was ihren Blick auf ihn zog. Er strahlte etwas aus, was sie nicht beschreiben konnte.

Das Klingeln ließ sie zusammenzucken.

Hope sah auf und musste feststellen, dass schon alle verschwunden waren. Wie hatten sie das geschafft, ohne Lärm zu machen? Und besonders so schnell?

Innerlich seufzend packte sie ihre Sachen weg. Ein Räuspern ließ sie aufsehen. Vor ihr stand der Blonde, der ihr zugelächelt hatte.

„Hi, ich bin Anakin."

Verunsichert sah sie auf und begegnete seinen freundlichen, blauen Augen.

„Ich bin Hope."

Er grinste.

„Interessanter Name."

Das hatte sie schon öfters gehört.

„Ja."

Er schien ihren Stimmungsumschwung bemerkt zu haben, denn er wechselte schnell das Thema, wofür sie ihm dankbar war.

„Gefällt es dir hier?"

Die Anspannung in ihrem Magen verflüchtigte sich.

„Ja, alles, was ich bis jetzt gesehen habe, ist nicht schlecht."

Was nicht viel war. Sie hatte sich zwar umgesehen, war aber im Musikraum hängen geblieben. Dort stand eine nagelneue E-Gitarre.

Hope hatte einfach nicht wiederstehen können und hatte angefangen zu spielen. Letztes Jahr, an ihrer alten Schule hatte sie es sich selbst beigebracht. Genug Geld, für eine eigene, hatte sie allerdings nicht.

„Schön."

Sein Lächeln schien aufrichtig zu sein.

Anakin begleitete sie zu dem nächsten Raum und sie war heilfroh, dass sie nicht wieder alleine war und alle sie anstarrten. Das taten sie zwar immer noch, aber es war nicht mehr so schlimm.

Der restliche Tag oder Nacht, wie man es nahm, verlief relativ ruhig. Sie ging von Fach zu Fach. Ihre Mitschüler hörten langsam aber sicher mit dem Gestarre auf. Doch ihre Klassenkameraden schienen sie zu ignorieren.

Toll, schon wieder.

Irgendwie schaffte sie es, sich an fast jeder Schule schon vom ersten Moment an unbeliebt zu machen.

Seufzend ging sie in den Speisesaal. Da sie nicht gefrühstückt hatte, kam sie jetzt fast um vor Hunger.

Ihr fiel auf, dass jede Klasse ihren eigenen Tisch hatte. Komisch. Warum wurde man hier so kategorisch getrennt?

Zögernd lieb sie im Eingang stehen.

Eine tiefe Stimme schreckte sie schließlich auf.

„Geh rein oder mach Platz, du stehst im Weg."

Erschrocken sah sie hinter sich. Dort stand der ganz in schwarz gekleidete Junge aus ihrer Klasse.

Sie trat zurück und ließ ihn durch. Dabei fiel ihr sehr wohl auf, dass sie ihm keineswegs im Weg gestanden hatte. Es war mehr als ausreichend Platz gewesen.

Von diesem Vorfall entmutigt, wollte sie schon den Rückzug antreten, wurde aber von einer anderen Stimme aufgehalten.

„Setz dich zu uns."

Anakin stand vor ihr und wies auf einen Tisch nahe der Tür, wo schon andere aus ihrer Klasse saßen und munter schwatzten.

Zögernd folgte sie ihm und setzte sich. Schlagartig wurde es still und sie wünschte sich sehnlichst ein Loch, in dem sie sich verkriechen konnte.

Es würde nicht funktionieren, schon wieder.

Doch ein drohender Blick Anakins und alle verhielten sich wieder normal.

Sie atmete auf.

Die neugierigen Blicke der anderen Klassen konnte sie trotzdem noch ziemlich intensiv in ihrem Rücken spüren.

Hope beteiligte sich nicht an dem Gespräch am Tisch, auch wenn Anakin sie immer wieder verwickelte. Ihre Antworten waren einsilbig und ausweichend.

Ein plötzliches Kribbeln im Nacken ließ sie den Kopf von ihrem Essen heben.

Ein großer Typ kam herein. Er trug eine Lederjacke und da war es klar, an welchen Tisch er sich setzte. Er wurde respektvoll von allen begrüßt.

Sein intensiver Blick flog zu ihr und sie senkte schnell ihren Blick auf ihr Essen. Nach einer Weile schielte sie noch einmal zu ihm und sah, dass er sie immer noch beobachtete.

Er beteiligte sich zwar am Gespräch der anderen an seinem Tisch, aber sein Blick ruhte auf ihr.

Eine Gänsehaut rieselte ihr den Rücken hinunter.

Schnell sah sie weg und begegnete dem mürrischen Blick von diesem komischen Typ aus ihrer Klasse. Es trugen zwar alle schwarz, doch sein schwarz wirkte ... dunkler, ging tiefer.

Anakin beugte sich zu ihr. Er zeigte auf den Typen.

„Das ist Dante. Keine Angst, der guckt immer so."

Sein Finger wanderte zu dem Typ in der Lederjacke.

„Das ist Valentin. Er ist auch harmlos."

Ein lautes Schnauben ließ sie beide aufsehen.

Valentin schaute jetzt Anakin direkt an.

„Harmlos, he?"

Seine Stimme war leise, aber jeder konnte ihn hören. Wie hatte er ihr Gespräch quer durch den Raum hören können?

Anakin grinste.

„Ja, harmlos. Wie ein kleines Kätzchen."

Der Angesprochene lachte.

Okay, was ging hier denn gerade ab?

Doch bevor sich das Gespräch weiter vertiefen konnte, klingelte es. Erleichtert sprang sie auf und rannte förmlich aus der Tür.

Das ungute Gefühl in ihrem Magen war wieder da.

In ihrem Wahlfach wurde sie nicht erst vorgestellt, wofür sie heil froh war.

Hope ließ sich einfach auf einen Stuhl fallen. Dabei versuchte sie so viel Abstand wie möglich zu den Anderen zu haben. Die Erfahrung hatte gezeigt, dass das am besten war.

Ihre Lehrerin war eine kleine, zierliche Frau. Sie erklärte das Thema für sie noch einmal.

Sie sollten eine Landschaft von Florenz malen. Gleich fühlte sie sich besser.

Kunst war ihr Lieblingsfach. Darin konnte man sich einfach entspannen und seinen Gedanken nachhängen.

Deshalb hatte sie auch nicht lange für die Entscheidung gebraucht.

Ihre Lehrerin hängte einige Bilder zur Anregung auf und überließ sie dann sich selbst.

Sie durften sogar Musik hören. Schnell stöpselte sie sich von der Außenwelt ab und schnappte sich ihre Sachen.

Hope hatte schon ein konkretes Bild im Kopf und fing an.

Sie versank ganz in ihrer Arbeit und nahm nichts mehr um sich herum war. Sie war gerade dabei, den kleinen Feldweg zu malen, als sich eine Hand auf ihre Schulter legte. Erschrocken sah sie auf.

Ihre Lehrerin stand hinter ihr und betrachtete ihr Bild. Bei genauerem Hinsehen taten das alle.

Sie spürte, wie sie rot wurde und starrte selber auf ihr Bild. War es so schlecht? Eigentlich fand sie es ganz gut.

„Das ist wirklich ..."

Ihre Lehrerin schien nach Worten zu suchen. Zerknirscht musterte sie ihr Bild jetzt kritischer. Vielleicht hätte sie sich doch mehr Gedanken machen müssen, oder wenigstens eine Skizze und nicht einfach loslegen.

„Fantastisch"

Was?

Die anderen nickten bestätigend. Vorsichtig ließ Hope den Blick nun weniger scheu durch die Klasse schweifen. Alle Gruppen waren vertreten. Einige Mädchen aus ihrer Klasse, ein paar von denen in Pastell, die überrascht schienen und die in Leder auch. Diese wirkten eher desinteressiert. Außer einem.

Valentin.

Sie zuckte unter seinem intensiven Blick zusammen und wandte sich lieber wieder ihrem Bild zu.

Sie verstand die Aufregung nicht. Es war ein ganz normales Bild. Ein Haus, ein Feld, ein paar Bäume und der noch nicht ganz fertige Weg. Nichts Besonderes.

„Wo ist deine Skizze?"

Sie zögerte.

„Ich hab keine gemacht", gestand sie schließlich kleinlaut.

Der Lehrerin blieb der Mund offen stehen.

„Du hast das alles ohne Skizze gemacht? Einfach nur aus dem Kopf?"

Was sollte die Aufregung?

„Ja?"

Verunsichert sah sie auf.

„Faszinierend."

Ihr war die Sache unangenehm. Sie hasste es, wenn sie im Mittelpunkt stand. Unruhig rutschte sie auf ihrem Stuhl hin und her.

Ihr Blick fiel auf die Ergebnisse der Anderen. Verwundert stellte sie fest, dass diese gerade mal bei der Zeichnung waren und sie war schon fast fertig.

Mit dieser Situation konnte sie nichts anfangen. Sie fühlte sich unwohl und wollte am liebsten nur noch weg.

Ihre Lehrerin schien das zu merken, denn sie klatschte in die Hände und wies die anderen an, weiter zu machen.

Unschlüssig sah Hope sich um.

Erleichtert stellte sie fest, dass sich alle wieder an ihre Werke machten und eifrig radierten oder zeichneten.

Nur einer nicht.

Valentins Blick ruhte nach wie vor auf ihr und ließ sie nervös hin und her rutschen. Was hatten die nur alle für ein Problem?

Heilfroh, dass der Tag endlich vorbei war, schloss sie ihre Tür. Man merkte sofort, dass das eine Privatschule war, spätestens, wenn man die Zimmer betrat. Diese waren groß und fast schon wie in einem kleinen Appartement eingerichtet. Erschöpft ließ sie sich in einen Sessel fallen. Ihr Blick glitt durch das Zimmer. Irgendwie war es schön, eine kleine Wohnung für sich zu haben. Sie hatte ein Bad, eine Küche und sogar ein kleines Wohnzimmer und nicht nur die üblichen Schlafzimmer.

Diese Schule hatte schon was. Wenn man von den komischen Schülern einmal absah.

Auf ihrem kleinen Sofa entdeckte sie ihre Schuluniform. Diese war extra für sie angefertigt worden. Normalerweise hätte sie sich so eine Schule nie leisten können, aber sie hatte ein Stipendium bekommen. Woher das kam, wusste sie auch nicht.

Sie war ein ganz normales Mädchen aus Kalifornien. Seufzend machte sie sich daran, ihren kleinen Koffer auszupacken.

Hope hatte nicht viel eingepackt. Nur ihre Klamotten, ihren Laptop und ihr Skizzenbuch.

Dementsprechend schnell war sie fertig.

Ihr Blick schweifte zu der Uniform. Sie bestand aus einem schwarzen Rock, der für ihren Geschmack viel zu kurz war, einer weißen Bluse mit einem aufgestickten „S" und einer Jacke, ebenfalls in Schwarz. Das war die Ausführung für ihre Klasse. Die der anderen bestand aus Leder oder war aus Pastelltönen oder war so bunt, wie jede andere Schuluniform auch.

Neugierig zog sie sie an und betrachtete sich im Spiegel.

Sie sah sich selber mit unsicherem Blick. Die Jacke und die Bluse passten perfekt, aber der Rock war viel zu kurz. Er reichte gerade mal bis knapp zu ihren Knien.

Da half alles Zupfen und Zerren nichts.

Die anderen Mädchen trugen ihren Rock zwar auch so kurz, wenn nicht kürzer, aber für sie war er einfach zu kurz.

Wenn sie rannte, würde ihr ja jeder drunter schauen können oder wenn der Wind kam.

Ihr wurde ganz mulmig bei dem Gedanken morgen so aufkreuzen zu müssen.

Um eine Lösung bemüht, stöberte sie in ihren Sachen und förderte eine lange schwarze Strickjacke zutage.

Ja, damit würde sie sich schon gleich besser fühlen.

Im Laufe des Tages hatte sie viele gesehen, die ihrer Uniform ihren eigenen Stil hinzugefügt hatten. Dann würde sie das einfach auch machen.

Außerdem hatte sie beschlossen, nicht mehr im Speisesaal zu essen, sondern immer hierher zu gehen.

Sich unsichtbar zu machen, war immer das Beste, um nicht aufzufallen.

Ihr Blick glitt zum Fenster. Sie hatte eine tolle Aussicht. Sie konnte den Wald sehen und musste nicht nur auf die graue Mauer starren. Verwundert sah sie kleinen weißen Flocken beim Fallen zu.

Es schneite.

Dafür war es eigentlich noch viel zu früh und vor allem viel zu warm.

Doch tatsächlich. Es schneite.

Das hier war schon ein komischer Ort.

4

Dante lehnte gelangweilt an der Hauswand und sah den anderen dabei zu, wie sie sich gegenseitig mit Schnee bewarfen.

Verächtlich folgte er den Bällen mit den Augen.

Solche Kinder.

Anakin machte da natürlich auch mit.

Aus den Augenwinkeln sah er eine kleine Gestalt vorbei huschen.

Hope.

Sie hatte sich fest in ihren Wintermantel gewickelt.

Ein spöttisches Lächeln stahl sich auf seine Lippen, denn er glaubte den Grund zu kennen.

Seine feinen Ohren konnten das Gespräch der anderen hören. Sie hatten in ihrer Schneeballschlacht innegehalten und sahen ihr auch nach.

„Ist das nicht die Neue?"

„Ja, wie hieß sie noch mal?"

„Hope."

Das kam von Anakin. Ja, stimmte. Hope, Hoffnung.

Einer seiner Klassenkameraden stieß seine Kumpels in die Seite.

„Komm, wir heißen sie gebührend willkommen."

Er wusste genau, was sie damit meinten und grinste. Auf ihre Reaktion war er schon gespannt.

Vier von ihnen gingen auf sie zu und sprachen sie an. Dabei war sie so abgelenkt, dass sie nicht bemerkte, wie sich ein Fünfter anschlich und sich ihre Tasche schnappte. Da war es auch schon zu spät. Die anderen packten sie und hoben sie hoch.

Er konnte sie erschrocken keuchen hören.

Grinsend lehnte er sich zurück.

Die Vier trugen sie direkt auf den großen Schneehaufen zu. Sie schien zu merken, was sie vorhatten, denn sie fing an zu zappeln. Sie hatte keine Chance.

Und schon landete sie in hohem Bogen im Schnee. Dieser war so hoch ausgeschaufelt, dass sie ganz darin versank und nicht mehr zu sehen war.

Es herrschte Totenstille. Alle sahen zu ihr. Doch sie tauchte nicht mehr auf.

Verwirrt kniff er die Augen zusammen.

Anakin war schließlich der, der sich rührte.

„Hope?"

Er ging zu dem Loch, das ihr Körper in die Schneemassen gedrückt hatte.

Nichts. Vorsichtig spähte er hinein und der ganze Hof schien den Atem anzuhalten.

Da schoss auf einmal eine Hand hervor und packte Anakin am Kragen seines Hemdes.

Damit hatte er nicht gerechnet, keiner hatte das.

Er landete keuchend im Schnee.

Da tauchte Hope ganz auf. Sie riss ihn zu Boden und als Anakin sich umdrehte, klatschte sie ihm lachend eine Handvoll Schnee ins Gesicht.

Ihr Lachen war glockenhell und strahlte eine Freundlichkeit aus, die ihm kalt den Rücken runter lief.

Alle waren wie erstarrt und starrten die beiden an.

Anakin hatte sich mittlerweile aufgerappelt und wischte sich den Schnee aus dem Gesicht. Auch er lachte.

Die meisten wandten sich wieder ab, nicht aber die Mädchen aus seiner Klasse.

Anakin war tabu. Das stand schon seit dem ersten Schultag fest und selbst die anderen Klassen wussten das.

Hope hatte das natürlich nicht wissen können. Doch jetzt hatte sie ein ernstes Problem. Besonders, wenn man den tödlichen Blick von Cloé sah.

Die Neue würde das auch noch früh genug merken.

Ihm konnte das ja egal sein.

Schulterzuckend ging er zurück ins Schulgebäude.

Anakin half ihr immer noch kichernd auf. Sie war klitschnass, er auch.

Im Nachhinein war das keine so gute Idee gewesen.

Sie war sich den Blicken der anderen nur allzu bewusst und wäre am liebsten weggerannt.

„Es tut mir leid", stammelte sie daher.

Doch Anakin winkte gelassen ab und wischte ihr ein Schneeklümpchen von der Wange.

„Schon gut."

Sie war sich der Nähe zu ihm nur allzu bewusst. Vorsichtig machte sie einen Schritt nach hinten. Über seiner Schulter konnte sie etwas Grünes aufblitzen sehen.

Valentin beobachtete sie. Doch er wandte sich ab und ging mit seiner Clique ins Gebäude.

Verlegen räusperte sie sich.

„Ähm, ich muss los."

Damit machte sie sich schnell davon.

Hastig schlüpfte sie in den Klassenraum und setzte sich kurz vor ihrem Lehrer. Seinen Namen hatte sie sich nicht behalten. Irgendetwas mit Zett am Anfang oder so.

Dem Lehrer schien ihr fast Zuspätkommen gar nicht zu gefallen, denn er besah sie mit einem bösen Blick.

„MacLee, sie kennen die Uhrzeiten für den Unterrichtsbeginn?"

Oh, warum immer sie?

„Ja, Sir."

Vielleicht würde er es ja kurz machen.

„Aha, dann halten sie sich demnächst auch dran. Wo ist eigentlich ihre Uniform?"

Warum?

„Die ist nass."

Er stutzte.

„Nass?"

Er zog das Wort nervtötend in die Länge.

„Ja, Sir. Sie hat zu viel Schnee abbekommen."

Die anderen lachten und sie wünschte sich nur noch ein ganz, ganz tiefes Loch.

„So, so. Zu viel Schnee, wie?"

Was hatte der nur gegen sie?

Verzweifelt sah sie stur nach vorne und weigerte sich das schadenfrohe Gelächter der anderen zu hören.

„Ja, Sir, aber das ist nicht ihre Schuld."

Anakin hatte sich von seinem Platz erhoben und verteidigte sie.

Die anderen waren schlagartig ruhig und schauten zwischen ihnen hin und her.

Wo waren diese verflixten Löcher, wenn man sie brauchte?

„Setz dich gefälligst wieder hin, Blondie. Du versperrst mir die Sicht."

Dieser Kommentar kam von Dante. Damit hatte er der Spannung im Raum die ganze Luft genommen. Einige kicherten.

Ihr Lehrer schien sich auch wieder beruhigt zu haben, denn er begann mit dem Unterricht.

Hope spürte den fragenden Blick von Anakin, hielt den Kopf allerdings gesenkt.

So verbrachte sie den ganzen Tag. Sie sah niemanden an und vermied es mit jemandem zu reden.

Selbst in der Kunststunde konnte sie sich nicht entspannen.

Da sie nicht wieder herausstechen wollte, malte sie langsamer.

Sie fühlte sich unglaublich müde und würde am liebsten sofort ins Bett gehen.

Aber sie musste noch Hausaufgaben machen.

Also schlurfte sie in die Bibliothek und suchte ein Buch über das alte Rom. Fünftausend Wörter bis morgen.

Dieser Zazeck hatte es echt auf sie abgesehen. Seinen Namen hatte sie nebenbei erfahren.

Völlig fertig lief sie die Regale ab, bis sie fand, was sie suchte.

Selbst hier in der Bibliothek blieb diese Grüppchenbildung bestehen.

Hope suchte sich einen Platz so weit weg von den anderen, wie möglich und vertiefte sich in das alte Rom.

Ihre Hand schmerzte und war völlig verkrampft, doch sie musste noch einhundert Wörter schreiben.

Seufzend blätterte sie in den Büchern, die sie um sich ausgebreitet hatte.

Hope hatte schon alles aufgeschrieben, was sie hatte finden können.

Verbissen kämpfte sie um jedes Wort. Schließlich kam sie bei viertausendneunhundertneunundneunzig Wörtern an.

Ach, scheiß die Kuh drauf. Das letzte Wort war Ende.

Erleichtert ließ sie den Stift sinken und dehnte ihre Hand.

Ihr Nacken schmerzte, ihr Fuß war eingeschlafen und sie war so müde, dass sie sofort hätte einschlafen können. Doch sie musste noch die ganzen Bücher wegräumen und dann auch noch zurück in ihr Zimmer laufen.

Stöhnend schloss sie die Augen.

Es war einfach alles zu viel. Sie hatte schon mehrfach mit dem Gedanken gespielt, einfach wieder zu gehen. Doch wo sollte sie hin?

Außerdem war das hier ein Stipendium. Das konnte sie doch nicht einfach so wegwerfen.

Sie ließ den Kopf auf ihre verschränkten Hände auf den Tisch fallen. Es war einfach nicht fair.

Sie dämmerte weg, bevor sie es auch nur bemerkt hatte.

Ruckartig wachte sie auf. Ihr Kopf war von ihren Armen gerutscht und hatte harte Bekanntschaft mit der Tischplatte gemacht.

Fluchend rieb sie sich die Stirn.

„Fluchen ist hier verboten."

Die Stimme erschreckte sie so, dass sie fast vom Stuhl gefallen wäre.

Dante saß einige Stühle weiter links von ihr und schien ganz in ein Buch vertieft zu sein.

Sehr witzig.

Murrend machte sie sich daran, die Bücher wieder an ihren Platz zu stellen.

Die Sonne war bereits am Aufgehen. Wie lange hatte sie geschlafen? Ein paar Stunden bestimmt.

Hope wandte sich gerade zu ihrem Stuhl, um ihre Tasche zu holen, als sie aus den Augenwinkeln sah, dass Dante sie über den Rand seines Buches beobachtete.

War sie hier die Zirkusattraktion oder was?

Innerlich Verwünschungen ausstoßend, machte sie sich auf den Weg zurück in ihr Zimmer.

Dabei musste sie dicht am Wald vorbei. Eigentlich kein Problem, wäre da nicht wieder das Geraschel gewesen.

Furcht packte sie, doch sie zwang sich ruhig weiter zu gehen.

An ihrem Wohntrakt angekommen, atmete sie noch einmal tief durch und drehte sich um. Nichts. Keiner da.

Langsam aber sicher wurde sie verrückt, so viel stand schon einmal fest.

Bei den Verrückten, die hier lebten aber auch kein Wunder.

Entschlossen schloss sie ihre Tür auf. Ihre Tasche ließ sie einfach in eine Ecke fallen. Sie war einfach viel zu müde.

Gähnend zog sie sich um und putzte die Zähne.

Schon fast schlafend kroch sie in ihr Bett. Die Sonne tauchte es in ein tiefes Dunkelrot.

Musik hatte sie eigentlich immer gemocht. Eigentlich. Ihr Lehrer allerdings vermieste es ihr gründlich. Zu Beginn der Stunde hatte er ihr Handy einkassiert.

Der Grund war unklar.

Jetzt kaute sie an ihrem Stiftende und lauschte einem tödlich langweiligen Vortrag über Mozart.

Das ganze Schulsystem schien nur aus Vorträgen zu bestehen.

Ihr Name vertrieb die Watte, die sich in ihrem Kopf ausgebreitet hatte. Hätte ihr jemand ein Kissen gegeben, sie wäre sofort eingeschlafen.

„Da Hope mir freundlicherweise ihr Handy zur Verfügung gestellt hat, hören wir uns doch mal an, wie sie zur klassischen Musik steht."

Sie saß da, wie vom Donner gerührt.

Was hatte er vor?

Doch ihr Lehrer, Mr. Jones stöpselte ihr Telefon auch schon an den Computer an.

Stöhnend ließ sie sich tiefer in ihren Stuhl gleiten.

Warum immer sie?

Schon nach wenigen Sekunden hatte Mr. Smith offenbar gefunden, was er suchte, denn schon plärrte ihr Lieblingssong aus den Lautsprechern.

Hope sank noch tiefer in ihren Stuhl und starrte die Tafel an.

Warum?

Ihr Lehrer hielt kurz inne. Offenbar war er über ihren Geschmack überrascht.

Tja. Sie sollte vielleicht mal ein paar Löcher schaufeln, um darin zu verschwinden.

Nach ungefähr drei Minuten wechselte die Richtung und ein Lied von Lindsey Stirling war zu hören.

Sie konnte die neugierigen Blicke der anderen spüren. Doch ihre Schuhspitzen waren auf einmal wirklich sehr interessant.

Die Wände waren auch in einer sehr interessanten Farbe gestrichen worden. Das bemerkte sie ja erst jetzt.

Nein, aber mal im ernst. Die Wände waren kackbraun.

Als auch das zweite Lied zu Ende ging, dachte sie schon, dass sie es überstanden hätte.

Tja, zu früh gefreut, denn ihr Lehrer ließ die Musik fröhlich weiterlaufen. Dabei musterte er sie, wie andere eine fette Laborratte.

Erschrocken stellte sie fest, dass es eine Aufnahme von ihr selbst war.

Sie rutschte noch tiefer in ihren Stuhl und saß nun schon fast auf dem Boden.

Zuerst war nur Geknacke zu hören, doch dann konnte sie sich selbst etwas murmeln hören. Zum Glück, so leise, dass man es nicht verstehen konnte.

Warum hatte sie die blöde Aufnahme nicht gelöscht?

Sie hatte es ja nicht ahnen können.

Hope hörte sich selber etwas rumklimpern, doch dann setzte eine Melodie ein.

Ja, diese hatte sie vor einigen Wochen irgendwann mal im Kopf gehabt und sie einfach mal gespielt.

Sie dauerte nur zwanzig Sekunden, aber in denen wurde es noch stiller, als es sowieso schon war.

Bestürzt stellte sie fest, dass alle sie ansahen.

Man, ihre Fingernägel hatten aber auch wirklich mal wieder eine Maniküre nötig.

Ihr Lehrer räusperte sich und schaltete das Gerät aus.

Bleiernes Schweigen lastete auf der Klasse.

Vorsichtig hob sie den Blick. Einige starrten sie an, aber die meisten Dante.

Ihr Blick flog zu ihm und was sie sah, gefiel ihr gar nicht.

Er saß nicht mehr lässig auf seinem Stuhl herumlümmelnd da, nein. Er saß so aufrecht da, als hätte er einen Stock verschluckt und starrte sie wütend an.

Warum das?

Was hatte sie denn jetzt wieder falsch gemacht?

Sein Blick bohrte sich in ihren.

„Woher hast du diese Melodie?"

Seine Stimme war gefährlich ruhig und leise.

Doch genau das machte ihr die größte Angst. Sie lief ihr eiskalt den Rücken runter.

„Äh ..., also, ..."

Wie sollte sie ihm erklären, dass sie aus ihrem Kopf kam?

Warum regte er sich denn eigentlich so auf?

„Lass sie doch in Ruhe. Es ist doch nicht so, dass du die Melodie für dich gepachtet hast."

Anakin eilte ihr zur Hilfe.

„Du hältst dich da mal ganz raus, Blondie. Ich spreche nicht mit dir."

Seine Stimme wurde schneidender.

Hope zuckte zusammen. Was war denn hier los?

Was hatte es mit dieser Melodie auf sich?

„Dante."

Anakins Tonfall war warnend.

Dante schnaubte verächtlich und heftete seinen Blick auf sie.

„Kannst du mir mal erklären, wie du an die Melodie meiner Familie kommst?"

Äh, was?

Unruhiges Gemurmel ging durch die Klasse.

„Dante beruhige dich."

Ihr Lehrer schien sich auch beteiligen zu wollen, wirkte aber etwas fehl am Platz, insbesondere, da niemand auf ihn hörte.

„Na los, erklär`s mir."

Dante lehnte sich mit verschränkten Armen auf seinem Stuhl zurück. Der Blick aus seinen onyxschwarzen Augen hatte einen leichten silbernen Glanz angenommen.

Was zum Teufel sollte sie ihm denn erklären? War er jetzt total übergeschnappt?

Mr. Jones räusperte sich und reichte ihr ihr Handy.

„Du kannst gehen. Ich sehe dich nächste Woche wieder."

Ja, das war auch eine Lösung.

Hastig schnappte sie sich ihre Tasche und rannte praktisch aus dem Zimmer.

Sich seinem bohrenden Blick wohl bewusst.

Das leise Klacken der Tür hinter ihr beruhigte sie ungemein.

Tief durchatmend lehnte sie sich neben der Tür an die Wand. Was war das denn gewesen? Warum machte er so einen Aufstand, nur wegen dieser Melodie?

Entschlossen zog sie ihr Handy aus der Tasche und rief ihre Playlist auf. Ihr Finger schwebte über der Löschtaste. Sollte sie wirklich?

„Lass es."

Die tiefe Stimme in ihrem Rücken ließ sie den Kopf hochreißen.

Dante lehnte neben ihr an der Wand. Er sah sie unter halb geschlossenen Augen aufmerksam an.

Furcht kroch in ihre Glieder und sie erstarrte.

Ein kurzes Lächeln blitzte auf seinen Lippen auf, verschwand aber so schnell, wie es gekommen war.

„Kopf hoch, Kleines."

Mit diesen Worten drückte er sich von der Wand ab und marschierte davon. Verwirrt sah sie ihm nach.

5

Dante setzte den Bogen ab. Mürrisch schaute er zur Tür. Der Unterricht war vorbei, aber er wusste, dass Hope gleich nebenan im Kunstraum war.

Mürrisch spielte er weiter, konnte sich aber nicht auf sein Instrument konzentrieren.

Wütend starrte er seine Geige an. Sie konnte ja auch nichts dafür.

Murrend räumte er sie in ihren kleinen Koffer und machte sich auf den Weg zurück in sein Zimmer. Dabei sah er Hope im Kunstraum herumhantieren und hielt inne. Sie hatte sich große Kopfhörer aufgesetzt und schien ihn nicht bemerkt zu haben.

Neugierig lehnte er sich in den offenen Türrahmen und sah ihr zu.

Sie war ganz in ihre Tätigkeit vertieft. Skeptisch betrachtete er ihr Bild.

Erkennen konnte er gar nichts. Für ihn waren das nur bunte Kleckse. Doch schon fügte sie ein paar Linien hinzu und alles war klar.

Es war faszinierend, wie sie sich bewegte. Auf den Zehenspitzen stehend wippte sie herum und nickte mit dem Kopf zur Musik. Dann, ganz plötzlich wirbelte sie herum und griff sich eine Farbtube.

Irgendetwas sagte ihm, dass sie sich so nicht im Unterricht verhielt.

Es war entspannend, sie natürlich zu sehen und nicht immer so angespannt, wie während der Schulzeit.

Er machte es sich bequemer und sah ihr noch eine Weile zu.

Das plötzliche Vibrieren seines Handys ließ ihn innehalten.

Mürrisch entfernte er sich etwas von dem Raum und nahm den Anruf an.

„Ja?"

Sein Gegenüber sprach eifrig auf ihn ein.

„Das ist mir scheißegal. Sehen sie zu, dass sie es hinbekommen. Wie ist mir egal. Hauptsache sie erledigen ihren Job."

Damit legte er auf.

Das passte ihm ja mal gar nicht in den Kram. Wütend fuhr er sich durchs Haar.

Musste man denn wirklich alles selber machen?

Nachdem er sich etwas abgeregt hatte, ging er zurück zum Kunstraum. Doch Hope war nicht mehr da.

Sie saß auf einem niedrigen Ast am Waldrand.

Dies war ein abgelegener Platz. Keiner würde sie stören und sie konnte in Ruhe nachdenken.

Diese Schule war mit Abstand die komischste, die sie jemals gesehen hatte. Ein Verdacht hatte sich in ihr eingenistet, nachdem sie einen Fantasyroman in der Bibliothek in die Finger bekommen hatte.

Doch das war Quatsch.

Sie ließ die Beine baumeln und sah in den Himmel. Es war noch immer dunkel, aber die Sonne würde schon bald aufgehen. Das spürte sie.

Vorsichtig änderte sie ihre Position auf dem Ast so, dass sie ein Bein anziehen und die Arme darum schlingen konnte.

Die Reaktion von Dante ging ihr nicht mehr aus dem Kopf.

Was hatte ihn nur so aufgeregt?

Seufzend schloss sie die Augen und lehnte den Kopf an den Baumstamm.

Heute war der Aufsatz für Zazeck fällig gewesen. Irgendetwas sagte ihr, dass sie ihr letztes Wort darin noch bereuen würde.

Dieser Lehrer mochte sie nicht, doch warum? Er kannte sie doch gar nicht.

Um den trüben Gedanken zu entkommen, steckte sie sich ihre Kopfhörer in die Ohren und lauschte den Klängen einer Geige. Diese war mit Schlagzeug hinterlegt worden.

So saß sie eine Weile mit geschlossenen Augen da.

Ein plötzliches Knacken ließ sie die Augen allerdings schnell wieder aufreißen.

Es war niemand zu sehen. Da knackte es hinter ihr und sie wirbelte herum, vergaß dabei aber, dass sie auf einem Ast saß.

Das Ende vom Lied war, dass sie vom Ast fiel und im Schnee landete.

Ein leises Lachen ließ sie aufsehen. Moosgrüne Augen blitzten sie belustigt an.

„Das ist nicht witzig."

Ihr Hintern schmerzte und er lachte sie aus. Toll.

Er grinste.

„Tut mir leid, aber ich wusste ja nicht, dass sich meine Gabe, Mädchen umzuhauen sich mal dermaßen ausprägen würde", kicherte Valentin.

Sehr witzig.

Mühsam rappelte sie sich auf und drückte ihre Tasche fest an ihre Brust.

„Was machst du hier?"

Verfolgte er sie?

Valentin schnaubte.

„Das Gleiche könnte ich dich fragen. Das Betreten des Waldes ist ohne Genehmigung verboten."

Klugscheißer.

Hope wies mit einer weiten Bewegung auf ihre Umgebung.

„Ich bin nicht *im* Wald. Ich bin *in der Nähe* des Waldes."

Belustigung blitzte in seinen Augen auf.

„So kann man das natürlich auch sehen."

Ihr Blick war die ganze Zeit auf seine Augen gerichtete gewesen. Dabei hatten sie sich kurz schlitzförmig zusammengezogen. Verwundert blinzelte Hope. Doch seine Augen sahen ganz normal aus.

„Wo ist denn *deine* Genehmigung?"

Der hatte doch bestimmt auch keine.

Doch er hielt breit grinsend sein breites Handgelenk hoch. Daran war ein rotes Band befestigt.

Die Genehmigung.

Von mir aus.

Mürrisch stapfte sie an ihm vorbei.

„Wohin gehst du?"

Seine raue Stimme so dicht bei ihr, ließ ihr einen kalten Schauer über den Rücken rieseln.

„Lernen."

Seine Mundwinkel zuckten.

„Dann lern mal schön."

Was sollte das denn jetzt heißen?

Hope drehte sich um, doch Valentin war verschwunden.

Das ungute Gefühl brach sich wieder Bahn und sie machte, dass sie davon kam.

Erst als sie in der Bibliothek ankam, schwächte es sich etwas ab, verschwand aber nicht ganz.

Mit immer noch wild pochendem Herzen ließ sie sich in einen Sessel fallen. Ihre Tasche ließ Hope einfach auf den Boden fallen.

Gott, was war das hier nur für eine Schule?

Sich selbst Mut machend, sah sie sich um. Fast niemand war hier, wie immer.

Das war eigentlich der wichtigste und einzige Grund, warum sie so oft hierher kam.

Hier konnte sie alleine sein.

Eine Last fiel von ihr ab. Sie kuschelte sich in den bequemen Sessel und schlug ihre Bücher auf.

Zazeck hatte sich heute zurückgehalten. Dementsprechend schnell war sie fertig. Ihr Blick schweifte wieder durch den weitreichenden Raum. Die meisten Leute waren gegangen.

Ihr Blick blieb an dem Fantasyroman vom Vortag hängen. Sie nahm ihn in die Hand. Es war eher ein Infobuch, als ein Roman. Darin ging es um Vampire, deren Herkunft, ihre Rangfolge, Familiengeschichten und so weiter.

Wenn man ganz genau sein wollte, war es ein Sachbuch. Sie grübelte. Keinerlei Romane waren im Verzeichnis der Bibliothek gefunden worden, als sie nachgesehen hatte. Nur Sachbücher.

Sie sah sich die Nummer des Buches an und suchte das entsprechende Regal. Darin standen auch noch andere Sachbücher, aber über Gestaltwandler, Engel und Ghule, ihre Entstehungsgeschichte, Herkunft und Adel.

Hope hatte schon viele dieser angeblichen Sachbücher gelesen, weil sie es ganz witzig fand, aber wieso sollte so eine Schule, die viel Wert auf eigentlich alles legte, so etwas hier haben?

Kurzerhand beschloss sie, die Bücher einfach mal zu lesen.

Eine Passage ließ sie aufmerken.

„… Die Familie Falko gehört neben den du Crains zu den einflussreichsten Familien der Vampirwelt …"

Falko.

Irgendwo her kannte sie den Namen. Sie hatte ihn nicht gehört, sondern gelesen, irgendwo …

Als sie sich erinnerte, zuckte sie zusammen.

Genau!

Anakin Falko. Sie hatte seinen Namen auf einem seiner Hefte in der Schule gesehen!

Doch wer war du Crain?

Wieso dachte sie eigentlich ernsthaft über so etwas nach?

Vampire gab es nicht.

Genauso wie Werwölfe und Ghule.

Bei den Engeln war sie sich nicht so sicher. Immerhin gab es ja auch Gott.

Aber der Rest war ausgeschlossen.

Doch die Bücher sagten etwas ganz anderes.

Und es war sehr verdächtig, dass Anakin denselben Nachnamen hatte, wie in dem Buch. Außerdem schien ihn jeder in der Klasse zu respektieren.

Aufgrund seiner Herkunft?

Ach, das war doch zum Mäusemelken.

Aber ihre innere Stimme hielt einfach nicht die Klappe.

Dass die Schule nachts stattfand und tagsüber geschlafen

wurde, war da natürlich nicht im Mindesten auch nur etwas verdächtig, nicht? Um sich zu beruhigen, beschloss sie Anakin morgen beim Essen zu fragen.

Obwohl sie es in den letzten Tagen strickt vermieden hatte, in den Speisesaal zu gehen. Na ja. Einmal würde sie ja nicht umbringen.

Dante schielte zu Hope.

Zazeck gab gerade seine Meinung zu den Aufsätzen kund.

Hope schien gleichgültig, aber ihre Wut umgab sie, wie eine Gewitterwolke.

Verständlich, wenn man den Tag so Revue passieren ließ.

Schon von der ersten Sekunde an hatte Zazeck sie auf dem Kicker gehabt, sie mit Fragen gelöchert, die keiner aus der Klasse wissen konnte, wenn er letztes Jahr nicht da gewesen war.

Das wusste Zazeck ganz genau und trotzdem löcherte er sie und quälte sie mit seinen Fragen.

Blondie war ein paar Mal eingesprungen und hatte für sie geantwortet, aber Zazeck wusste, wie er das unterbinden konnte.

Er hatte ihn einfach etwas holen geschickt und Hope weiter gelöchert.

Am Anfang fand er es, genauso, wie die anderen noch ganz witzig, dass er sie löcherte aber mittlerweile war es echt beschissen.

Zum Glück war die Stunde bald vorbei.

Die Einzige, die sich über die Lage von Hope immer noch zu amüsieren schien, war Cloé.

Sie grinste in sich hinein und schien außergewöhnlich fröhlich zu sein.

Gerade fragte Zazeck Hope, warum die Klasse wohl ihrer Meinung nach so versagt hätte.

Sie schwieg und drehte ihren Stift in den Händen.

Einige aus der Klasse murrten und flüsterten Sachen, dass Zazeck es übertrieb, allerdings so laut, dass es jeder, auch Zazeck selbst hören konnte, doch der schwieg.

Dann, nach einer halben Ewigkeit, teilte er die Blätter aus.

Dante war ganz zufrieden. Er hatte sich nicht wirklich angestrengt, aber die Note war trotzdem ganz gut.

Als letztes war Hope dran und Zazeck wartete, bis alle zu ihm schauten, bis er ihr ihre Blätter gab.

„Miss MacLee. Interessanter Aufsatz. Gut gegliedert, ausführlich, sauberes Schriftbild."

Er nickte zufrieden und ein feines Lächeln breitete sich auf seinem sonst immer so grimmigen Gesicht aus.

„Nur am Ende haben sie geschludert."

Er konnte Hope stutzen sehen, als sie ihre Note auf dem letzten Blatt sah.

Zazeck grinste jetzt fast mitleidig.

„Sie haben fünftausend Wörter geschrieben, minus eins. Oder dachten sie, ich würde das Wort „Ende" als Letztes noch werten?

Man könnte das ja auch als Betrugsversuch auffassen, aber da ich ihnen nichts unterstellen will, habe ich ihnen noch die Drei minus gegeben, anstatt die Sechs."

Ein knackendes Geräusch ließ ihn auf ihre Hände sehen.

Der Stift, den sie die ganze Zeit in ihren Händen gedreht hatte, war durchgebrochen.

Verblüfft starrte er sie an.

Es war klar, dass die Notengebung ungerechtfertigt war, aber so hatte noch niemand auf eine Note reagiert.

Hope starrte entsetzt auf ihren Stift und räumte ihn schnell weg.

Zazeck starrte sie an, wie alle.

Bevor allerdings auch nur irgendeiner etwas sagen konnte, sogar Blondie, der da immer sehr schnell war, sprang sie auf und rannte aus dem Raum. Gerade, als es klingelte.

Er sah ihr hinterher.

6

Hope biss die Zähne zusammen und marschierte weiter. Immer, wenn sie Schüler aus ihrer Klasse traf, sahen sie sie komisch an. Aber sie starrte einfach wütend zurück, bis sie entweder an ihnen vorbei gegangen war oder sie woanders hinsahen.

Vor dem Speisesaal zögerte sie noch kurz, ging dann aber rein. Anakin strahlte als er sie sah und winkte sie gleich zu sich und den anderen aus ihrer Klasse.

Sie atmete noch einmal tief durch, lächelte zurück und setzte sich in Bewegung.

Dieses Mal verstummten die Gespräche nicht schlagartig, als sie sich setzte. Alle stockten kurz, überspielten es aber mehr oder weniger geschickt wieder.

Dieses merkwürdige Verhalten bestätigte nur ihren Verdacht, dass etwas nicht stimmte.

Ihr Magen war ein nervöser Klumpen geworden. Deswegen sagte sie Anakin auch, dass sie schon gegessen habe, als er sie fragte.

Je länger sie bei den anderen saß, desto mehr begann sie alles mit diesem blöden Buch zu vergleichen.

Hektisch sah sie auf die Uhr. Noch zehn Minuten, dann war die Pause vorbei.

Jetzt oder nie.

„Ähm, kann ich dich mal was fragen?"

Das war ein scheiß Anfang, aber wie fing man so ein Thema am besten an?

Hätte sie ihn direkt gefragt, ob er ein Vampir war, wäre es wohl auch nicht sehr viel besser gewesen.

Anakin wandte sich ihr zu und wartete ... und wartete.

„Ja?", ermutigte er sie.

Ach ja, richtig.

Hope räusperte sich unbehaglich.

„Warum sitzen alle Klassen getrennt?"

Sie platzte einfach mal mit einer neutralen Frage heraus.

Er schien auch etwas anderes erwartet zu haben, denn er stutzte kurz, beantwortete aber ihre Frage.

„Weil das hilft, dass man die zweite Hausregel nicht überschreitet."

Das hatte sie sich schon gedacht.

„Und warum sind Beziehungen zwischen den einzelnen Klassen verboten?"

Er lächelte schwach und fuhr sich nachdenklich durchs Haar.

„Tja, das ist so eine Sache. Warum denkst du denn, dass es verboten ist."

Ihr Stichwort. Jetzt konnte sie sich langsam an ihr eigentlich beabsichtigtes Thema heranpirschen.

„Vielleicht weil es noch eine andere Regel brechen würde? Im Sinne von einem Gesetz?"

Im Speisesaal wurde es ganz still und ausnahmslos alle starrten zu ihnen herüber. Jackpot.

Anakin sah sie unter seinen langen Wimpern herausfordernd an.

„Kann schon sein, weiter?"

Das war ihre Bestätigung.

„Weil hier alle nicht ganz normal sind?"

Sein Blick wurde schon fast hitzig und somit stand fest, dass sie von demselben Thema sprachen.

„Und?"

Sein Ton gab nichts preis. Also holte sie zum letzten Schlag aus.

„Weil ihr nicht menschlich seid?"

Anakin schloss kurz die Augen, bevor er sie wieder auf sie richtete.

„Richtig."

Das war doch nicht zu fassen! Da hatte dieses kleine unscheinbare Etwas ihr so gut behütetes Geheimnis in gerade mal drei verflixten Tagen herausbekommen.

Dante schielte unauffällig, aus halb geschlossenen Lidern zu ihr.

Sie kaute auf ihrem Stift herum und schien dem Unterricht nicht wirklich zu folgen.

Verständlich.

Nachdem Blondie ihre Befürchtungen bestätigt hatte, war sie nicht hysterisch schreiend aus dem Raum gerannt.

Sie war einfach sitzen geblieben, hatte genickt und auf ihre Hände gestarrt. Dann hatte die große Fragerunde begonnen.

Ihre Reaktion hatte sie alle überrascht. Besonders, da sie es so verdammt schnell herausgefunden hatte. Der letzte Rekord lag bei einem Monat. Einer hatte es ja erst nach drei Jahren herausgefunden und auch nur, weil einer der Gestaltwandler nicht aufgepasst hatte.

Sein Blick wanderte zu Cloé.

Diese grinste schon den ganzen Tag schadenfroh in sich hinein. Er glaubte auch zu wissen, wieso.

Jetzt, wo Hope wusste, was sie waren, war die Regel der Zurückhaltung aufgehoben worden.

Jeder durfte sich normal verhalten. Streitigkeiten auch.

Und so wie er Cloé kannte, hatte sie schon etwas geplant.

Doch was?

Die Klingel riss ihn aus seinen Gedanken.

Die Zeit würde zeigen, ob sie für diese Welt bereit war oder nicht.

Seufzend erhob er sich und machte sich auf den Weg. Es ging ja nicht an, dass man zu Zazecks Stunde zu spät kam.

An die Decke starrend lag Hope auf ihrem Bett. Ihr Kopf gab keine Ruhe.

Es gab sie wirklich, alles war wahr.

Vampire, Werwölfe, Ghule und Nephilem, sie alle gab es wirklich.

Jetzt verstand sie auch die Klassenaufteilung und die zweite Schulregel.

In ihrer Klasse waren die Vampire, die in Leder die Werwölfe, pardon, die Gestaltwandler und dreimal darfst du raten, wer der Rudelanführer war?

Tja, niemand anderer als Valentin.

Er war ein Löwe, der Einzige an der ganzen Schule.

Die in den normalen Sachen waren die Ghule. Tja, im Ganzen, ganz normale Leute, nur ihr Speiseplan war etwas anders. Um ehrlich zu sein, wollte sie da gar nicht so genau drauf eingehen.

Und die in Pastell waren die Nephilem. Das faszinierte sie. Sie hatten Flügel, so viel hatte sie mitbekommen, aber man sah sie nicht. Nicht, wenn man kein Nephilem war.

Das war wirklich interessant.

Seufzend rollte sie sich auf die Seite und zog die Beine an.

Die Offenbarung hatte sie nicht wirklich überrascht, aber zu hundert Prozent war sie nicht überzeugt gewesen.

Die nächsten Tage würde man sie streng beobachten und sehen, wie sie auf diese Info reagierte.

Kam sie damit klar, konnte sie bleiben, ihren Abschluss machen und studieren.

Wenn nicht dann wurden ihre Erinnerungen an diese Schule komplett gelöscht. Wie man dies anstellte, hatte man ihr zwar nicht verraten aber wissen wollte sie es, um ehrlich zu sein, auch nicht.

Bilder von monströsen Geräten tauchten in ihrem Kopf auf und sie drängte sie schnell wieder zurück.

Dazu bestand kein Grund, wie sie selbst, verblüfft feststelle.

Nachdem sie ihre Vermutung geäußert hatte, war sie zur Rektorin befohlen worden. Diese hatte ihr alles genau erklärt.

Secrets war eine Schule speziell für Unsterbliche. Damit sie den Umgang mit den anderen lernten und sich nicht verstecken mussten, wurde diese Schule errichtet.

Zu einem Fach gehörte auch das Auskommen mit Menschen. Zu diesem Zweck wurde in jede Klasse ein Mensch gesetzt.

Konnte dieser in der Klasse überleben, bekamen sie eine gute Note und der Schulabschluss wurde bewilligt, wenn es so weit war.

Wenn nicht, musste man so lange an der Schule bleiben, bis man es gelernt hatte.

Da die Klassen sehr klein waren, war klar, dass nicht alle Unsterblichen diesen Unterricht besuchen konnten.

Dies war die erste Schule dieser Art und steckte noch in den Kinderschuhen. Alle Schüler waren expliziert ausgewählt worden. Auch die höchsten der Familien waren vertreten.

Ihr Verdacht Anakin bezüglich hatte sich bestätigt. Er war das jüngste Familienmitglied der Falko. Wer du Crain war, war auch ans Tageslicht gekommen.

Dante.

Hope drehte sich wieder auf den Rücken und legte sich ein Kissen über die Augen.

Er, beziehungsweise seine Familie konkurrierte mit den Falkos schon seit Jahrhunderten über die höchste Position.

Auch über diese Familienmelodie hatte sie etwas erfahren können. So wie es aussah, hatte jede Vampirfamilie eine eigene, nicht zu verwechselnde Melodie. Nur diejenigen, die die gleiche oder eine ähnliche hatten, passten wirklich zusammen und wurden über die Jahrhunderte auch glücklich miteinander. Dies war jedoch sehr selten.

Warum sie jetzt genau die gleiche Melodie, wie Dantes Familienmelodie im Kopf gehabt hatte, wusste sie nicht. Darüber dachte sie auch am besten gar nicht nach. Ansonsten bestand die Gefahr, dass sie doch noch durchdrehte.

Bei den Gestaltwandlern gab es auch eine Art Hierarchie. Da gab es die Alpha und dann immer stufenweise die anderen.

Tja, wer der Alpha war, war da ja wohl klar, nicht?

Bei den Ghulen gab es so etwas nicht. Der einzige Unterschied lag darin, ob sie reich waren oder nicht. Da aber ausschließlich alle an dieser Schule über die Jahrhunderte ein kleines Vermögen angespart hatten, gab es so gut wie keinen Unterschied.

Bei den Nephilem war es kompliziert. Da entschied die Elternfrage. Welcher stammte von welchem Engel ab, wer war höher wer nicht?

Soweit sie mitbekommen hatte, war der höchste der Klasse ein Kind eines Erzengels. Es schien gar nicht so verpönt zu sein, wenn Engel Beziehungen mit Menschen hatten, wie es immer geschrieben wurde.

Sie persönlich konnte daran nichts wirklich schlechtes finden, aber ihre Meinung zählte nicht.

Es klingelte.

Verwirrt setzte sie sich auf. Besuch? Seit wann hatte sie Besuch?

Vorsichtig öffnete sie die Tür.

Und dann auch noch so viele!

Vor ihrer Tür stand Anakin, Valentin, ein Ghul, ein Nephilem, drei Menschen und … Dante.

Der Blick seiner onyxfarbenen Augen ließ sie innerlich erzittern, doch da wandte er seinen Blick auch schon ab.

Verwirrt starrte sie die kleine Armee vor ihrer Tür an.

„Ich kaufe nichts."

Valentin lachte.

„Schade", brummte er.

Sie zog die Augenbrauen hoch. Flirtete er mit ihr? War er völlig verrückt geworden?

Der Mensch neben ihm, sie hieß Lilli oder so, stieß ihm ihren zarten Ellenbogen in die Seite.

„Benehm dich."

Er grunzte nur, rieb sich aber die Seite.

Lilli wandte sich an sie.

„Hi, wir sind hier, um dir die ganze Sache etwas näher zu bringen."

Welche Sache?

Alle starrten sie erwartungsvoll an, außer Dante, der begutachtete die Fassade.

Ach, die Sache.

„Äh."

Wie sollte man auf so etwas reagieren?

Anakin räusperte sich.

„Wie wäre es, wenn wir erstmal alle rein gehen und uns setzen."

Erwartungsvolle Blicke. Sie spielte mit dem Gedanken, ihnen die Tür vor der Nase zuzuschlagen. Dantes wissendes Grinsen lenkte sie kurz ab, aber dann trat sie pflichtbewusst zur Seite und machte ihnen den Weg frei.

„Klar kommt doch rein."

Und schon hatte sie den Feind ins Haus gelassen. Wunderbar.

Ihr Sofa war übervölkert worden. Valentin, Lilli, ein Ghul namens Gill, dessen Mensch Natt und der Mensch der Nephilem, Mina fläzten darauf. Der Nephilem, Aril, seines Zeichen Feuerengel, saß elegant am Rand und ließ seinen Blick durch ihre Wohnung wandern. Er war nicht der höchste, aber nahe dran. Dante stand lieber und lehnte sich an ihre Verbindungswand zu der Küche. In der hatte sie sich verkrochen und suchte Gläser. Gefunden hatte sie sie schnell, ihren Mut, ins Wohnzimmer zu gehen, eher nicht.

Aber was blieb ihr anderes übrig? Tief durchatmend und bis zehn zählend nahm sie das Tablett mit den Gläsern und machte sich auf den Weg ins Wohnzimmer. Was würden sie wohl machen, wenn sie einfach abhaute?

Aber das ging natürlich nicht, immerhin war das hier ihre Wohnung und gezwungen, sie hereinzulassen, hatte sie auch keiner.

Verdammter Mist.

Einfach rauswerfen konnte sie sie aber auch nicht.

Scheiß drauf. Was konnte schon passieren?

Ihrem Kopf war das klar, aber ihr Herz raste trotzdem.

Hope stellte das Tablett auf den Tisch und ließ sich in den Sessel sinken, dabei alle im Blick haltend.

Nachdem sich alle bedient hatten, räusperte sich Anakin und lenkte ihre Aufmerksamkeit auf ihn.

„Also, du hast bestimmt Fragen."

„Nö."

Alle wandten sich ruckartig zu ihr und stutzten. Dante hingegen spielte mit ihrer Zimmerdeko.

Anakin hackte nach.

„Gar keine?"

Sie schüttelte den Kopf.

Bevor er noch einmal fragen konnte, erhob sich Lilli und nahm sie bei der Hand.

„Okay, Jungs, jetzt bin ich dran."

Damit zog sie sie in die Küche.

„Ignorier die einfach, Männer. Keine Ahnung von nichts."

Hope grinste.

„Hey!", moserte Valentin aus dem Wohnzimmer.

Sie ignorierten ihn beide.

Lilli durchstöberte ihre Schränke und fand eine Chipstüte, die sie beherzt aufriss.

„Du hast die Bücher gelesen?

Hope lehnte sich an den Tresen.

„Ja."

Insgeheim war sie ja froh, von der Horde an Menschen, Entschuldigung, Unsterblichen in ihrem Wohnzimmer befreit worden zu sein.

Lilli nickte und stopfte sich Chips in den Mund.

„Das erklärt, warum du keine Fragen hast", meinte sie kauend.

„Du kannst uns trotzdem alles fragen, was du willst, wann immer du willst. Für mich war es am Anfang auch nicht so leicht, weißt du? Ich habe es erst sehr spät gemerkt. Klar, komisch war schon einiges, nicht? Aber richtig kapiert habe ich es erst, als ich Valentin im Wald gesehen habe."

Sie verstand sie nicht ganz.

„Im Wald?"

Sie nickte eifrig.

„Ja, hat mich ganz schön überrascht."

Valentin war in die Küche gekommen und nahm die Chipstüte an sich.

„Friss mir nicht alles weg."

Lilli boxte ihn kameradschaftlich auf den Arm.

„Ich fresse nicht, du Viech."

Er schnaubte nur und stopfte sich selber das Maul mit Chips.

Waren die nur gekommen, um ihre Küche leer zu futtern, oder was?

„Im Großen und Ganzen wollten wir dir nur sagen, dass du dir keine Sorgen machen musst, oder so. Wir sind ganz harmlos, meistens."

Er zwinkerte ihr zu.

Ganz toll.

„Außerdem ist es wichtig, dass du hier bleibst. Die Vampire brauchen dringend einen Menschen, ansonsten müssten sie noch länger hierbleiben."

Sie stutzte.

„Warum das?"

Valentin lachte.

„Weil sie es geschafft haben, alle Menschen, die zu ihnen kamen, zu vertreiben."

Ach. Was sagte man dazu?

„Jetzt übertreib mal nicht."

Anakin war in die Küche gekommen und setzte sich auf einen Stuhl.

„Sie wollten einfach nicht mit Untoten leben, sonst nichts."

Aha. Dieses Gespräch wurde immer komplizierter.

„So."

Lilli klatschte in die Hände.

„Jetzt, da ihr alle wisst, dass sie nicht hysterisch schreiend wegrennen wird, könnt ihr gehen. Jetzt gibt es einen Kinoabend nur mit Menschen, Untote nicht erwünscht."

Damit schob sie Valentin voran zur Tür. Dieser ließ sich willig schieben, ihre Chips immer noch in der Hand.

Anakin lächelte noch einmal und ging dann, hinter ihm Gill, der freundlich winkte. Aril kam auf sie zu.

„Du kannst immer zu uns kommen, wenn du Probleme hast. Wir regeln das dann mit den Blutsaugern für dich."

Sie war überrumpelt.

„Äh, danke."

Er nickte und ging ebenfalls. Dante riss sich von einem Bild an der Wand los und marschierte genauso wortlos, wie er gekommen war, aus der Tür.

Sehr nett.

Doch Lilli lenkte ihre Aufmerksamkeit wieder auf sich, indem sie mit einer DVD vor ihrer Nase herumwedelte.

„Zeit für etwas hirnschmelzendes Fernsehen."

Der Abend wurde dann doch noch normal und sie amüsierten sich ziemlich gut.

Alle erzählten, wie sie das bestgehütete Geheimnis herausbekommen hatten und auch ein paar witzige Geschichten über das Leben mit Unsterblichen.

Als sie dann alle gegangen waren, graute der Morgen schon.

Hope war erleichtert und räumte das benutzte Geschirr weg. Aber froh war sie auch. Endlich schienen sie sie aufgenommen zu haben. Sie war nicht mehr die Außenseiterin.

Trotzdem wirbelten die Ereignisse des Tages immer noch wild in ihrem Kopf herum.

Von einer Sekunde auf die andere war ihr schönes, normales Leben komplett verschwunden und sie war an einer Schule für Unsterbliche, als fast einziger Mensch.

Aber das konnte funktionieren. Das sah man schon an Lilli. Sie vermutete, sie und Valentin waren etwas mehr als Freunde, aber wieso war er dann so auf sie fixiert?

Und warum konnte Dante sie nicht ausstehen? Sie hatte ihm nichts getan, verdammt!

Vielleicht würde sich das ja noch geben. Die Hoffnung starb ja bekanntlich zuletzt.

Ja, ja, schlechter Scherz.

Am nächsten Morgen war alles anders. Niemand starrte sie komisch an oder redete hinter ihrem Rücken über sie. Sie lächelten sie an und redeten mit ihr.

Hope war froh und unendlich glücklich.

Da konnte auch Zazeck nichts dran ändern. Sie beantwortete jede seiner Fragen freudestrahlend, dass er es bald aufgab.

Ihr war der schneidende Blick einer ihrer Mitschülerinnen wohl bewusst, wusste aber nicht einmal ihren Namen.

Schulterzuckend nahm sie es so, wie es war. Im Ganzen war das Leben hier viel besser geworden. Mittags verwickelten sie die anderen in hitzige Diskussionen und lachten mit ihr.

Nur Dante sah sie immer so komisch an, aber sie ließ sich nichts anmerken.

Jedenfalls so lange, bis die zwei, die die Plätze zwischen ihm und ihr besetzt hatten, einen krassen Streit hatten.

Ihr Lehrer setzte sie nach vorne und änderte die Sitzordnung im Ganzen etwas.

„Will komm hier nach vorne, Jack du nach links. So und Cloé, geh bitte auf den vordersten rechten Platz, danke."

Aha, sie hieß also Cloé.

Das half ihr zwar auch noch nicht weiter, aber später würde sie sich noch einmal nach ihr erkundigen.

„Hope setz dich bitte neben Dante."

Was?

Sie schreckte auf und starrte den Lehrer entsetzt an.

Hatte sie sich verhört?

Anakin lächelte sie aufmunternd an und nickte in Dantes Richtung.

Hope schluckte und stellte sich ihrem Schicksal.

Er machte keinen Mucks, als sie sich neben ihm fallen ließ.

Besser für ihn war es allemal.

Die ganze restliche Stunde über saß sie steif neben ihm und starrte stur geradeaus.

Schöne Scheiße, warum immer sie?

Als es endlich klingelte, zuckte sie erleichtert zusammen und räumte ihre Sachen zusammen.

„Ich beiß nicht, weißt du?"

Dante saß auf dem Stuhl zurückgelehnt da und sah sie unter halb geschlossenen Augen träge an.

„Aha", sagte sie nur und machte sich auf den Weg zu Kunst.

Männer, alles Idioten!

Anakin begleitete sie und ließ sie Dante schnell vergessen.

7

Sie saßen zusammen in der Bibliothek und machten Hausaufgaben.

„Zazeck übertreibt maßlos", moserte Jess. Sie war zu so etwas wie Hops bester Freundin geworden. Einmal hatte sie sie aus einer blöden Situation in Mathe gerettet und seitdem waren sie Freunde.

„Wem sagst du das?", fragte Anakin und blätterte eine Buchseite um.

Sie warf ihm ihren Stift an den Kopf.

„Was beschwerst du dich? Du bist doch schon lange fertig!"

Er grinste.

„Solidarische Anteilnahme."

Hope lachte.

„Du weißt doch noch nicht mal, wie man das schreibt."

„Klar weiß ich das", antwortete er verschnupft und wandte sich wieder seinem Buch zu.

„Klar", war Jess Antwort.

„Seid doch mal ruhig", moserte nun Drake, Jessicas Freund.

„Mimose", war ihr Urteil und Jess und sie lachten.

Drake sah sie verärgert an, sagte aber nichts mehr.

„Männer", meinte Jess.

„Ich hol mir nen Kaffee, kommst du mit?"

Hope sah demonstrativ auf ihren Haufen an Aufgaben.

„Bei dieser Menge an Sachen? Na klar, was denkst du denn?"

Jess grinste.

„Na dann komm."

Sie zog sie auf die Füße und zusammen machten sie sich auf den Weg zum Kaffeeautomaten, der leider vor dem Speisesaal stand.

„Da gäbe es echt mehr als genug andere Plätze für", beschwerte sich Jess auf dem Rückweg.

„Tja, was will man machen? Man kann ihn ja nicht nachts, ich meine tagsüber einfach mal hochheben und wo anders hinstellen."

Sie grinste.

„Wenn genug helfen, garantiert."

„Klar."

Sie kamen am Wald vorbei. Hope suchte wie immer nach dem Schatten, aber gesehen hatte sie ihn schon lange nicht mehr.

„Wer geht eigentlich in den Wald?"

Jess nippte an ihrem Kaffee.

„Die Gestaltwandler. Dort können sie ihre Gestalt ungestört wandeln und als Tiere herumrennen. Natürlich nur dort. Also halt dich lieber davon fern."

Ja, das wäre wohl besser.

Vielleicht hatte sie damals, an ihrem ersten Tag ja einen der Gestaltwandler im Wald gesehen? Möglich war es allemal.

„Was ich dich noch fragen wollte."

Jess blieb stehen und lehnte sich an eine Laterne.

„Was läuft zwischen dir und Anakin?"

„Was? Wie kommst du denn darauf?"

Sie grinste.

„Na ja, er ist immer bei dir und sieht dich so an. Du weißt schon, wie."

Ich stutzte. Tat er?

„Ist mir nicht aufgefallen."

Jess prustete in ihren Kaffee.

„Klar, du behandelst ihn ja auch nur wie einen Freund."

„Das ist er ja auch."

Hope war von dem Gesprächswechsel etwas irritiert.

Jess schien das zu merken und ging wieder los.

„Wie auch immer ist deine Sache, aber eins musst du wissen. Anakin ist tabu. Für alle, außer er sucht sie sich aus. Ungeschriebenes Gesetz zwischen den Vamps. Cloé, du kennst sie?"

Ich nickte. Oh ja, die kannte ich. Sie schoss mir immer noch vernichtende Blicke zu. Jetzt wusste ich wenigstens, warum.

„Na ja, sie ist schon seit Jahren in ihn verknallt, musst du wissen. Aber er würdigt sie keines Blickes. Zudem hast du ihn schon von Anfang an fasziniert. Sei also vorsichtig, ja?"

Hope nickte abwesend.

Klar, Anakin und sie verbrachten viel Zeit miteinander, aber meistens lernten sie zusammen. Er war echt ein Genie, besonders in Geschichte.

Und ansonsten war er immer freundlich zu ihr, mehr aber auch nicht.

Nachdenklich analysierte sie jede Sekunde, die sie mit ihm verbracht hatte.

Langsam aber sicher kam sie zu dem Schluss, dass Jess recht gehabt haben könnte. Seine Blicke waren manchmal zu tief, seine Nähe zu nah, sein Lächeln zu strahlend.

Oh, Gott!

Ein Vampir hatte sich in sie verliebt!

Und dann auch noch der Höchste in ihrer komischen Hierarchie!

Was sollte sie denn jetzt nur machen?

Dante war auch so ein Problem geworden, von dem sie nicht wusste, wie sie es lösen sollte. Er schnitt sie, radikal. Sprach kein Wort mit ihr und wenn doch nannte er sie Kleines.

Langsam aber sicher wurde sie wütend, richtig wütend.

Was zum Teufel hatte er für ein Problem?

An diesem Tag trieb er es besonders schlimm. Sie sollten Partnerarbeit machen aber der feine Herr dachte ja gar nicht dran.

„Was ist eigentlich dein Problem?", zischte sie ihn nach einer Weile vernichtend an.

Er verzog keine Miene, sondern hatte den Blick fest auf sein Arbeitsblatt geheftet.

Kurzerhand rammte sie ihm ihren Ellenbogen in die Rippen.

„Hey, ich rede mit dir."

Er schnaubte und schrieb etwas auf.

„Ich aber nicht mit dir."

Was?

Wütend wandte sie sich von ihm ab und versuchte die Fragen des Blattes zu verstehen.

„Arschloch", murmelte sie laut genug, dass er es mit Sicherheit hören konnte.

Sie sah seine Mundwinkel zucken.

Mistkerl.

Nach der Stunde, die sie fast in den Wahnsinn getrieben hatte, stürmte sie aus dem Raum und verbarrikadierte sich in ihrem Zimmer.

Die konnten sie mal alle und zwar kreuzweise.

Warum Dante sie so wütend machte, war ihr schleierhaft. Immerhin konnte es ihr ja herzlich egal sein, tat es aber komischerweise nicht.

Da sie so wütend nicht schlafen konnte, zog sie sich ihren Trainingsanzug an und joggte eine Runde.

Dabei kam sie wieder am Waldrand vorbei.

Der Schatten war wieder da, jetzt, wo sie ihn fast einen Monat nicht gesehen hatte, war er wieder aufgetaucht.

Hope blieb stehen und starrte in den Wald. Sie war gerade genau in der richtigen Stimmung, um ein bisschen Frust abzubauen.

„Zeig dich schon."

Nichts, nur Rascheln. Sie wartet noch kurz, drehte sich dann um und joggte weiter.

„Feigling."

Vielleicht bildete sie es sich ja auch nur ein, aber das Rascheln, was sie jetzt hörte, schien entrüstet zu sein. Sie grinste.

Nachdem sie sich so richtig ausgepowert hatte, machte sie sich langsam wieder auf den Weg in ihre Wohnung.

Morgen wäre Wochenende, da konnte sie es sich leisten, länger aufzubleiben. Die Sonne stand schon ziemlich hoch am Himmel.

Sie genoss die warmen Strahlen, die auch noch den letzten Rest Schnee wegschmolzen.

Schade eigentlich. Die Schneeballschlachten waren echt witzig gewesen.

Seufzend bog sie um die Ecke und stutzte. Da stand eine dunkle Gestalt an ihrer Tür, noch halb in den letzten Schatten verborgen.

Hope wurde immer langsamer, dafür schlug ihr Herz immer lauter und schneller.

Wer war das, was wollte er von ihr?

Ihre Furcht legte sich allerdings schnell wieder und wurde zu Wut, als sie sah, wer da an ihrer Tür lehnte.

„Was willst du?", herrschte sie ihn an.

Dante hob kurz den Kopf, ließ den Blick aber nur kurz hochschnellen, bevor er ihn wieder senkte.

„Was denkst du denn?"

Sie dachte, dass sie genervt war und verdammt noch mal in ihre Wohnung wollte.

„Was weiß ich, andere Leute nerven?"

Er grinste, wurde aber schnell wieder ernst, als er ihren Blick sah.

Dann stieß er sich von der Wand ab und stellte sich genau vor sie.

„Jetzt mal im Ernst, ich wollte mich entschuldigen."

Ach, zu so etwas ließ sich der feine Herr hinunter?

„Erzähl das jemand anderem."

Seine Miene wurde hitzig.

„Dann halt nicht."

Und schon war er einige Meter entfernt.

„Ja, geh ruhig."

Hope schnaubte abfällig, wandte sich zu ihrer Tür und schloss sie gerade auf, als sie etwas hart im Rücken traf.

Onyxaugen bohrten sich in ihre.

„Lass das", fauchte Dante sie an. Täuschte sie sich oder waren seine Eckzähne etwas spitzer als sonst?

„Was?"

Ihre Stimme war etwas rau. Wollte er sie jetzt beißen, oder was? Ihr Herz, das sich eben erst wieder beruhigt hatte, fing wieder an zu rasen.

„Hör auf mich zu verspotten."

Dante senkte den Kopf zu ihrer Kehle und sie wurde ganz starr. Was spielte er da für ein Spiel?

„Denn wenn ich hier rieche."

Er zog tief die Luft ein. Hope erzitterte und ihre Knie wurden weich.

Oh Gott!

Er war ein Psychopath!

„Dann kann ich deine Angst riechen."

Er näherte sich noch weiter ihrer Kehle und sie fing an zu zittern.

Was war nur mit ihm los?

Was um Himmels willen hatte sie ihm getan?

Jetzt drückte er sie mit seinem ganzen Gewicht gegen die Wand und hielt ihre Handgelenke im eisernen Griff gefangen.

Sie wimmerte.

Es war zu viel. Die Panik überrollte sie und fegte ihren Kopf leer.

Dante schien zu spüren, dass sie zitterte, denn er stutze auf einmal und sah ihr in die schreckgeweiteten Augen.

In seinen unendlich tiefen Augen sah sie Erkenntnis, aber keine Freude darüber, sondern eher Bedauern.

So abrupt ließ er sie los, dass sie an der Zimmerwand hinabrutschte.

Er wich zurück, einen nicht definierbaren Ausdruck im Gesicht.

„Es tut mir leid."

Und schneller, als sie es hätte sehen können, war er verschwunden und hatte die Tür hinter sich zugeschlagen.

Hope brach in Tränen aus.

Was war denn nur los?

Sie verstand es nicht.

Warum?

Nachdem sie sich etwas erholt hatte, kroch sie so, wie sie war, ins Bett.

An Schlaf war nicht zu denken.

Den Rest des Wochenendes verbarrikadierte sie sich in ihrer Wohnung.

Jegliche Kontaktaufnahme brach sie ab und kauerte eigentlich nur in ihrem Bett.

Wenn es an der Tür klingelte, rührte sie sich einfach nicht.

Sie waren gefährlich. Das war ihr zwar von Anfang an klar gewesen, aber jetzt realisierte sie es erst richtig. Mit ihnen konnte man nicht umgehen wie mit normalen Menschen.

Er hätte sie töten können, einfach so und keiner hätte es bemerkt!

Ihr wurde schlecht.

Doch sie hatten auch gute Seiten. Jess war ihre beste Freundin, Anakin war anscheinend in sie verliebt, worum sie sich auch noch kümmern musste.

Seufzend starrte sie an die Decke.

Sie waren alle freundlich und Hope war sich ganz sicher, dass keiner von ihnen ihr absichtlich Schaden zufügen wollte.

Vielleicht sollte sie das Geschehene einfach als Warnung sehen und etwas vorsichtiger sein.

Genau.

Immerhin waren sie jetzt doch ihre Freunde.

Und Freunde gingen durch dick und dünn.

Man könnte jetzt ja auch sagen, dass Dante mitnichten ihr Freund war, aber ihm hatte es leidgetan, das hatte sie genau gesehen.

Trotzdem setzte sie sich am Montag soweit an den Rand des Tisches, wie es ging.

Seine Miene schien bekümmert zu sein, aber sie traute sich nicht, genauer hinzusehen.

Natürlich machten sich die anderen Sorgen, was mit ihr los gewesen war.

„Es war nichts. Ich war nur ein bisschen krank und habe die meiste Zeit geschlafen. Deswegen hatte ich auch die Klingel ausgestellt."

Dante zuckte bei dieser Lüge etwas zusammen.

Hatte er ein schlechtes Gewissen?

Die anderen schienen beruhigt zu sein und erkundigten sich, ob es ihr schon wieder besser ging.

Außer Anakin, der schaute skeptisch von ihr zu Dante.

Ahnte er etwas?

Aber woher denn? Sie war alleine gewesen.

Nur sie und Dante und das Rascheln.

Panik durchfuhr sie. Aber wieso sollte Anakin sie bespitzeln, er kannte sie doch.

Diese Schule trieb sie noch in den Wahnsinn.

Es war gerade mal die zweite Stunde und Hope sehnte sich das Ende des Tages so sehr heran, als wäre sie schon den ganzen Tag im Unterricht.

Und es wurde auch nicht besser.

Gerade standen sie zur Begrüßung vor ihren Plätzen, als Cloé, die sich verspätet hatte, in die Klasse schlüpfte und dicht an ihr vorbei ging.

Hope hörte ein Geräusch, als würde etwas fallen, doch als sie sich umsah, sah sie nichts neben sich liegen.

Wahrscheinlich hatte sie sich nur verhört.

Der Lehrer forderte sie auf, sich zu setzen.

Hope setzte sich und spürte unter sich etwas zerbrechen.
Eine glitschige Flüssigkeit breitete sich unter ihr aus.
Sie riss die Augen auf und erstarrte.
Das durfte doch nicht wahr sein.
Sie hatte sich gerade eben auf ein Ei gesetzt.
Vorsichtig rutschte sie etwas nach vorne.
Jupp, definitiv ein Ei.
Wie kam es auf ihren Stuhl?
Die Erkenntnis ließ sie quer durch den Raum starren.
Dort saß Cloé, sich leicht nach hinten gedreht und grinste
sie schadenfroh an.
Diese blöde Kuh, was hatte sie ihr denn getan?
Neben ihr kicherte Dante leise.
Hope fuhr zu ihm herum und blitzte ihn wütend an.
Das verbesserte die Lage auf ihrem Stuhl auch nicht ge-
rade.
Warum zum Teufel hatte sie heute einen Rock angezo-
gen?
Bei einer Hose wäre der Schaden nicht so schlimm gewe-
sen, aber so?
Die ganze Stunde lang saß sie kochend auf ihrem Stuhl
und überlegte fieberhaft, wie sie sich aus diesem Schla-
massel befreien konnte.
„Hope, würdest du die Gleichung bitte an der Tafel lö-
sen?"
Scheiße!!
„Ähm, das ist gerade schlecht."
Der Lehrer und die ganze Klasse stutzen, außer Cloé, die
lachte.
Blöde Kuh.
Der Lehrer kam zu ihr.
„Warum ist das gerade schlecht?"

Sie räusperte sich und schaute überall hin, nur nicht zum Lehrer.

„Ich hab nen Krampf im Fuß."

Genau. Ihr wurde ganz heiß. Warum musste so etwas immer ihr passieren?

„Dann gehst du am besten zur Krankenschwester."

Echt jetzt?

„Äh, so schlimm ist es dann auch nicht."

Hope war sich der fragenden Blicke ihrer Freunde nur allzu bewusst.

„Dann kannst du ja doch zur Tafel gehen."

Sie schüttelte verzweifelt den Kopf.

„Nein, so gut ist es noch nicht."

Der Lehrer schien verwirrt zu sein und rief schließlich Jess zur Tafel. Die schaute sie komisch an, machte sich dann aber auf den Weg.

Als es dann endlich klingelte, blieb sie so lange wie möglich sitzen.

Schnell hatten sich alle um sie versammelt.

„Mensch, Hope, was ist denn nur los mit dir?"

Sie funkelte Jess böse an.

„Nichts, die blöde Kuh von Cloé hat mir ein rohes Ei auf den Stuhl gelegt!", fauchte sie.

Ihr war das alles extrem peinlich.

Erst herrschte betretenes Schweigen, dann brach Drake in schallendes Gelächter aus.

Jess rammte ihm ihren Ellenbogen derart fest in die Rippen, dass er schnaufend zu Boden ging.

Ein böser Blick zu Anakin und er hörte auf zu grinsen und wich vor ihr zurück.

Sie schmiss kurzerhand alle beide aus der Klasse und gab ihr ihre Strickjacke.

„Bind dir die um die Taille und geh in den Waschraum, ich komme und bring dir einen neuen Rock."

Erleichtert lächelte Hope sie an.

„Danke."

Jess winkte ab und so machte sie, dass sie in den Waschraum kam.

Dieser war sowohl für Mädchen als auch für Jungen.

Warum war ihr schleierhaft, aber egal.

Auf die Anwesenheit von Dante hätte sie aber auf alle Fälle verzichten können.

Dieser lehnte nämlich grinsend am Waschbecken, als sie hereinkam.

„Na, kleinen Unfall gehabt, Kleines?"

„Halt die Klappe", fauchte sie ihn an und schloss sich in eine der Kabinen ein.

Sie hörte ihn lachen.

„Reg dich doch nicht so auf, ist doch nur ein Ei."

Sie würde ihm gleich mal nur ein Ei geben.

Ihr war das alles so peinlich, dass sie am liebsten geheult hätte und das Dante sich jetzt auch noch über sie lustig machte, machte es echt nicht besser.

„Verschwinde!"

Man konnte ihr wohl ihre Gefühlslage anhören, denn er schien zu stutzen.

Mit diesem blöden Ei an den Beinen konnte sie sich nicht mal auf den Klodeckel setzten und sich selbst bemitleiden.

Die Tränen stiegen in ihr auf, doch sie versuchte sie zu unterdrücken, ohne Erfolg.

Dante schwieg immer noch, dann zog er tief die Luft ein.

„Weinst du?", frage er sie entsetzt.

Das konnte er riechen?

„Nein", fauchte sie und war froh, dass ihre Stimme nicht zitterte.

„Klar weinst du."

Sie konnte ihn näher kommen hören. Wo blieb Jess denn nur?

„Denk doch was du willst."

Erneutes Schnauben, dann ging die Tür auf und sie konnte Jess mit Dante sprechen hören.

„Hau ab, du Esel. Deine blöden Sprüche braucht jetzt wirklich keiner."

Hope hörte ihn davonschlurfen.

„Die Luft ist rein, du kannst raus kommen."

Hope wischte sich die Tränen weg und kam aus der Kabine.

Jess hielt ihren Schuluniformrock hoch. Den kurzen.

Wieso hatte sie denn den genommen?

Aber besser, als der den sie jetzt anhatte, war er allemal.

Schnell wischten sie das Ei weg und sie zog den Rock an.

„Perfekt", sinnierte Jess und zog sie vor den Spiegel.

„Jetzt bessern wir noch dein Make-up auf und alles ist wieder in Ordnung."

Sie sparte sich ihr zu sagen, dass sie gar kein Make-up trug und ließ sie einfach machen.

„Wir kommen zu spät."

Jess winkte ab.

„Nein, wir sind schon zu spät. Wir schwänzen einfach."

Wenn sie das sagte. Ihr war alles egal.

„Und in der Zeit sagst du mir, was mit dir und Dante los ist."

Sie zuckte zusammen und starrte sie an.

„Was soll denn immer los sein? Wenn was los ist, dann bind`s fest", motzte sie.

Jess lachte, beharrte aber darauf.

„Komm schon, irgendetwas stimmt doch nicht, das spüre ich."

Hope schnaubte.

„Nee, du hast nur Blähungen, mehr spürst du nicht."

„Hey!"

Beide lachten.

„So, jetzt lachst du wenigstens wieder. Aber darüber reden wir noch."

Sie zog Hope mit sich.

„Mal schauen, wie Zazeck reagiert."

Oh, nein. Nicht der.

Konnte es denn noch schlimmer kommen?

Ja, konnte es. Am Ende des Tages hatte sie noch zwei Eierattacken abgewehrt und einmal konnte Anakin sie gerade noch rechtzeitig zur Seite schubsen, bevor sie ein Eimer Wasser treffen konnte. Der natürlich rein zufällig aus dem Fenster geschüttet wurde, unter dem sie stand.

Alles Zufall, klar doch.

Gerade saßen sie zusammen in Jess Wohnung und machten Hausaufgaben.

Hope ging in die Küche um noch eine Flasche Limo zu holen und Anakin folgte ihr.

„Du siehst anders aus als heute Morgen, hast du dich geschminkt?"

Hope hielt inne.

„Äh, ja. Jess meinte es würde nicht schaden und da wir eh zu spät gekommen sind", sie zuckte mit den Schultern.

Zazeck hatte das natürlich überhaupt nicht gefallen, das sie zu spät gekommen waren.

„Steht dir."

Hope sah beschämt auf den Boden.

„Danke."

Er lächelte und kam auf sie zu, in seinen Augen ein entschlossenes Glitzern.

Seine Hände stützte er neben ihr auf dem Tresen ab und so war sie gefangen. Es ging alles so schnell, dass sie gar nicht reagieren konnte. Ihr Herz machte vor lauter Schreck einen Satz.

Hope sah auf und erschrak noch mehr über die Gefühle, die sie in seinen Augen sehen konnte.

„Hope, ich muss dir etwas sagen."

Sie schluckte. Bitte nicht das, was sie dachte, was er sagen wollte.

Zum Glück kam da Drake in die Küche und Anakin wich zurück, bevor er hatte sagen können, was er sagen wollte.

Doch sein Blick versprach, dass er das noch nachholen würde.

Hope schluckte und machte, dass sie davon kam.

Jetzt hatte sie wirklich ein Problem.

Und es wurde immer größer, weil Anakin immer offensichtlicher zeigte, was er für sie fühlte. Zwar nur in kleinen Sachen, aber es war deutlich genug.

Jess grinste schon die ganze Zeit so blöd. Hope warf ihr ein Kissen ins Gesicht.

„Das ist nicht witzig", fauchte sie.

Jess lachte.

„Wenn du wüsstest."

Ja, ja alles war ja einfach nur zum Schreien komisch.

8

Dante ging zu seinem Lieblingsplatz, um ungestört zu sein. Er stockte kurz, denn er wurde schon von einem ihm nur allzu bekannten Kirsch-Vanilleduft erwartet.

Unschlüssig hielt er inne.

Er sah sie zwar noch nicht, wusste aber ganz genau, dass sie da war.

Dante zog die Tasche auf seiner Schulter gerade und dachte nach.

Er hatte sie verletzt und sogar zum Weinen gebracht, konnte es da noch schlimmer kommen?

Nicht wirklich entschied er und bog um die Ecke. Sie saß auf einem Ast des Baumes, seinem Ast.

Bemerkt hatte sie ihn nicht, was wohl an ihren Kopfhörern lag. Sie war ganz auf ihren Skizzenblock konzentriert und wippte mit dem Fuß zum Takt der Musik.

Sie strahlte innere Ruhe aus.

Dante wollte schon wieder verschwinden, aber da sah sie auf. Ihre karamellbraunen Augen weiteten sich erst leicht, zogen sich dann aber zu engen Schlitzen zusammen.

Hope zog die Kopfhörer von den Ohren und hängte sie sich um den Hals.

„Was willst du?"

Automatisch schnaubte er.

„Nichts, die Frage ist eher, was du hier willst."

Das ließ sie stutzen und ihren Block sinken. Er warf einen Blick darauf, doch sie drückte ihn sich an die Brust. Als er aufsah, sah sie noch verkniffener aus.

„Wie meinst du das? Ich war zuerst hier."

Das dachte sie.

„Bist du dir da hundertprozentig sicher?"

Hope reagierte anders, als er erwartet hatte. Sie diskutierte nicht mit ihm, sondern glitt vom Baum und marschierte an ihm vorbei.

„Warte."

Er hielt sie am Arm fest.

„Du musst nicht gehen."

Sie schnaubte zynisch und blickte auf ihren Arm.

„Krieg ich den wieder oder willst du den behalten?"

Er lachte.

„Was wäre denn wenn?"

Sie wurde blass. Warum verstand sie seine Witze nie? Es wurmte ihn, dass sie offenbar alles, was er machte immer als schlecht erachtete.

„Und?"

Sie schien ungeduldig, hatte aber nicht den Mut, ihren Arm einfach selbst zu befreien.

„Gleich."

Er wusste nicht wieso, aber er wollte sie in seiner Nähe haben. Also packte er sie bei den Hüften, trug sie zum Baum und setzte sie wieder auf den Ast.

„Sei froh, dass ich kein Ghul bin, ansonsten hättest du deinen Arm so schnell nicht mehr wieder gesehen."

Sie lachte und es war ein ehrliches Lachen.

Das freute ihn.

„Tja, spätestens in drei Tagen, nicht?"

Es dauerte etwas, bis er den Witz verstand, aber dann kicherte er.

„Ob du ihn dann noch haben willst, ist die zweite Frage."

Dante ließ sich unter dem Baum nieder und schlug seine Hefte auf.

Nach einer Weile schielte er nach oben und sah, dass sie weiter zeichnete.

Erleichtert machte er sich an Mathe. Wofür er das Fach mal brauchen würde, war ihm schleierhaft, außerdem war er extrem schlecht darin.

Er brütete gerade über der Volumenberechnung des Zylinders, als sich ein Stift auf sein Heft senkte und eine Zahl dazu schrieb.

„Damit klappt`s besser", meinte Hope und wandte sich schon wieder ihrem Block zu.

„Danke", murmelte er.

Tatsache, so klappte es. Verstohlen musterte er sie von unten herauf.

Sie hatte die Stirn leicht in Falten gelegt und begutachtete kritisch ihr Werk.

Sie übte auf ihn eine gewisse Anziehungskraft und Faszination aus, gegen die er sich nur schwer wehren konnte.

Also beschloss er es noch einmal mit einer Entschuldigung zu versuchen.

„Das neulich tut mir echt leid, ich weiß auch nicht, was da in mich gefahren ist. Aber irgendwie macht mich dein Duft rasend und damit komm ich nicht klar."

Er sah sie stutzen und wusste, dass er es schon wieder verbockt hatte.

„Wonach rieche ich denn?"

Sie war eher neugierig, als verschreckt oder ärgerlich. Das ließ ihn weiter reden.

„Nach Kirschen und Vanille."

Sie legte den Kopf schief und ihre Haare rutschten ihr von der Schulter. Ihr Geruch traf ihn wie eine Wand.

„Und nach Honig."

Sie lachte und schüttelte den Kopf.

„Was?"

Dante verstand nicht, warum sie lachte.

„Du kannst mir doch nicht erzählen, dass du das alles riechst."

Er lehnte sich an den Baum und verschränkte die Arme.

„Doch. Wenn du lachst wird der Geruch nach Vanille stärker, bist du wütend, kommt die Kirsche durch."

Kurz zögerte er.

„Wenn du weinst, riecht es nach Regen."

Sie stutzte und sah ihm forschend in die Augen. Er wusste nicht, was sie darin sah.

„Können das alle?"

Seine Mundwinkel zuckten. Also hatte sie doch noch Fragen.

„Ja, manche besser, andere weniger gut."

Sie nickte, schloss ihren Block und legte ihn neben sich. Dann zog sie die Beine an und legte den Kopf darauf.

Ja, es stimmte. Sie war etwas ganz besonderes.

Ihre Blicke verhakten sich etwas zu lange ineinander. Er räusperte sich und wandte den Blick ab. Sie weckte Gefühle in ihm, die er noch nie zuvor gefühlt hatte.

Das verstörte ihn etwas.

„Was hast du gezeichnet?"

Ihre Hand, die auf dem Block lag, zuckte kurz.

„Nichts."

Das war interessant. Er konnte ihre Nervosität riechen.

„Klar."

So schnell, wie es nur Vampire konnten, zog er den Block zu sich und klappte ihn auf.

Hope sprang auf und wollte ihn ihm entreißen.

„Gib den her!"

Er dachte ja nicht mal dran. In aller Seelenruhe hob er den Block soweit an, dass sie nicht herankam und blätterte ihn durch.

Es waren wunderschöne Landschaftsbilder dabei, einige kleine Skizzen und auch Personen aus der Schule. Da war Zazeck, wie er aussah, wenn er sich aufregte, was häufiger vorkam und auch Jess, die lachend Drake in die Schulter boxte.

Sie beobachtete ihre Umgebung genau. Jedes Detail war sauber ausgearbeitet und man hätte das Bild für ein Foto halten können.

Dann kam er auf die letzte Seite und er roch, wie sie langsam panisch wurde, während sie um ihn herumhüpfte und den Block zu fassen kriegen wollte.

Er blätterte um und sah sich selbst.

Er lehnte an dem Baum, hatte die Augenbrauen leicht zusammengezogen und kaute auf seinem Stift herum.

Das hatte sie eben gerade gezeichnet.

Sie hatte jede Kleinigkeit von ihm präzise abgebildet. Er wirkte nachdenklich und das Gefühl stellte das Bild so krass da, dass man es fast greifen konnte.

Der Schock hatte ihm die Hand, in der er den Block hielt, etwas sinken lassen und jetzt riss sie ihm die Blätter aus der Hand.

Wut kochte ihn ihr und er fühlte sich, als stände er in einer Kirschbaumplantage.

„Ich hasse dich!", schrie sie ihn an und rannte dann davon.

Entsetzt blieb er zurück und sah ihr nach.

Bei ihr kam er einfach nie auf einen grünen Zweig.

Dante rieb sich den Nacken und starrte wütend in den Wald.

Verdammte Scheiße aber auch.

Wenn sie wirklich die war, wie er glaubte, musste er verdammt gut aufpassen, auf sie aufpassen.

Mit den Händen tief in den Taschen vergraben, machte er sich auf den Weg in sein Zimmer. Dort nahm er sich eine Flasche Blut aus dem Kühlschrank und setzte sich aufs Sofa.

Er musste überlegen, wie er jetzt vorging.

9

Hope stampfte in ihrer Küche wütend hin und her.

Was fiel ihm ein?

Das war privat gewesen und er sah es sich einfach an!

Andere führten ein Tagebuch. Sie zeichnete, was sie bewegte.

Außerdem hatte sie das Bild von ihm eher aus Langeweile gezeichnet, als aus irgendeinem anderen Grund.

Ach, Scheiße.

Das hatte sie jetzt davon, dass sie Zeit mit ihm verbracht hatte.

Es klingelte.

Wütend marschierte sie zur Tür und riss sie auf.

Lilli und Jess standen davor und sahen sie überrascht an.

„Erzähl uns alles", platzte es wenige Minuten später aus Lilli heraus.

Sie saß verkehrt herum auf dem Sofa und aß Chips.

Sie konnte essen, so viel sie wollte und nahm kein Gramm zu!

„Was denn?"

Jess seufzte theatralisch.

„Fang nicht schon wieder so an. Wir haben dich beide wutschnaubend hinter dem Gebäude rauskommen gesehen und kurz danach ist Dante grübelnd und leicht verwirrt aus derselben Richtung gekommen."

Verwirrt? Was hatte der für einen Grund, verwirrt zu sein?

Wenn hier einer verwirrt sein durfte, dann war sie das.

„Also?"

Lilli schielte sie von ihrer Position auf der Couch kopfüber an.

Seufzend ließ sie sich in ihren Sessel fallen, zog die Beine an, schlang die Arme darum und starrte beide wütend an.

„Ihr seid echt nervig, alle beide. Nur das ihr das wisst."

Jess zuckte mit den Schultern.

„Wissen wir."

Auffordernd warf Lilli ein Kissen nach ihr.

„Na gut, ich sag´s euch ja."

„Von Anfang an, wenn ich bitten darf."

Das Kissen traf Jess am Kopf.

„Also, ich wurde neben Dante gesetzt, das wisst ihr ja schon."

„Ich nicht", beschwerte sich Lilli.

„Dann weißt du es jetzt, sei still."

Jess winkte nach ihr, wie nach einer lästigen Fliege.

„Weiter im Text."

Hope seufzte. Die beiden waren echt anstrengend.

„Tja, seit dem Musikunterricht scheint er jedenfalls nicht sehr gut auf mich zu sprechen zu sein. Jedenfalls hat er mich konsequent ignoriert, womit ich ja theoretisch kein Problem habe. Aber wenn wir zusammenarbeiten sollen, kann man von ihm ja wohl mal verlangen, dass er mit einem spricht, oder nicht?"

Jess nickte bestätigend.

„Was war in Musik?", frage Lilli und schien sehr verwirrt.

„Erzähl ich dir später."

Jess schien das alles sehr faszinierend zu finden.

„Ich hab ihm dann auch klipp und klar gesagt, was ich davon halte und wisst ihr, was er dazu gesagt hat?"

Kurze Pause.

„Nichts, keinen Ton. Dann lacht er mich wegen dem Ei aus, du warst ja dabei."

Jess nickte und Lilli fragte nach dem Ei. Ja, sie hatte definitiv sehr viel verpasst.

„Dann geh ich zu meinem Lieblingsplatz und er taucht da auf. Ich will gehen, aber er setzt mich einfach wieder auf den Baum. Dann erklärt er mir, warum er so blöd zu mir war und faselt irgendetwas von meinem Duft, Kirschen, Vanille und Honig.

Zum Schluss klaut er mir meinen Skizzenblock und schnüffelt darin rum."

Zur Verdeutlichung wedelte sie damit herum.

„Das Ding ist wie mein Tagebuch und er liest es einfach. Da ist es doch klar, dass ich sauer werde, oder?"

Hope wartete auf die Bestätigung, die nicht kam.

Jess sah sie nachdenklich an.

„Also, ich glaube, das meiste habe ich verstanden, außer das mit den Kirschen und dem Baum.

Im Großen und Ganzen denke ich, dass er einfach nur verunsichert ist, weil du seine exakte Familienmelodie kennst. Die hütet jede Familie wie ihren Augapfel. Männer drehen bei so etwas schon mal durch."

Sie musste es ja wissen, immerhin hatte sie ja einen Freund.

„In Anbetracht der Lage finde ich, dass sowohl er, als auch du etwas zu hoch geschossen habt.

So wie du dich hier aufführst, könnte man meinen, er hätte deine Katze getötet und nicht nur ein paar Bilder von dir gesehen."

Hope unterbrach sie.

„Die so etwas wie mein Tagebuch sind!", knurrte sie.

„Äh, ja. Da ist es verständlich, dass du dich aufregst.

Als ob sie das ernst meinte.

„Geht es um dieses Bild hier?"

Lilli hatte sich mittlerweile aufgesetzt und hielt gerade die Zeichnung von Dante in die Luft.

„Nein!", kreischte Hope fast und entriss ihr den Block.

„Hört mir hier eigentlich keiner zu? Das ist mein Tagebuch. Topsecret! Lesen verboten!"

Lilli winkte ab.

„Ja, ja, schon verstanden. Den größten Teil deiner kleinen Rede zwar nicht, aber das schon. Bist du sicher, dass du nicht eher auf dich selbst sauer bist, weil er das Bild gesehen hat?"

Hope dachte nach. Das war schon möglich, vor allem, da er es überhaupt nicht, unter keinen Umständen jemals sehen sollte.

„Vielleicht".

Geschlagen ließ sie sich wieder in den Sessel fallen. Wann war sie aufgestanden?

„Aber gut gezeichnet ist es."

Jess hielt sich den Block dicht vor die Nase.

Hope stöhnte verzweifelt auf und drückte sich ein Kissen vor das Gesicht.

Sie verstanden es nicht, keiner verstand es.

Gleich morgen würde sie sich ein Schloss für den blöden Block kaufen oder ihn einfach verbrennen.

Natürlich verbrannte sie ihn nicht. Aber sie vergrub ihn unter einem Stapel Bücher.

Am Morgen ging sie nur zögernd in die Klasse. Sie wusste nicht, wie Dante reagierte oder wie sie reagieren sollte.

Ihr Herz schlug ihr bis zum Hals, so nervös war sie.

Doch er war noch gar nicht da.

Erleichtert ließ sie sich auf ihren Stuhl fallen.

Anakin kam zu ihr und setzte sich auf die Tischplatte.

„Na, wie geht`s uns denn heute, an so einem sonnigen Tag."

Demonstrativ sah Hope aus dem Fenster, wo tiefste Nacht herrschte.

„In welcher Parallelwelt lebst du eigentlich?"

Er lachte.

„In meiner ganz eigenen, eifersüchtig?"

Sie zuckte mit den Schultern.

„Vielleicht."

Er lächelte und strich ihr eine Haarsträhne hinter die Ohren.

„Wenn du lieb bist, nehme ich dich vielleicht mal mit."

Etwas befangen räusperte sie sich, bevor sie antwortete. Seine Gefühle für sie waren unbestreitbar und das versetzte ihr einen kleinen Stich, weil sie nicht so empfand.

„Klar", antwortete sie deshalb etwas lahm.

Anakins Blick wurde sanfter und intensiver zugleich.

Er öffnete den Mund, um etwas zu sagen, wurde aber von einer harschen Stimme unterbrochen.

„Verschwinde Blondie, du nervst", knurrte Dante schlecht gelaunt.

Hope zuckte zusammen und wusste nicht, was sie jetzt machen sollte.

Anakin sah erst Dante wütend an, bevor er ihr ein Lächeln schenkte und auf seinen Platz ging.

Toll, jetzt war sie alleine mit dem Kerl, der bei dem Gesicht, das er zog, auch als Massenmörder durchgegangen wäre.

Sie schluckte nervös, doch er ignorierte sie einfach, worüber sie sehr erleichtert war. Er schwieg beharrlich und so vergaß sie fast, dass er neben ihr saß.

Erst, als ihr Stift vom Tisch kullerte, fiel es ihr wieder ein, denn er hob ihn auf.

„Danke", murmelte sie.

Er nickte nur und wandte sich wieder nach vorne.

Hope räusperte sich und sah auch nach vorne, dabei begegnete sie Anakins Blick, den sie nicht benennen konnte.

Da drehte er sich auch schon wieder nach vorne.

Seufzend legte sie den Kopf in ihre Hände. Wann war ihr Leben nur so kompliziert geworden?

Aus den Augenwinkeln sah sie, dass Dante sie komisch ansah und sie richtete sich wieder auf.

In Gegenwart von Raubtieren sollte man keine Schwäche zeigen.

Dass er genau das war, ein Raubtier, hatte er lebhaft unter Beweis gestellt.

In der nächsten Stunde wollte sie sich gerade setzen, als er blitzschnell etwas von ihrem Stuhl entfernte.

Verwundert plumpste sie auf ihren Platz und schaute ihn fragend an.

Wortlos hielt er ihr ein kleines Päckchen entgegen. Eine Flüssigkeit war in dünne Folie eingeschweißt.

Die Flüssigkeit war durchsichtig und auf dem Stuhl nicht zu sehen gewesen.

„Was ist das?"

Er legte es auf den Tisch.

„Das ist eine chemisch hergestellte Flüssigkeit. Durchsichtig und unscheinbar. Kommt es aber mit Textilien zusammen, fängt es an zu stinken und wird widerlich braun. Weg zu bekommen ist das Zeug so gut wie gar nicht."

Sprachlos starrte ich das kleine Päckchen an. Wer würde etwas so gemeines tun?

Ja, okay. Blöde Frage. Der sichtlich enttäuschte Blick von Cloé war gar nicht zu übersehen.

Diese blöde Kuh.

Hope wollte doch gar nichts von Anakin, nicht das geringste. Warum verstand sie das nicht?

Den Rest der Stunde plante sie ihre Rache. Was diese hochtrabende Kuh konnte, konnte sie schon lange.

Kaum hatte es geklingelt, verschwand Cloé in den Waschraum, um sich die Nase zu pudern.

Das tat sie immer. Nach jeder Unterrichtsstunde zog sie ihren Lipgloss nach oder tat sonst was mit ihrem Gesicht.

Das hatte sie zwar überhaupt nicht nötig, denn sie sah aus wie der Traum eines jeden Mannes.

Da Cloés Platz jetzt ganz vorne war, musste Hope nur noch warten, bis sich ihr Lehrer eingefunden hatte.

Mr. Smith kam immer fünf Minuten früher. Also machte sie sich auf den Weg zu ihm, um ihn etwas zu fragen. Nebenbei ließ sie das Päckchen auf Cloés Stuhl fallen. Dabei rutschte es in eine Falte ihrer Jacke, die sie auf dem Stuhl hatte liegen lassen.

Perfekt. So konnte sie das Zeug nicht sehen, aber es würde heraussickern können.

Boshaft grinsend kehrte sie zu ihrem Platz zurück, nachdem sie Mr. Smith eine Frage zum Unterricht gestellt hatte. Ihr war klar, dass Dante sie beobachtet hatte, denn auch er lächelte verschlagen und musterte sie unter halb geschlossenen Augen aufmerksam.

Es klingelte und alle fanden sich wieder in der Klasse ein. Cloé stand gelangweilt an ihrem Platz und drehte eine Strähne ihrer Haare um die Finger.

Gleich würde ihr nicht mehr langweilig sein.

„Setzt euch."

Nachdem sie ihren Stuhl abgewischt hatte, setzte sie sich und beobachtete Cloé. Sie strich ihren Rock glatt und setzte sich, hielt dann aber inne und zog ihre Jacke weg.

Verdammter Mist!

Ein Lichtstrahl schien auf ihren Platz und Hope konnte sehen, wie das Päckchen aus der Falte rutschte und die Jacke hinunterkullerte.

Hope hielt vor Spannung den Atem an.

Zum Glück entdeckte Cloé das Päckchen nicht. Dieses war direkt in der Mitte des Stuhles liegen geblieben.

Sie setzte sich.

Hope grinste.

Stocksteif saß Cloé auf ihrem Stuhl. Hopes Grinsen wurde breiter, verschwand aber, als Cloé sich zu ihr umdrehte. Betont desinteressiert sah sie zur Tafel und schrieb die Aufgaben ab, die der Lehrer an die Tafel schrieb.

Da kroch ihr ein penetranter Geruch in die Nase. Oh Gott. Das Zeug würde nicht nur aussehen wie Scheiße, es roch auch noch so!

Die ersten Unruhen machten sich in der Klasse breit.

Cloé lief hochrot an und wusste allem Anschein nach nicht, was sie machen sollte.

Was sie sagen sollte allerdings schon.

„Du miese Schlampe! Was fällt dir eigentlich ein?", kreischte sie durch die Klasse.

Mr. Smith zuckte zusammen und ließ erschrocken die Kreide fallen.

„Miss Fallon, ich muss doch sehr bitten. Was soll denn der Aufstand?"

Doch sie ignorierte ihn und heftete ihren hasserfüllten Blick auf sie. Ihr rutschte das Herz in die Hose. Sie hatte einen Fehler gemacht, so viel stand fest.

Cloés Rache würde fürchterlich sein.

„Ich bring dich um, du dreckiger Mensch!", brüllte sie.

Ihr Lehrer warf die Kreide auf das Lehrerpult und baute sich vor Cloé auf.

„Miss Fallon, sie melden sich jetzt augenblicklich bei der Rektorin, haben sie verstanden? Ich werde dieses rassistische Verhalten, welches sie an den Tag legen nicht länger dulden, haben sie mich verstanden?"

Cloé fuhr zu ihm herum und ihr blondes Haar wehte in alle Richtungen.

„Nein", schrie sie.

Der Lehrer sah so aus, als wolle er ihr eine kleben.

„Sie stehen jetzt sofort auf und gehen, sonst bringe ich sie persönlich zur Rektorin."

Er rümpfte die Nase. Anscheinend roch er es auch. Die ganze Klasse war in Schweigen verfallen, hielt sich aber die Nase zu.

„Was stinkt hier denn so? Mr. du Crain, machen sie bitte ein Fenster auf."

Dante grinste und tat, wie ihm geheißen. Unter Cloés Blick machte ich mich auf meinem Platz ganz klein.

Scheiße!

Aber verdient hatte sie es. Ich fing den Blick von Jess auf, die die Daumen nach oben reckte. Anakin lächelte gequält, schien aber nicht sehr betroffen zu sein. Hatten denn alle mitbekommen, was sie getan hatte?

Mr. Smith starrte Cloé noch immer an.

„Haben sie mich nicht verstanden?"

Cloé wandte sich wieder ihm zu. Hatte sie Tränen in den Augen?

Auf einmal kam Hope sich schäbig vor. Sie hatte sich auf das Niveau von Cloé hinunter gelassen. Das war mies, richtig mies.

„Ja, Sir", murmelte sie.

„Dann gehen sie jetzt", knurrte dieser.

„Ich kann nicht."

Ihre Stimme klang eher gereizt und nicht so, als würde sie gleich in Tränen ausbrechen.

Hope schluckte und riskierte noch einen Blick. Sie funkelte sie derart bösartig an, dass sie erschrocken zurückzuckte.

Scheiße!!!

Ihr Lehrer verlor die Geduld und zog sie am Arm hoch. Die Klasse lachte kollektiv auf.

Cloé riss sich los und rannte aus dem Raum. Jetzt war Hope ganz sicher, dass sie nicht weinte, sondern dass ihre Augen wütend blitzten.

„Das wirst du noch bereuen", fauchte sie, bevor sie verschwand.

Mit ihr verschwand auch der penetrante Geruch.

„So und jetzt weiter im Text. Rechnet diese Aufgaben bis zum Ende der Stunde. Miss MacLee würden sie mal bitte mitkommen?"

Ich erstarrte. Er hatte es auch mitbekommen?

Den Kopf gesenkt folgte ich ihm nach draußen.

Dort wartete er schon auf sie.

„Ich weiß von den Anschlägen auf sie. Ich weiß auch, dass dieses Päckchen ihnen bestimmt war. Ich kann ebenso ihre Beweggründe nachvollziehen."

Er sah sie grimmig an.

Sie schluckte trocken. Woher wusste er dass alles?

„Ich bin aber nicht bereit, noch ein weiteres Mal schweigend zuzusehen. Mr. Falko hat mir von letzter Woche erzählt. Deswegen werde ich noch einmal ein Auge zudrücken, aber nicht, dass mir das noch einmal vorkommt, haben wir uns verstanden?"

Eifrig nickte Hope und verschwand in der Klasse. Diese hatte gelauscht, das war offensichtlich, denn als sie die Tür öffnete, traf sie ein Windstoß, der ihr verriet, dass gerade alle in Supergeschwindigkeit auf ihre Plätze gerauscht waren.

Als sie zu ihrem Platz ging, sah sie nur grinsende Gesichter und ein paar reckten ihr die erhobenen Daumen entgegen. Allem Anschein nach war Cloé nicht sehr beliebt.

„Das war ja mal der Wahnsinn. Echt, es wurde mal Zeit, dass einer diesem Miststück zeigt, wo der Hammer hängt", ließ sich Jess zur Mittagspause über sie aus. Cloé war seit dem Vorfall nicht mehr gesehen worden.

„Ja und Mr. Smith hat auch noch mitgespielt, das war das größte", rief Drake begeistert.

Ja, alles ganz toll. Doch Hope machte sich mehr um die Konsequenzen Sorgen.

Cloé würde sich rächen und dass auf eine abartige, perfide Art und Weise, da war sie sich sicher.

„Also, in unserem Rudel hätten wir das gleiche gemacht, so etwas geht gar nicht", pflichtete ihr Lilli bei.

Valentin grinste vom anderen Ende des Raumes und winkte sie zu sich.

Sie trottete strahlend zu ihm und erzählte ihm die Geschichte. Wenig später lachte er lauthals los und prostete Hope mit seinem Becher bewundernd zu.

Ja, war sie nicht toll?

Sie fühlte sich schrecklich.

„Ein Toast auf Hope", verkündete Anakin und hob seinen Becher.

Jetzt übertrieben sie aber wirklich.

„Ihr seid Spinner, wisst ihr das?"

Alle lachten und prosteten ihr immer noch zu.

„Von wegen. Cloé hat alle terrorisiert. Von Anfang an, seit sie hier ist. Es ist das erste Mal, dass sich ihr einer in den Weg gestellt hat und dann auch noch ein Mensch."

Jess stockte, als sie ihr Gesicht sah.

„Was nicht als Beleidigung gemeint war, eher als Bewunderung."

Aha.

Hope erhob sich und hängte sich die Tasche über die Schulter.

„Ich geh dann mal, meine Siegesrede vorbereiten", murmelt sie und machte, dass sie wegkam.

Sie alle taten, als hätte sie einen Drachen erschlagen, der ihr Dorf seit Jahren terrorisiert hatte.

Wenn man allerdings von ihren Argumenten ausging, war das wohl so.

Seufzend ging sie den Flur entlang und schraubte ihre Flasche auf.

Sie trank und dachte nach.

Was sollte sie jetzt machen?

Etwas Saft lief ihr über die Finger. Sie wischte ihn weg, aber ihre Finger blieben klebrig.

Mist. Sie ging zum Waschraum und wusch sich die Hände.

Irgendwie musste sie sich vor Cloé schützen, aber wie?

Sie konnte ja nicht mit einer Knarre rumrennen.

Sie hatte gesagt, dass sie es bereuen würde und um ehrlich zu sein, tat sie genau das.

Sie bereute es, dass sie sich von ihren Gefühlen hatte beeinflussen lassen.

Sie trocknete sich die Hände ab, als die Kabinentür aufging und jemand heraustrat.

Hope machte Platz am Waschbecken und wollte schon gehen, als ihr die Stimme kalt den Rücken runter lief.

„Und? Bereust du es schon?"

Oh, Mist!

Wie hatte sie sie übersehen können?

Jetzt war es zu spät.

Cloé hatte sich vor der Tür aufgebaut und starrte sie wütend an. Sie trug eine neue Hose und hatte offensichtlich geduscht, denn ihre Haare waren noch feucht.

Hope starrte sie an und wusste, dass ihr Ende nah war.

„Keiner macht mich lächerlich, keiner!", fauchte sie und kam auf sie zu.

Hope wich zurück, bis sie die Wand im Rücken spürte.

„Hast du mich verstanden? Keiner!"

Tja, bei ihrem Plan hatte sie vergessen, dass Vampire verdammt stolze Geschöpfe waren und es ihnen gar nicht gefiel, wenn man sie bloßstellte.

Pech gehabt.

Cloé lächelte sie an und ihr wurde eiskalt.

Ihr Blick wanderte über ihren Körper.

„Dachtest du so ein kleines Menschlein könnte es mit mir aufnehmen?"

Sie stieß Hope und diese krachte mit dem Kopf an die Wand. Sie sah Sterne.

„Was findet Anakin an dir? Du bist klein", bei ihr klang das so, als wäre das etwas schlechtes, „und außerdem hässlich", fauchte sie und stieß sie erneut. Hope versuchte zu fliehen, aber Cloé hielt sie an den Haaren fest.

„Wohin denn so eilig, Hope? Ich dachte die Hoffnung geht zuletzt?"

Sie lachte bösartig und zerrte sie an den Haaren in die Klokabine. Hope wusste, was das hieß und wehrte sich, aber sie hatte keine Chance.

Cloé war zu stark. Tränen traten ihr in die Augen und ihr Herz raste.

„Was ist denn Herzchen? Fühlst du dich nicht gut?", gurrte Cloé.

„Ich glaube, du brauchst eine Abkühlung."

Cloé öffnete den Klodeckel und drücke Hope auf die Knie. Sie schrie auf und stemmte sich gegen den Druck in ihrem Nacken.

„Mach schon, oder ich breche dir das Genick", fauchte sie und verstärkte den Druck.

Hopes Arme zitterten vor Anstrengung. Ihr Kopf senkte sich Millimeter für Millimeter zum Klo hinab. Ihr Herz raste und ihr wurde schlecht. Sie schwitzte und keuchte.

Wenigstens war das Klo sauber, blitzte es durch ihren Kopf.

Ihre Arme verkrampften sich und ihre Nase berührte fast die Wasseroberfläche.

„Nur zu, trink, das wird dir zeigen, wo dein Platz ist", stichelte sie.

Hope schluchzte auf. Warum?

Die Antwort wusste sie zwar, aber das war bei weitem nicht so schlimm gewesen, wie das hier.

Ihre Arme gaben nach und sie verlor den Halt.

Aber sie landete nicht im Klo. Stattdessen hörte sie einen lauten Knall und Cloé aufschreien.

Hope wurde zurückgerissen und landete auf dem Boden. Von dort aus sah sie Anakin, der die wild zappelnde Cloé am Arm festhielt.

Die Kabine war auseinandergerissen worden.

Wie betäubt sah Hope, dass Anakin Cloé heftig schüttelte und auf sie einschrie.

Ihr Blick wanderte über die Teile der Kabine und zur Tür, diese stand sperrangelweit offen und ein Dutzend Leute gafften hinein.

Sie sah Jess, die entsetzt auf sie herab sah und Drake, der die Fäuste ballte, Lilli, der der Mund offen stand, ein paar andere Vampire, aber auch einen Nephilem. Er war wunderschön und Hope wusste sofort, dass er der höchste war. Sein Haar schimmerte golden, seine Haut zeigte keine einzige Pore und er schien von innen heraus zu strahlen. Sie schluckte. Tolles erstes Treffen. Dann traf ihr Blick onyxfarbene Augen.

Sie erstarrte. Dante stand da und schien vor unterdrückter Wut zu kochen.

Das war der Auslöser für Hope, zu fliehen. Sie rappelte sich auf, drängte an den Leuten vorbei und rannte, wie sie in ihrem ganzen Leben noch nicht gerannt war.

Die Tränen, die ihr aus den Augen liefen, versperrten ihr die Sicht und sie fiel.

Doch sie rappelte sich wieder auf und rannte weiter. Sie rannte tief in den Wald hinein, wo sie keiner suchen würde. Denn keiner dachte, dass sie so dumm war.

Wie dumm sie war, wurde ihr erst klar, als sie keuchend stehen blieb.

Der Wald war das Territorium der Gestaltwandler. Hier hatte absolut niemand etwas zu suchen.

Erschöpft und keuchend sank sie an einem Baum hinunter und rollte sich zu einer kleinen Kugel zusammen.

Sie würde gehen.

Die Attacken von Cloé würden ansonsten nur noch schlimmer. Für die anderen tat es ihr dann zwar leid, aber ändern konnte sie es nicht.

Sie konnte nicht mehr.

Jetzt endlich fing sie an zu zittern und ließ ihren Schock einfach raus.

Hope wusste nicht, wie lange sie da an dem harten Baum gekauert saß, aber irgendwann kamen keine Tränen mehr und das Zittern ebbte auch allmählich ab.

Sie schniefte und sah sich ihr Bein an. Es sah übel aus. Der Weg hatte ihr ein ganzes Stück Fleisch aus dem Knie geschlagen. Kleine Steinchen hingen noch in der Wunde. Den Schmerz begann sie jetzt erst zu spüren und während sie ihr Bein entsetzt anstarrte, nahm sie auch das Rascheln war. Es war ganz in der Nähe. Sie wusste nicht, wie lange es schon da war, aber sie wusste, dass jemand oder etwas sie beobachtete.

Hope zog die Beine nur noch dichter an ihren Körper, ignorierte dabei den stechenden Schmerz in ihrem Knie.

Das Rascheln kam näher. Kraftlos ließ sie ihren Kopf wieder zurück auf die Knie sinken.

Sie konnte nicht mehr.

Sie wollte nicht mehr.

Das Rascheln wurde fast schon ohrenbetäubend laut, bis es abrupt aufhörte.

Stille kehrte wieder ein, dann waren Schritte zu hören.

Sie seufzte und schloss die Augen. Sie war müde.

„Das sieht übel aus", sagte ihr eine bekannte Stimme.

Sie zuckte zusammen und sah auf.

Valentin stand vor ihr und musterte ihr Knie. Sein Blick war kühl und distanziert. Etwas anderes hätte sie jetzt auch nicht verkraftete. Sie wollte nicht bemitleidet werden.

„Alle suchen dich, weißt du?"

Tatsächlich waren die Rufe bis hierher in den Wald zu hören. Immer wieder schrien sie ihren Namen.

Hoffnung.

Diese hatte sie verloren.

Diese Schule war nichts für sie. Sie würde hier nur zugrunde gehen.

Valentin ließ sich neben sie sinken, schwieg aber.

„Ich bin ja selbst dran schuld", nuschelte sie in ihre Knie.

Er schnaubte, sah sie aber nicht an.

„Klar, als ob du etwas für ihre Reaktion kannst. Das vorher waren Kindergartenstreiche. Aber das, was sie getan hat, war Körperverletzung."

Woher wusste er das, er war doch gar nicht dabei gewesen. Ihr Gedankengang war träge und ihre Augen schlossen sich wieder.

Anscheinend hatte ihr die Attacke doch mehr zugesetzt, als gedacht.

„Ich bringe dich zur Krankenschwester", sagte Valentin da plötzlich und die Welt geriet aus den Fugen.

Sie drehte sich, als Valentin sie hochhob und aus dem Wald trug.

Kurz sah sie über seine Schulter in den Wald. Dort schienen ihnen Dutzende von Tieraugen nachzusehen. Unendlich müde schloss sie die Augen und dämmerte weg.

Das nächste was sie mitbekam, waren laute Schritte, die durch den Wald halten und direkt auf sie zuhielten.

Valentin verspannte sich leicht, wurde aber wieder locker, als er den Neuankömmling erkannte.

„Was ist mit ihr?"

Sie erkannte die Stimme und kniff die Augen fester zusammen. Sie wollte ihn nicht sehen, sie wollte niemanden sehen.

Sie hörte, wie er scharf die Luft einsog und eine sanfte Berührung auf ihrem Schienbein. Sie zuckte zusammen.

„Ihr Knie!"

Hope spürte, wie Valentin nickte.

„Ja, ich weiß. Ich wollte sie gerade zur Schwester bringen."

Sie hörte Dante fluchen.

„Gib sie mir, ich mache das. Du kannst Entwarnung geben."

Valentin zögerte kurz, aber dann wurde sie an Dante weiter gereicht.

Sie lehnte den Kopf an seine Brust, öffnete aber nicht die Augen.

Sein Geruch wehte ihr in die Nase. Er roch völlig anders als Valentin. Dieser roch nach Wald und Regen. Dante hingegen roch nach Leder, wie an einem Regentag und auch ein bisschen nach Sandelholz. Sie sog seinen Duft tief ein.

Sie hörte ihn auf dem Weg zur Krankenstation immer wieder leise fluchen.

„Was machst du nur für Sachen?"

Dante trug sie sehr vorsichtig und drückte sie beschützend an seine Brust.

Erneut dämmerte sie weg, wurde aber von einem derart stechenden Schmerz in ihrem Knie schlagartig wieder ins Hier und Jetzt gerissen.

Sie keuchte und fuhr hoch. Doch jemand drückte sie wieder auf die Liege, auf der sie lag.

„Ganz ruhig, alles ist in Ordnung, dass tut jetzt kurz weh", murmelte eine tiefe Stimme.

Der Duft von Sandelholz kroch ihr in die Nase.

Jemand anderes drückte etwas auf ihr Knie und sie schrie auf vor Schmerz.

„Ganz ruhig, gleich ist es vorbei", beruhigte sie die Stimme.

Und es stimmte. Schon kurze Zeit später wurde ihr Knie kühler und der stechende Schmerz milderte sich zu einem Pochen, das zwar deutlich war, aber definitiv weniger wehtat, als das Stechen.

„So, schon vorbei. Das hast du toll gemacht."

Hope kam sich vor, als hätte sie Drogen genommen. Sie konnte sich nicht rühren und ihre Gedanken waren so weit weg, obwohl das gar nicht möglich war, oder doch?

Sie wurde wieder hochgehoben.

„Ich bringe sie in ihr Zimmer."

Eine weibliche Stimme antwortete ihm. Hope hatte sie noch nie gehört.

„Tu das. Sie braucht jetzt Ruhe."

Um sie herum hörte sie Getuschel, als sie aus dem Raum getragen wurde. Sie vergrub nur den Kopf an der Brust, an der sie lehnte.

Dann wurde alles still und sie sah sich vorsichtig um. Hope wurde abgesetzt.

Auf ihrem Bett, wie sie feststellte.

Jemand zog ihr die Schuhe aus. Sie starrte auf einen dunklen Haarschopf.

„Dante", murmelte sie. Er hob den Kopf und seine Augen trafen ihre.

„Leg dich hin. Du brauchst jetzt Ruhe."

Und schon hatte er sie aufs Bett gedrückt und ihr die Decke bis zu den Ohren gezogen.

Sie schloss die Augen, öffnete sie aber wieder, als sie etwas klappern hörte. Auf ihrem Nachttisch stand ein Glas Wasser.

Sie war nicht durstig.

Hope fuhr der Schreck in die Glieder, als sie Dante nicht mehr sah.

„Dante?!"

Er tauchte wieder in ihrem Blickfeld auf und drückte sie an den Schultern in die Kissen.

„Ganz ruhig, ich bin da. Schlaf."

Sie nickte und legte sich bereitwillig unter die Decken. Schon kurze Zeit später war sie eingeschlafen.

10

Dante sah auf sie hinab. Hope lag zu einer kleinen Kugel zusammengerollt in ihrem Bett und schlief.

Der Geruch der Angst verflog langsam.

Ihr natürlicher Kirschgeruch war unerträglich süß geworden, was schon fast penetrant gewesen war.

Er konnte die Wut, die in ihm kochte, nur schwer unterdrücken.

Was fiel dieser Schlampe eigentlich ein, ihren Kopf ins Klo tunken zu wollen?

Um Beherrschung bemüht, ließ er sich neben das Bett sinken und starrte an die Wand. Dabei fiel sein Blick auf einen Stapel Bücher. Darunter blitzte ihn ein Block an.

Langsam erhob er sich und schlenderte in die Küche. Dort kochte er sich einen Kaffee. Er würde ihn später ersetzten.

Sie hatte Angst, was verständlich war. Sie war hier an einer Schule mit lauter Raubtieren, wenn man von den Engeln mal absah, eingesperrt.

Er seufzte und lehnte sich an die Wand. Aus dem Fenster konnte er sehen, wie die Sonne aufging.

Ihn stimmte dieser Anblick immer etwas traurig. Als Vampir verbrannte man nicht in der Sonne, das war Quatsch. Aber man trug extreme Hautschäden davon. Manche meinten, das läge an der extremen Energie, die durch einen Vampir floss.

Diese Energie war auch für die Familienmelodie bedeutend. Jeder Vampir hatte da seine eigene Ausprägung.

Deswegen bestand die Familienmelodie praktisch auch aus zwei Teilen. Einmal dem Stammbaum und dann der persönlichen Note der Person.

Genau aus diesem Grund war es extrem erschreckend, dass sie genau die gleiche Melodie hatte, noch dazu, weil sie ein Mensch war. Eigentlich war das überhaupt nicht möglich.

Dante trank seine Tasse aus und ging wieder ins Schlafzimmer. Dort lag sie immer noch zusammengerollt und schlafend im Bett. Ihre Haare breiteten sich rund um ihren Kopf aus und ragten über das Kissen.

Er widerstand dem Drang sie anzufassen nicht. Sie waren seidig weich und glänzten gesund.

Im Licht spiegelte der Mond etwas rot hinein, was die Farbe nur noch intensiver machte. Ihre Augen dagegen hatten grüne Sprengsel in dem tiefen Braun, die sie lebendig und leidenschaftlich machten.

Knurrend riss er sich von ihr los und starrte im Zimmer umher. Sein Blick fiel wieder auf den Block, der ihn praktisch angrinste und ihn aufforderte, ihn sich anzusehen.

Stattdessen ließ er sich auf ihren Schreibtischstuhl fallen, verschränkte die Arme vor der Brust, legte den Kopf in den Nacken und starrte an die Decke.

Er konnte nur allzu gut nachvollziehen, warum sie nicht alleine sein wollte. So einen gewalttätigen Angriff musste man erst einmal wegstecken können.

Er schielte zu ihr, als sie sich bewegte.

Ihr Mund stand leicht offen und ihr Gesicht war entspannt. Er lauschte ihrer Atmung und döste selber weg. Die Sonne stand bereits hoch am Himmel.

Das Klingeln seines Handys riss ihn aus seinem Dämmerzustand.

„Ja?", meldete er sich leise und machte sich auf in die Küche, um Hope nicht zu wecken.

„Wir haben die Informationen, aber es sind keine schönen", sagte der Mann am anderen Ende der Leitung.

„Spuks aus", forderte er ihn schlecht gelaunt auf. Was auch immer es war, er wollte es wissen.

„Über das Mädchen gibt es nichts neues, aber über Gabriel."

Dante zischte.

„Er wurde in der Nähe der Schule gesehen, schien aber nichts von ihr zu wissen. Momentan hält er sich in London auf, ist also weit weg."

Seufzend stützte er den Kopf auf die Hand.

„Gut, behaltet ihn im Auge."

Ohne eine Verabschiedung legte er auf.

Mit dem Handy in der Hand spielend, dachte er über die Möglichkeiten, die er jetzt hatte, nach.

Es waren weder viele, noch schöne.

Sein Blick traf Hops Handy, das an der Ladestation hing.

Die Gedanken an Gabriel verblassten und er hatte eine Idee.

Grinsend schnappte er sich das Teil und war froh, dass es nicht aus war und er erst die PIN herausfinden musste.

Grinsend machte er sich ans Werk.

Nach einer Weile sah er noch mal nach Hope. Die hatte sich bewegt, schlief aber weiter.

Seufzend legte er sich eine Runde aufs Sofa.

Nach seinem kleinen Nickerchen schlief sie immer noch, aber das Wasserglas war geleert worden. Grinsend füllte er es wieder auf und blieb dieses Mal im Zimmer.

Hope sah sehr entspannt im Schlaf aus und nichts wies auf ihre Gefühle hin.

Er sah einen Stift und ein Blatt neben dem Bett liegen. Das Blatt war leer. Kurz entschlossen schnappte er es sich und versuchte die schlafende Hope zu zeichnen. Versuchte, wohlbetont.

Das Ergebnis war … niederschmetternd.

Er entschloss sich ein Foto von ihr zu machen und zu üben. Warum wusste er auch nicht so genau. Vielleicht weil ihm langweilig war oder weil er sie ärgern wollte.

Oder, weil sie im Schlaf so friedlich und schön wirkte.

Dante wandte sich abrupt ab.

Die Sonne war schon wieder am Untergehen, da rührte sich Hope. Verschlafen regte sie sich und atmete nicht mehr so tief, wie zuvor.

Er beobachtete, wie sie aufwachte und ihn anblinzelte.

Ihre Haare waren wunderbar zerwühlt und standen rund um ihren Kopf ab.

Sie roch nicht nach Angst, was ein guter Anfang war.

„Wie geht es dir?", erkundigte er sich vorsichtig.

„Gut", nuschelte sie.

Sie so verschlafen zu sehen, brachte ihn zum Lächeln.

„Schön. Dann steh mal auf, ich will mir dein Bein ansehen."

Sie nickte und wartete, bis er das Zimmer verlassen hatte, um sich umzuziehen.

Er machte in der Zeit einen Kaffee.

Verschlafen tappte sie bald darauf, sich die Augen reibend in die Küche.

„Hast du hier geschlafen?"

Er sah auf.

„Nur kurz auf dem Sofa."

Sie nickte und nahm den Kaffee entgegen.

„Okay."

Er ließ sie austrinken und erst mal wach werden, bis er sie zum Sofa bugsierte und ihren Verband löste.

Dieser war mit Blut vollgesogen und klebte an der Wunde.

Vorsichtig zupfte er ihn ab. Sie sagte nichts und sah ihm zu.

Behutsam löste er den letzten Streifen und legte die Wunde frei.

„Sie sieht schon besser aus als gestern", stellte er beruhigt fest.

Doch Hope starrte ihr Knie entgeistert an.

„Da kann man ja fast den Knochen sehen!", rief sie.

Er sah zu ihr auf.

„Also, sooo schlimm ist es dann auch nicht. Du bist halt blöd gefallen", meinte er.

Sie zog eine Grimasse.

„Toll, jetzt bin ich auch noch zu blöd zum Fallen", murmelte sie.

„Hey, lass dich nicht so hängen."

Sie grunzte und starrte weiter ihr Knie an. Seufzend verband er es neu.

„Ich hasse dich nicht", sagte sie nach einer Weile leise.

Dante sah auf.

„Ich weiß."

Ihre Augen huschten zu seinem Gesicht, blickten dann aber wieder auf seine Hände.

„Woher?"

Leise lächelnd befestigte er den Verband und schob ihr Bein von seinem Schoß.

„Weil ich es in deinen Augen gesehen habe. In ihnen war Wut, aber kein Hass."

Sie wirkte erleichtert, was ihn etwas irritierte.

„Ich geh dann mal wieder, wenn du alleine klarkommst?"
Sie nickte verblüfft und er schnappte sich seine Jacke und ging.

Ihre Nähe machte ihn kirre.

Deswegen konnte er nicht länger bei ihr sein. Außerdem sah er schon Anakin antraben. Er hatte es so eilig, zu ihr zu kommen, dass er nicht mal bis zum Morgen gewartet hatte, sondern jetzt schon durch die Schatten stürzte.

Kopfschüttelnd machte er sich auf in sein Zimmer. In wenigen Stunden würde die Schule anfangen. Vor seiner Tür stand jemand.

Sofort schärften sich seine Sinne und er war kampfbereit. Er sog tief die Luft ein und entließ sie schnaubend wieder aus seinen Lungen.

Valentin.

„Was willst du?"

Valentin kam auf ihn zu und sprach ganz leise.

„Das weißt du verdammt gut, du kannst mir nicht sagen, dass du es nicht auch gerochen hast", zischte er.

Dante seufzte.

Doch hatte er.

Valentin sah ihm fest in die Augen. Das Grün in seinen loderte.

„Du weißt, was das heißt?"

Er nickte.

Valentin erwiderte die Geste und trat zurück. Doch Dante zog ihn am Arm grob wieder zu sich heran.

„Kein Wort", knurrte er zwischen den Zähnen und sah sich über seiner Schulter nach potenziellen Zuhörern um.

„Nicht ein einziges", stimmte Valentin ihm zu, bevor er sich losmachte und im Wald verschwand.

Seufzend sah Dante zum Himmel, bevor er seine Tür aufschloss.

Noch ein Problem mehr.

Hope schleppte sich durch den Tag. Ihr Knie pochte schmerzhaft. Anakin ging neben ihr her.

Das tat er schon den ganzen Tag, seit sie ihm heute Morgen die Tür geöffnet hatte. Zuerst hatte sie gedacht, dass Dante etwas vergessen hatte.

Tja, falsch gedacht.

Dann war sie gleich vor dem Frühstück zur Rektorin zitiert worden.

Diese hatte ihr erklärt, dass Cloé vorerst suspendiert wurde.

Nur vorerst, denn ihr Vater war ein einflussreicher Mann. Spätestens in einem Monat würde sie wieder da sein. Solange wurde sie zu Hause unterrichtet. Da tat sich die Frage auf, warum sie dann nicht für immer dort unterrichtet wurde.

Weil sie an diesem blöden Experiment teilnahm und nicht als Loser hervorgehen konnte.

Schon allein um ihren Vater stolz zu machen, oder so.

Anakin sah auf ihr Knie.

„Hast du Schmerzen?"

Verblüfft sah sie ihn an.

„Wieso? Hinke ich?"

Er schüttelte den Kopf. „Nein, aber es ist schon ein ganz schönes Loch. Wieso hast du dir nicht die Woche Pause gegönnt, die dir Mrs. Ducan vorgeschlagen hatte?"

Hope schüttelte den Kopf. Weil sie ansonsten als schwach angesehen wurde und das war noch schlimmer, als das Gerede über ihr Knie.

„Weil es mir gut geht."

Er nickte nur und folgte ihr in die Bibliothek. Dort ließ sie sich bei den anderen, die da schon warteten auf einen Stuhl fallen.

„Hey, wie geht`s?"

Jess klang nicht mehr so besorgt, wie heute Morgen, aber auch nicht entspannt.

Hope winkte ab.

„Passt schon."

Lilli umarmte sie, bevor sie sich verabschiedete.

Sie hatte ein Date mit Valentin.

Lilli hatte das zwar nicht gesagt, aber es war offensichtlich.

Sie redeten nicht viel, während sie arbeiteten.

Hope hörte, wie ein Raunen durch den Raum ging und sah auf.

Der Nephilem, den sie gestern gesehen hatte, war aufgetaucht. Er trug ein schlichtes weißes Hemd, dessen oberste Knöpfe offen standen und eine Jeans dazu. Trotzdem sah er darin so elegant aus, wie in einem Anzug. An seiner Seite ging ein Mädchen, dass ein leicht violett schimmerndes, ansonsten weißes Kleid trug. Ihre Haare waren schwarz und standen im krassen Kontrast zu seinen goldenen.

Überrascht sah Hope, wie die beiden auf sie zuhielten und vor ihrer Gruppe stehen blieben.

Die anderen raschelten unruhig mit ihren Blättern.

„Guten Tag", begrüßte der Engel sie. Seine Stimme klang wie gesungen und ließ ihre Haut kribbeln. Das Mädchen nickte nur zur Begrüßung.

Der Blick seiner türkisblauen Augen heftete sich auf sie.

Hope schluckte. Was wollte er von ihr?

„Hope, nicht?"

Er lächelte und es war, als würde die Sonne aufgehen. Ihr wurde heiß.

Mit etwas Verspätung nickte sie schließlich.

„Kann ich dich kurz sprechen?"

Sein Ton war höflich und sanft. Wieder nickte sie und stand auf. Zusammen gingen sie die Regale ein Stück entlang. Dann blieb er stehen.

„Ich bin Mika. Das ist Ella."

Er wies auf das Mädchen, dass sie anlächelte, aber noch immer nichts sagte.

„Wir wollen dich gar nicht lange stören. Wir wollen dir nur sagen, dass es uns sehr leidtut, was gestern passiert ist. Wir, die Nephilem fühlen uns für die Menschen an dieser Schule verantwortlich.

Wenn so etwas also noch einmal, auch nur in einer abgeschwächten Art und Weise geschehen sollte, kannst du zu uns kommen. Wir werden uns darum kümmern."

Er schien auf eine Reaktion ihrerseits zu warten.

Hope nickte wieder.

Er lächelte und fuhr ihr übers Haar.

„Pass gut auf dich auf, Hope. Hoffnung überdauert nicht alles."

Mit diesen seltsamen Worten ging er davon und nahm Ella mit, die ihr aber zum Abschied noch zuwinkte.

Zaghaft winkte sie zurück, dann waren sie auch schon verschwunden.

Leicht verwirrt ging sie zu den anderen, die schon brennend vor Neugier warteten.

„Was war das denn bitte?", verlangte Jess zu wissen.

„Was hat er gesagt?", ließ sich Anakin vernehmen.

„Er hat dich angefasst! Wie cool ist das denn? Der berührt sonst nichts", stellte Lilli fast schon schreiend fest.

Hope wedelte mit der Hand und sah sich um. Alle starrten sie an.

„Schreit doch nicht so. Außerdem: Keine Ahnung, irgendetwas von wegen Hoffnung überdauert nicht alles und das er mir hilft, wenn ich Probleme habe.

Er fasst nichts an?"

Sie starrten sie alle an, bis Lilli ihr antworte.

„Na ja, Gegenstände schon, aber keine Menschen."

Klar, wie sollte er sonst einen Test bestehen, wenn er den Stift nicht anfasste?

Alle diskutierten darüber, was dieser Auftritt bedeutete.

„Können wir nicht über was anderes reden?"

Am besten über etwas, was sie nicht betraf?

„Klar. Was denkt sich die olle Ducan eigentlich, Cloé wieder zur Schule zuzulassen?"

Hope stöhnte. Warum gerade das Thema?

„Ich meine, das ist doch mal total fies. Diese hohle Nuss gehört eingesperrt!", regte sich Jess weiter auf.

Drake legte ihr eine Hand auf die Schulter.

„Beruhig dich mal, sonst kriegst du noch einen Herzinfarkt", meinte er.

Sie schüttelte seine Hand ab, wurde aber ruhiger.

„Ist doch wahr", beschwerte sie sich.

Hope klinkte sich aus dem Gespräch aus und schaute sich um. Mittlerweile waren sie nicht mehr der Kern der Aufmerksamkeit, was sie wirklich erleichterte.

Anakin lenkte da aber auch schon ihre Aufmerksamkeit wieder auf sich.

„Was hat er damit gemeint, dass die Hoffnung nicht überdauert?"

Ja, gute Frage.

„Keine Ahnung. Ehrlich."

Jess hörte auf über Mrs. Ducan zu zetern und antwortete.

„Manche sagen, er könne die Zukunft sehen, wenn er Leute anfasst. Kleines Extra von seinem Vater vererbt, oder so."

Verschwörerisch beugte sie sich vor.

„Ich meine, passen würde es, denn er fasst wirklich kaum die Leute an und vermeidet auch weitgehend den Händedruck", spann sie ihre Theorie weiter.

Lilli hielt sich nachdenklich den Stift an die Lippen.

„Aber will er damit etwa sagen, dass Hope etwas zustoßen wird?"

Alle starrten sie an.

„Jetzt mal den Teufel nicht an die Wand", fuhr Hope sie an.

Erst Gestaltwandler, Ghule, Engel und Vampire und jetzt auch noch Zukunftsvisionen, was kam als nächstes? Aliens?

Wundern würde sie das nicht mehr, um ehrlich zu sein.

So ein kleines grünes Männchen, tanzend auf einem Tisch stellte sie sich witzig vor.

„Aber was wäre denn, wenn er es echt könnte?"

Hope seufzte.

Was wäre wenn? Diese Fragen hatte sie schon immer gehasst.

Man konnte nicht wissen, was wäre wenn und meistens wollte man es auch gar nicht.

Aber seine Worte beunruhigten sie schon.

Was wenn er recht hatte?

11

Dante starrte an die Decke seines Zimmers. Mit hinter dem Kopf verschränkten Armen lag er auf dem Bett.

Gabriel war da gewesen, ganz in der Nähe.

Er hatte ihn nicht gespürt.

Warum, verdammt hatte er ihn nicht gespürt?

Seine Hände ballten sich zu Fäusten.

Warum jetzt?

Er hatte schon mehr als genug andere Probleme, da brauchte er nicht noch Gabriel.

Die Wut staute sich immer weiter in ihm auf, bis er es nicht mehr aushielt und aufsprang.

Er musste etwas tun und zwar jetzt.

Nachdrücklich schloss er die Tür hinter sich und machte sich auf den Weg in den Trainingsraum der Schule.

Doch selbst, als er nur noch keuchend Luft holen konnte, hatte sich nicht ein kleiner Millimeter seiner Wut gelegt.

Die Tür hinter sich zuknallend, kehrte er in sein Zimmer zurück.

Dort setzte er sich in einen Sessel und schloss die Augen.

Das half schon etwas und er entspannte sich zum Teil.

Als er die Augen wieder öffnete, fiel sein Blick auf den Geigenkoffer.

Er holte sie heraus und besah sie sich.

Ein Geschenk seiner Eltern, als er noch ganz klein gewesen war.

Viele Erinnerungen hingen an diesem Stück.

Mit geschlossenen Augen setzte er den Bogen an und fing an zu spielen.

Die ganze Wut verblasste augenblicklich und er versank in der Musik.

Er musste eine Lösung finden, irgendeine.

Vorsichtig knubbelte sie den Verband von der Wunde. Ja, es sah schlimm aus, war aber schon besser, als gestern. Wenigstens blutete es nicht mehr, das konnte hier schon mal falsch ankommen.

Seufzend wechselte Hope den Verband. Dabei fiel ihr ein, wie Dante das am Morgen zuvor gemacht hatte. Er war so fürsorglich gewesen, so nett und freundlich. Dafür hatte er sie den ganzen Tag lang ignoriert.

Sie wusste nicht, wie sie darauf reagieren sollte. Sein abweisendes Verhalten verletzte sie auch etwas. Was war nur mit ihm los? Erst war er total blöd zu ihr und dann nett, als hätten Aliens ihn gegen eine nettere Variante von ihm ausgetauscht, nur um im nächsten Moment wieder genauso bescheuert zu sein, wie am Anfang.

Frustriert raufte sie sich die Haare.

In dieser Schule wurde es einem nie langweilig, soviel stand schon mal fest.

Seufzend verband sie ihr Knie neu und machte sich an die Hausaufgaben. Wenigstens hatten sich die Lehrer etwas zurückgehalten.

Doch gerade heute hätte sie eine Ablenkung gebraucht, dringend.

Seufzend kaute sie auf ihrem Stift herum und starrte auf ihr Heft. Sie musste eine Lösung für ihr Problem mit Anakin finden. Er suchte sichtlich und mehrfach ihre Nähe. Das brachte sie in eine Zwickmühle, aus der sie sich nicht mehr herausmanövrieren konnte.

Einerseits wollte sie ja Zeit mit ihm verbringen, immerhin war er ihr Freund, aber da lag der Hase auch schon begraben. Er war eben nur *ein* Freund.

Mit ihm konnte sie lachen, über die Lehrer lästern und einfach sie selbst sein, aber das konnte sie auch mit Lilli.

Verdammt!

Wie sollte sie ihm ihre Gefühle beziehungsweise fehlenden Gefühle nur erklären?

Sie war noch nie in solch einer Situation gewesen. Sonst war es immer sie, die sich hoffnungslos in einen Jungen verguckt hatte, nicht anders herum. Damit kam sie nicht klar.

Und diesen blöden, lass uns Freunde bleiben Spruch wollte sie auch nicht bringen. Aber sie wollte ihn ja als Freund. Halt nur als Kumpel.

Sie raufte sich die Haare und schüttelte den Kopf.

Gott, das konnte doch nicht so schwer sein!

Sie wollte schon in ihrem Elend versinken, da klingelte es an der Tür. Stöhnend rappelte sie sich auf und öffnete die Tür lustlos.

Vor ihr stand eine breit grinsende Jess mit einer Tüte Popcorn unterm Arm.

„Du siehst so aus, als wäre das genau das richtige für dich", meinte sie grinsend und zog sie auch schon mit sich.

Widerstandslos ließ Hope sich mitziehen und in Jess Wohnung in einen Sessel schubsen.

„Ich hab den ganzen Tag schon gemerkt, dass mit dir was nicht stimmt und jetzt will ich wissen, was es ist", meinte diese aus der Küche, in der sie die Snacks in Schüsseln umfüllte.

„Ist es wegen dem, was der Flügeljunge gesagt hat?"

Hope horchte auf. Daran hatte sie ja gar nicht mehr gedacht! Gott, noch ein Problem mehr. Sie stützte den Kopf in die Hände.

Jess kam derweilen wieder aus der Küche und hielt ihr die Schüsseln hin.

„Bedien dich. Also, wenn es das nicht ist, dann ist es unser alles geliebter Blondschopf, habe ich recht?"

Den Kopf immer noch in die Hände gestützt, nickte sie betrübt.

„Ich weiß einfach nicht, was ich machen soll. Ich war noch nie in so einer Lage. Ich mag ihn, aber nur als Freund", sprach sie mit ihren Knien.

Jess seufzte und kaute auf einer Handvoll Popcorn herum, während sie den Film einlegte.

„Soll ich mal mit ihm reden? Ich bin sicher, dass er das versteht. Und Freunde könnt ihr ja weiterhin sein."

Ihr Kopf schoss aus der Versenkung ihrer Hände hinauf.

„Wehe du sagst auch nur ein Wort!"

Jess lachte und startete den Film.

„Wenn du dir wirklich so unsicher bist, dann probier es doch einfach. Vielleicht entwickelt sich ja doch was zwischen euch. Und selbst wenn nicht, hast du es wenigstens versucht."

Aber sie konnte Anakin doch nicht einfach als Versuchskaninchen missbrauchen!

Jess sah ihr dabei zu, wie sie mit sich selbst rang.

„Du hattest noch nie einen Freund, oder?", fragte sie dann behutsam.

Auf den Film achtete keiner von ihnen.

Peinlich berührt schüttelte sie den Kopf.

Jess seufzte.

„Das erklärt einiges", meinte sie dann und ließ den Kopf nachdenklich in den Nacken fallen.

„Aber süß wärt ihr allemal zusammen", träumte sie dann einfach vor sich hin.

Wütend schmiss Hope eine Handvoll Popcorn nach ihr.

„Hör auf rum zu träumen", forderte sie sie verstimmt auf.

„Ich mein ja nur", murmelte Jess und sah gebannt auf den Fernseher.

„Seit wann sind die denn zusammen?", murmelte sie dann und steckte sich geistesabwesend Chips in den Mund.

Stimmt! Seit wann waren die beiden zusammen?

Und was war mit ihrem vorherigen Freund passiert?

Jetzt starrte auch Hope gebannt auf den Bildschirm.

Das Ablenkungsmanöver hatte funktioniert, auch wenn sie immer noch kein Stück weiter bei ihrem blonden Problem war.

Ein nervtötendes Klingeln riss sie aus dem Tiefschlaf. Sie stöhnte und hielt sich die Ohren zu. Doch das Klingeln war so penetrant, dass sie es einfach nicht ignorieren konnte. Also kramte sie auf ihrem Bett nach dem verfluchten Ding.

Da merkte sie, dass sie gar nicht in ihrem Bett lag. Verwirrt setzte sie sich auf und schob sich die Haare aus dem Gesicht. Wo war sie?

„Mach das verdammte Ding aus!", kam es von einem Sofa.

Oh. Sie war immer noch bei Jess.

„Sorry", murmelte sie und nahm endlich das Gespräch an.

„Hallo?", murmelte sie und stand auf.

Der Fernseher lief immer noch und zeigte den Abspann jetzt bestimmt schon zum hundertsten Mal. Gähnend schaltete sie ihn aus und sah zu Jess, die zusammengerollt auf dem Sofa lag.

Sie waren anscheinend beim Fernsehen eingeschlafen.

Das war ihr bisher auch noch nicht passiert.

Na ja, irgendwann ist immer das erste Mal.

„Hope? Was ist los? Hast du geschlafen?", drang die Stimme ihrer Mutter an ihr Ohr.

Sie stockte kurz, dann war sie hellwach.

Ihre Mutter!

Seit wann rief die sie an? Normalerweise trafen sie sich immer nur in den Ferien und hielten sonst Funkstille.

„Öh, …", war daher ihr einziger Kommentar dazu.

Jess hatte sich mittlerweile auch aufgerichtet und sah sie fragend an.

„Meine Mutter", formte Hope mit den Lippen, wies zur Tür und verabschiedete sich mit einem Winken.

Jess formte mit den Lippen: „Gute Nacht."

„Warum schläfst du? Es ist helllichter Tag! Hast du keine Hausaufgaben zu machen?", erkundigte sich ihre Mutter derweilen.

Hope seufzte. Typisch ihre Mutter. Erst einmal ohne Punkt und Komma los reden und dann gar nicht mehr aufhören.

Mit einer Hand beschirmte sie ihre Augen. Es war so um den Mittag rum und die Sonne stand hoch am Himmel.

Sie schien einige Stunden geschlafen zu haben.

Es schien wirklich Zeit zu sein, dass sie auf einer normalen Schule jetzt an ihren Hausaufgaben sitzen müsste. Hier allerdings war es gerade mitten in der „Nacht".

„Mom beruhige dich. Ich hab schon alle Aufgaben gemacht, heute war es nicht so viel", stoppte sie den Rede-
fluss ihrer Mutter.

Hope ging gerade am Waldrand entlang, um in ihr Zimmer zu kommen, da raschelte es wieder in den Büschen.

Sie verdrehte die Augen. So leicht konnte Valentin ihr
keine Angst mehr machen. Sie wusste genau, dass er es
schon wieder war, der sich hier in den Büschen rumtrieb.

Tja, er hatte sich selbst enttarnt, als er sie im Wald aufgespürt hatte.

Ohne lange darüber nachzudenken, wie kindisch es war,
streckte sie dem Raschler im Laub die Zunge raus und
eilte weiter. Daraufhin hörte es auch kurz auf zu rascheln.

Tja, damit hatte er nicht gerechnet!

„Und warum hast du dann geschlafen? Bist du etwa
krank, geht es dir nicht gut?"

Sie lächelte und ließ den Wald hinter sich.

„Nein, ich war einfach müde. Gestern hab ich noch bis
spät in de, …. die Nacht gelernt", erfand sie kurzerhand
und hätte fast Tag anstatt Nacht gesagt.

Sie musste wirklich aufpassen, dass sie die Tageszeiten
nicht durcheinanderbrachte.

„Ach so, dann ist es ja gut", meinte ihre Mutter beruhigt.

„Warum rufst du denn an?", erkundigte Hope sich dann
und schloss so leise wie möglich die Tür auf, damit sie die
Schlüssel nicht rascheln hörte.

„Ich wollte mich nur mal erkundigen, wie es dir so geht",
meinte ihre Mutter gelassen.

Doch Hope hörte genau, dass sie diese Gelassenheit nur
vortäuschte.

Außerdem rief ihre Mutter, ihr Vater im Übrigen auch, sie nie an „um sich mal zu erkundigen, wie es ihr so geht".

„Was ist los?", wollte sie wissen.

Ihre Mutter schwieg.

„Nichts, mach dir keine Sorgen. Ich muss dann auch Schluss machen, mein Zug kommt gleich", sagte sie noch und hatte schon aufgelegt.

Enttäuscht ließ Hope das Handy sinken.

So war es immer. Immer hieß es der Bus kommt, der Flieger geht gleich.

Sie fand es ja schön, dass ihre Eltern ihrer Leidenschaft nachgingen, aber etwas Zeit für ihre Tochter könnten sie ja auch erübrigen, oder?

Lustlos schmiss sie sich im Wohnzimmer aufs Sofa und starrte an die Decke.

Da verkündete ihr Handy den Eingang einer SMS.

„Alles klar?", erkundigte sich Jess.

„Ja, alles in Ordnung, Eltern eben", schrieb sie zurück und lächelte. Wenigstens eine, die sich um sie sorgte.

„Dann schlaf noch schön." Ihre SMS wurde mit einem gähnenden Smiley beendet.

„Du auch."

Erschöpft ließ Hope das Handy sinken und legte sich den Arm über die Augen.

Eltern.

12

Hope spürte seinen Blick im Rücken, versuchte dem Drang, sich umzudrehen allerdings zu wiederstehen.

Sie hatte keine Ahnung, was Valentin und Dante heute schon wieder für ein Problem hatten, aber sie gingen ihr gehörig auf die Nerven, so viel stand fest.

Die beiden schienen zu Stalkern mutiert zu sein und starrten sie heute schon den ganzen Tag lang an.

Dante war immer noch so kalt und abweisend und sie hatte nach wie vor keine Ahnung, was sie gemacht hatte.

Um sich abzulenken, sah sie aus dem Fenster und sah dem Schnee beim Fallen zu.

Bald war Weihnachten geisterte es ihr durch den Kopf. Sie musste noch Geschenke kaufen.

Ein kurzer Seitenblick zeigte ihr, dass Valentin sie immer noch unter halb gesenkten Lidern ansah.

Da hatte sie gedacht, den beiden Irren wenigstens im Kunstkurs aus dem Weg gehen zu können, aber nein, Valentin musste ja auch hier den Psychopath raushängen lassen.

Sie seufzte und konzentrierte sich wieder auf ihr Bild.

Da sie schon alle Themen dieses Halbjahres gemalt hatte, konnte sie eigentlich malen, was sie wollte.

Doch irgendwie wollte das nicht klappen. Sie hatte keinerlei Ideen und die Farben verhielten sich heute nicht so, wie sonst.

Irgendwie war der Wurm drin.

Generell hatte sie ein Bild fix und fertig im Kopf und brauchte dann nur ein paar Stunden, um es auch auf die Leinwand oder das Papier zu bringen, aber heute, Pustekuchen.

Gedankenverloren kritzelte sie auf ihrem Block herum und starrte auf die Uhr, deren Zeiger sich unaufhörlich drehten, immer im gleichen Abstand.

Es war hypnotisierend.

Tick, Tack, Tick, Tack.

Ihr Kopf war leer.

Da tauchte ein wundervolles Bild in ihrem Geist auf.

Und sie wusste genau, dass es nicht nur ein Bild war. Es war mehr.

Kurz bevor sie es greifen konnte, klingelte es und sie zuckte heftig zusammen.

Erschrocken sah sie sich um, aber alle packten lediglich ihre Sachen zusammen und hatten ihren kleinen Ausflug in ihre Fantasy Welt gar nicht mitbekommen.

Alle außer Valentin, der sah sie immer noch an, hatte allerdings mittlerweile eine Augenbraue fragend hochgezogen und schien über etwas nachzudenken.

Sie verdrehte die Augen und stöhnte erneut auf.

Nicht ihr Problem.

Bevor er noch auf den Gedanken kam, ihr zu folgen, machte sie lieber, dass sie wegkam.

Schnell sammelte sie ihre Sachen ein und schlüpfte aus dem Raum. Allerdings lenkte sie der Klang von einer Violine von ihrer Flucht ab. Verstohlen spähte sie in den Musikraum, um zu sehen, wer da so gut spielte. Überraschung schlug über ihr zusammen, als sie einen vertrauten, dunklen Schopf über eine Violine gebeugt sah.

Dante! Sie hatte gar nicht gewusst, dass er spielte.

Genau in dem Moment, als hätte er ihre Gedanken gelesen, sah er auf. Ihre Blicke begegneten sich und blieben aneinanderhängen. Die Zeit stand still.

Eine zuschlagende Tür riss sie aus ihrer Trance. Benommen schüttelte sie den Kopf.

Was war das denn gewesen?

Vorsichtig wagte sie noch einen Blick, aber Dante hatte sich schon abgewandt und stimmte seine Violine neu.

Na ja, dann würde sie ihn mal nicht weiter stören.

Sie war keine zwei Schritte den Flur lang, da legte sich eine Hand auf ihre Schulter.

Ernsthaft?

Aber ihr genervter Blick traf nicht auf moosgrüne Augen, sondern auf anthrazitblaue Tiefen.

„Anakin", entfuhr es ihr überrascht.

Er lächelte sie belustigt an.

„Hast du jemand anderes erwartet?"

Fragend blickte er sie unter seinen langen Wimpern an.

„Nein. Eigentlich nicht."

Sein Lächeln wurde breiter und zauberte kleine Grübchen in seine Wangen. Süß!

„Hast du etwas Zeit oder musst du noch Hausaufgaben machen?"

Hope setzte sich in Bewegung und gemeinsam gingen sie den Flur entlang.

„Eigentlich schon, aber es sind nicht viele, die kann ich auch noch später machen."

Etwas blitzte in seinen Augen auf.

„Da wo ich hin will, kannst du sie auch machen, kommst du mit?"

Fragend streckte er ihr seine Hand entgegen.

Kurz zögerte sie, aber es war eine sehr gute Gelegenheit, ihm ihr Problem zu schildern.

„Klar", meinte sie und wollte eigentlich nur einschlagen, aber er hielt ihre Hand fest und ließ sie auch nicht mehr los.

Automatisch wurde sie rot und ein kribbelndes Gefühl machte sich in ihrem Bauch breit.

„Äh ...", begann sie, aber er unterbrach sie.

„Komm, es ist nicht weit", meinte er nur und ging los, ihre Hand nach wie vor haltend.

Sie wurde nervös, folgte ihm aber.

Einen Blick zurückwerfend, sah sie Valentin in der Tür des Klassenzimmers stehen und ihr lässig zuwinken.

Na ganz toll.

Anakin führte sie aus dem Schulgebäude einen Weg lang, den sie noch gar nicht gekannt hatte.

„Wohin bringst du mich?", erkundigte sie sich nach einer Weile.

Er lächelte und drückte beruhigend ihre Hand.

„Das siehst du gleich", meinte er nur und zog sie weiter.

Einige Minuten später hielt er auf einmal an und ließ ihre Hand los. Verdutzt sah Hope sich um, konnte aber nur Wald an der einen und Wiese auf der anderen Seite des Weges sehen.

Bevor sie allerdings etwas fragen konnte, legte Anakin ihr von hinten seine Hände über die Augen.

Ihr Herz machte einen erschrockenen Satz und schlug dann umso schneller weiter.

Er war ihr so nah, dass sie seine Körperwärme spüren konnte.

„Wir sind noch nicht ganz da, vertrau mir. Du wirst es lieben", lachte er hinter ihr und führte sie vorsichtig weiter.

Dabei blieb er die ganze Zeit dicht hinter ihr. Ihr Herz schlug zwar schneller, aber eher vor Nervosität. Sie war noch nie alleine mit einem Jungen gewesen.

„So, bereit?"

Sie nickte, weil sie ihrer Stimme momentan nicht traute.

„Dann mach dich gefasst", sagte er und nahm die Hände runter.

Was sie sah, ließ ihr den Mund offen stehen.

„Oh mein Gott!", staunte sie und machte einige Schritte nach vorne.

Anakin lachte leise hinter ihr.

„Ich wusste doch, dass es dir gefallen würde."

Oh ja, das tat es.

Er hatte sie zu einem kleinen Pavillon geführt, der komplett in Weiß gehalten war und in der mondbeschienenen Nacht einfach unglaublich aussah!

Es sah aus, wie in einem Märchen.

Fasziniert trat sie näher. Jetzt fehlte nur noch, dass hier irgendwo ein Reh stand und friedlich graste.

Bei näherem Betrachten fiel ihr auf, dass auf den Bänken im Pavillon Decken ausgelegt waren und eine Kanne mit Tee auf dem Tisch davor stand.

„Du hast das geplant!"

Anakin lachte herzlich und kam zu ihr.

„Selbstverständlich. Setz dich doch."

Immer noch staunend setzte sie sich und machte es sich bequem.

„Bist du öfters hier?"

Er schenkte ihr eine heiße Tasse Tee ein und lehnte sich dann entspannt zurück.

„Manchmal, wenn mir alles zu viel wird und ich etwas Entspannung brauche."

Ja, hier konnte man entspannen, das stand fest. Im Sommer musste es fast noch besser aussehen, als jetzt.

„Und wohin geht es da weiter?"

Der Weg war noch nicht zu Ende. Er ging noch ein Stück weiter und machte dann eine Kurve.

„Ein See müsste dort sein, ich weiß es nicht genau. Ich bleibe lieber hier."

Bedächtig nippte Hope an ihrem Tee.

Pfefferminz mit Honig! Ihr Lieblingstee!

Oh, ja. Anakin hatte sich wirklich Gedanken gemacht.

Eine Weile saßen sie einfach nur schweigend da und tranken Tee.

„Es ist wirklich … hicks … schön hier", meinte sie und schlug sich schnell die Hand vor den Mund. War ja klar, dass sie jetzt Schluckauf bekam.

„Entschuldige", murmelte sie und hickste gleich noch einmal. Zuerst sah Anakin überrascht aus, dann lachte er.

„So was kommt vor, aber ich kenne ein Mittel dagegen", grinste er und rückte näher an sie heran.

„W-Was hicks?" Was hatte er vor?

Sie sah ihm in die Augen und wusste sofort, was das Glitzern darin zu bedeuten hatte. Ihr stockte der Atem.

Sanft berührte er ihre Wange und drehte ihren Kopf zu sich. Sein Blick wurde intensiver, blieb aber sanft und weich.

Dann legten sich seine Lippen federleicht auf ihre. Ihr Herz setzte kurz aus und schlug dann viel zu schnell.

Ihr erster Kuss!

Aber sie fühlte nichts.

Einige Sekunden ließ sie sich von ihm küssen, aber dann legte sie ihm eine Hand auf die Brust und drückte leicht. Er ließ sie sofort los und wich zurück.

„Ich weiß, dass du nicht dasselbe empfindest, wie ich. Aber wir können es doch versuchen, oder? Wer weiß, was rauskommt?"

Ein kleines Lächeln blieb auf seinen Lippen.

Hopes Blick wanderte zur Seite und erfasste eine mitten in der Bewegung erstarrte Gestalt.

Oh, Scheiße!!

Da stand Dante!

Er war mitten in der Bewegung eingefroren und starrte sie beide mit offenem Mund an. Ihre Blicke trafen sich und er riss sich zusammen.

Man konnte richtig sehen, wie er seine Gefühle zurück- drängte und wieder gelassen und gleichgültig wurde. Dann stapfte er auch schon davon.

„Was meinst du?", fragte Anakin und sah sie unverwandt an.

„K-klar", murmelte sie.

Das Kind war sowieso schon in den Brunnen gefallen, da konnte man es auch ausprobieren, oder?

„Schön", freute sich Anakin und machte ihr wieder etwas Platz.

„Aber es hat geholfen", meinte er dann.

Hope war total in ihren Gedanken versunken. Was hatte Dantes Reaktion zu bedeuten?

„Wie?", fragte sie deshalb nach.

Anakin grinste spitzbübisch.

„Dein Schluckauf ist weg", sagte er und kaum hatten seine Worte seinen Mund verlassen, hickste sie wieder.

Einen Moment lang sahen sie sich überrascht an, dann lachten sie beide laut los. So viel dazu.

„Erzähl mir alles", forderte Jess gleich, kaum das sie den Aufenthaltsraum betreten hatte.

„Wovon denn", spielte sie die Ahnungslose.

Dante beobachtete sie genau aus seiner Ecke heraus. Etwas in ihm brodelte.

Eigentlich hatte er gedacht, dass sie einen besseren Geschmack hatte.

Mürrisch klopfte er mit den Fingern auf seiner Sessellehne herum und starrte in ihre Richtung.

Was hatte sie sich dabei gedacht?

Es war ja wohl offensichtlich, dass diese Beziehung nur in die Brüche gehen konnte. Außerdem würde Cloé schon ihren Teil dazu beitragen, da war er sich sicher.

Eigentlich war er nur auf seinem üblichen Rundgang durch die Schule gewesen, um zu schauen, ob er Gabriel irgendwo spüren konnte. Da war er in das Affentheater geplatzt.

Schöne Scheiße.

„Du weißt genau, was ich meine, junge Frau", regte sich gerade Jess auf und zeigte anklagend mit ihrer Schachfigur auf Hope.

„Kann sein", meinte sie und setzte sich auf die Sessellehne von Jess Stuhl, um ihr beim Spielen mit Drake zuzusehen.

Zum Glück war Wochenende, da konnte Dante in aller Ruhe seine Gedanken sortieren.

„Und?", ließ Jess nicht locker.

„Er hat mich geküsst", rückte sie dann raus. Dante schnaubte. Oh ja, das hatte er.

„Klasse!", freute sich Jess und setzte ihren Springer ein Feld vor. Was ein Fehler war, was sowohl Dante, als auch Drake sofort erkannten.

„Schachmatt", verkündete letzterer wenige Sekunden später.

„Kann nicht sein", beschwerte sich Jess und kontrollierte den Stand der Spielfiguren.

„Verdammte Sch … Mist!", fluchte sie und warf Zazeck einen vorsichtigen Seitenblick zu, der aber nichts gehört zu haben schien. Ausgerechnet der war heute für die Aufsicht zuständig, eine Schande.

„Hast du ihm auch dein Problem diesbezüglich erklärt?", wollte nun Drake wissen, während er die Figuren neu aufbaute.

Hope setzte sich neben Jess Sessel auf den Boden und verschwand aus Dantes Sichtfeld.

Gedankenverloren ließ er den Blick wandern, hörte ihrem Gespräch aber weiterhin aufmerksam zu. Welches Problem?

Sein Blick fiel auf Mika, den Engelsknaben. Dieser sah ihn interessiert vom anderen Ende des Zimmers an, ein leises Lächeln auf den Lippen.

Idiot.

„Er hat es verstanden, aber wir probieren es trotzdem."

Dantes Blick fiel wieder auf das Grüppchen vor ihm.

„Denkst du es ist eine gute Idee eine Beziehung zu führen, wenn keine Gefühle dahinter stecken", erklang da Valentins Stimme.

Er hatte sich unbemerkt der Gruppe genähert.

Keine Gefühle, he?

Das brachte ihn zum Schmunzeln.

Dann war ihr Geschmack anscheinend doch nicht so schlecht, wie er dachte.

„So ist das nicht", versuchte sie sich rauszureden.

„Ich mag ihn schon und wer weiß, was sich noch entwickelt. Woher zum Geier weißt du das überhaupt?"

Valentin lächelte und lehnte sich gegen einen Sessel.

„Das ist ein Geheimnis", meinte er nur, winkte einmal und war verschwunden.

„Weiß das eigentlich jeder oder was?", regte sich Hope auf. Eine berechtigte Frage, wie er fand.

„Nein, nur die „Anführer" der Klassen. Die wissen immer was überall abgeht, frag mich nicht, wie die das machen", schaltete sich nun Lilli ein, die Valentins Platz eingenommen hatte.

„Aha."

Hope schien nicht sehr begeistert.

„Blau", meinte Lilli dann und nickte zufrieden.

„Wie bitte?"

Lilli lachte.

„Dein Kleid, für den Weihnachtsball. Blau."

Dante lächelte. Hope sah aus wie ein lebendes Fragezeichen.

„Jedes Jahr an Weihnachten und im Sommer auch noch einmal gibt es einen großen Ball für alle. Alle machen sich fein, auch die Lehrer und die Sperre zwischen den einzelnen Klassen wird aufgehoben. Jeder darf mit jedem tanzen", erklärte Drake kurz.

Wahrscheinlich hoffte er so das kurz bevorstehende Mädchengespräch verkürzen zu können und auf seine Anwesenheit aufmerksam zu machen.

„Cool", meinte Hope.

Dante machte es sich in seinem Sessel gemütlich und beobachtete die Szenerie.

Gleich würde sich Drake eh verabschieden. Er war gespannt, wie lang er das Mädchengespräch über Kleider, Schuhe und Taschen aushalten würde.

Zu so einem würde es bestimmt gleich kommen.

„Stimmt ja!", schien sich nun auch Jess zu erinnern.

„Wir müssen morgen unbedingt in die Stadt und einkaufen gehen!"

Hope lachte.

„Wenn du das sagst. Ich muss auch noch Geschenke kaufen, ich komme mit."

Jess schlug ihr freundschaftlich auf die Schulter.

„Und ein Kleid, du Dussel. Wir kaufen dir das schönste Kleid überhaupt, damit haust du unseren Blondschopf um!", versprach sie.

„Ich hoffe doch, damit bin ich gemeint", ertönte die Stimme von Anakin.

Dantes Stimmung verschlechterte sich schlagartig.

„Klaro!", johlte Jess und handelt sich einen strafenden Blick von Zazeck ein.

„Ich mag Kleider aber nicht, geht nicht auch ein Hosenanzug oder so?", erkundigte sich Hope vom Boden aus.

Dante beäugte argwöhnisch, wie Blondie sie begrüßte und dann einen Sessel heran schob und sie sich auf den Schoß setzte. Er kochte innerlich.

Hope selbst schien die ganze Situation unangenehm zu sein.

Er schnaubte.

Anscheinend zu laut, denn Anakin sah zu ihm rüber und grinste breit.

Er sah weg.

Idiot.

„Von wegen! Und wenn ich dich in ein Kleid prügeln muss, du ziehst eins an!", wetterte Jess und kassierte eine Ermahnung.

„Ist doch wahr!", beschwerte sie sich, kaum das Zazeck ihr den Rücken zugedreht hatte.

Dante hatte genug gehört.

Er stand auf und machte sich auf den Weg in sein Zimmer. Als er aufstand, sah Hope in seine Richtung. Sie wirkte überrascht und schien sich ganz offensichtlich zu fragen, wie lange er schon hier war.

Pech gehabt.

Kalt erwiderte er ihren Blick und sie sah schnell weg.

Besser so.

13

„Schieb mich noch einmal durch die Gegend und ich schwöre, ich schlag dich!", fauchte Hope nach stundenlangem Shopping Jess schlecht gelaunt an. Diese verdrehte nur die Augen und schob sie in das nächste Geschäft.

„Jess!"

Nicht schlimm genug, dass sie heute nur drei Stunden geschlafen hatte, da Geschäfte in der Regel morgens aufmachten, nein, außerdem hatte sie tierischen Hunger und ihr Kopf schmerzte höllisch, aber Jess schob sie einfach in jeden Laden, der sich auf der Straße befand. Einmal sogar in einen Bücherladen.

Als ob es da Kleider gäbe!

„Ok, machen wir es so, nach diesem Laden essen wir erst einmal was. Es ist wissenschaftlich bewiesen, dass Hunger aggressiv macht. Außerdem brauche ich mal eine Pause", versuchte Lilli die Stimmung etwas abzukühlen.

Jess erklärte sich einverstanden und so saßen sie eine halbe Stunde später in einem Café und aßen Kuchen.

„Schon wieder nichts", sagte Jess traurig.

An wem das wohl lag.

Bei jedem Kleid, das Hope bisher angehabt hatte und es waren eine Menge Kleider, hatte Jess etwas auszusetzen gehabt.

„Ich fand ja das Dunkelblaue mit dem breiten Trägern am besten", meinte Lilli und ließ sich ihren Kuchen schmecken.

Sie hatte recht gehabt. Hunger machte wirklich aggressiv. Jetzt ging es ihr schon viel besser. Jess erweckte eh schon genug Aufsehen mit ihrer Vermummung. Vampire verbrannten zwar nicht in der Sonne, aber sie bekamen einen heftigen Juckreiz und schrecklichen Sonnenbrand. Außerdem waren die grellen Sonnenstrahlen nichts für ihre sensiblen Augen. Da musste Hope nicht auch noch rumschreien, sie fielen auch so auf.

„Aber die Träger haben zu viel abgelenkt", wiederholte Jess ihren Kommentar von vorhin.

Ja, genau. Die Träger hatten zu sehr abgelenkt, war klar.

„Vorschlag. In dem nächsten Laden ziehe ich genau ein Kleid an und das wird dann gekauft."

Lilli lachte.

„Das ist doch mal eine Idee."

„Hope! Das kann doch nicht dein erst sein! Du gehst mit dem best aussehendsten Jungen da hin. Da muss alles perfekt sein!"

Lilli verschluckte sich an ihrem Kuchen, so lachte sie.

„Best aussehendsten? Übertreibst du nicht?", erkundigte sich Hope und klopfte Lilli auf den Rücken.

„Stimmt, Dante sieht auch gut aus", mischte sich Lilli ein.

Jess nickte nachdenklich.

„Stimmt. Dieses Dunkle hat was. Schade nur, dass er so ein Arschloch ist. Obwohl, du hast seine Familienmelodie", überlegte sie laut.

Na ja, so schlimm war er jetzt auch wieder nicht und das mit der Melodie hatte noch lange nichts zu heißen! Obwohl er in letzter Zeit so blöd zu ihr war. Er ignorierte sie konsequent und war so verdammt kalt zu ihr.

Das setzte ihr ganz schön zu.

Aber das wollte sie sich nicht anmerken lassen.

„Also musst du im Geschäft gut überlegen, was ich anziehen soll", lenkte Hope das Gespräch wieder auf das ursprüngliche Thema.

„Hope, das kannst du nicht machen", quengelte Jess kläglich.

„Und ob ich das kann", verkündete sie hochtrabend und sah aus dem Fenster.

Sie hatte das starke Gefühl, dass sie beobachtet wurde.

Doch sie sah niemanden.

Langsam wurde sie paranoid.

„Ist was?"

Lilli schien ihre geistige Abwesenheit mitbekommen zu haben.

„Nein, nein, alles in Ordnung", beruhigte sie sie daher schnell.

Hope hatte Jess zwar ein Limit gesetzt, wie viele Kleider sie noch bereit war anzuprobieren, aber sie hatte ihr nicht gesagt, wie schnell sie einen Laden finden sollte, der eben dieses Kleid hatte.

Also standen sie jeweils fast eine halbe Stunde vor jedem übrig gebliebenen Laden und starrten die Schaufenster an.

Am Ende wurde es dann sogar der entspannten Lilli zu bunt und sie packte Jess Arm und zerrte sie in das erst beste Geschäft.

„Hier suchen wir uns jetzt alle ein Kleid aus oder ich schreie!", verkündete sie und stapfte in die Damenabteilung.

„Jess, du übertreibst es wirklich", meinte Hope nur, griff nach ihrer Hand und folgte Lilli.

„Das ist es, hundertprozentig!", freute sich Jess eine viertel Stunde später, als sie an der Kasse standen. Ihr schien Hopes Kleid viel wichtiger zu sein, als ihr eigenes, obwohl das einfach traumhaft war. Ein scharlachrotes, bodenlanges Kleid ohne Träger, aber mit langen, extrem weiten Ärmeln, die wie Feuer ihre Arme umflossen.

Und Lillis Kleid erst! Ein Traum in Flieder, mit einem am Rücken geschnürten Mieder und Stickereien am Saum.

Ihr eigenes Kleid war blau, wie Jess schon prophezeit hatte. Allerdings war dieses Blau so dunkel, dass es schon fast schwarz schien. Doch bei jedem Schritt schimmerte es mitternachtsblau. Deswegen war das Kleid im Schnitt auch ganz schlicht gehalten, nur ein langer Schlitz in der Seite erweckte Aufsehen.

„Ich freu mich so!", klatschte Jess in die Hände. Lilli verdrehte die Augen und sie selbst musste lächeln.

„So, jetzt haben wir noch genau eine Stunde um Weihnachtsgeschenke zu kaufen, dann geht der Bus zurück.

Verdammt! Das hatte sie ja schon wieder komplett vergessen! Und dank wem hatten sie jetzt nur noch so wenig Zeit? Böse sah sie Jess an.

Diese hob beschwichtigend die Hände.

„Sieh mich nicht so an, wir haben noch mehr als genug Zeit. Ich kenne einen super Laden, der hat alles."

„Wehe wenn nicht!"

Es war schon so schwer genug gewesen so kurz vor den Zwischenprüfungen, die natürlich noch vor den Ball gelegt werden mussten, eine Genehmigung hierfür zu bekommen. Noch eine würden sie nicht bekommen.

„Dann los", scheuchte Lilli und sie sprinteten in den von Jess angepriesenen Laden.

Glücklicherweise hatte der Laden wirklich alles.

Klamotten, Schuhe, Handtaschen, Parfüm, Bücher, Filme und alles, was man sich nur wünschen konnte.

Schnell hatte Hope alles zusammen.

Für Anakin nahm sie ein Buch Bestseller, da er ihr in einer ruhigen Minute erzählt hatte, dass er für sein Leben gern las. Für Valentin musste es natürlich etwas aus Leder sein. Also entschied sie sich nach kurzem Zögern für ein Lederband mit einer kunstvollen Gravur. Für Lilli nahm sie ein nach Lilien duftendes Parfüm, weil es so gut zu ihr passte und Jess bekam die neuste Staffel ihrer Lieblingsserie.

Gerade wollte sie zur Kasse gehen, da fiel ihr eine Handyschutzhülle ins Auge. Darauf war eine Violine gedruckt, die mit Schnörkeln umgeben war.

Dante! Sie hatte noch gar kein Geschenk für Dante!

Aber, wenn man es genauer betrachtete, hatte er auch gar keins verdient.

Sie überlegte. Jetzt hatte sie die Hülle allerdings auch schon gesehen.

Ach, warum nicht?

Kurzerhand schnappte sie sich die Hülle und eilte zur Kasse.

Lilli und Jess warteten schon draußen auf sie.

„Jetzt aber schnell, wir haben nur noch zehn Minuten!"

Das würde knapp werden.

Rennend machten sie sich auf den Weg zum Busparkplatz.

Da stach Hope ein Laden ins Auge und sie blieb stehen.

„Was ist, komm!", drängte Jess und kam zurück.

Hope entschied sich spontan.

„Geht vor, ich muss noch was erledigen, dauert nicht lange!"

Und schon war sie im Laden verschwunden.

Über die Schulter schauend sah sie, wie Jess und Lilli sich ansahen, dann mit den Schultern zuckten und weiter rannten. Gut so!

Schnell überflog sie das Sortiment und entschied sich spontan, rannte zur Kasse, ließ das Wechselgeld Wechselgeld sein und rannte.

Da hatte sie schon wieder das Gefühl, beobachtete zu werden. Sie sah nach hinten und glaubte einen Schatten erspäht zu haben, aber da war er auch schon wieder weg.

Verdammt! Für so was hatte sie keine Zeit.

Ihr Herz raste mindestens genauso schnell, wie sie lief. In allerletzter Sekunde schlüpfte sie in den Bus, bevor die Türen schlossen.

Jess und Lilli lächelten erleichtert und machten ihr einen Sitz frei, den sie mit ihren Taschen belegt hatten.

„Mensch, du bist mir eine, was war denn noch so wichtig?"

Keuchend setzte sie sich und ließ ihre Taschen fallen. Sie war fix und fertig.

„Ich brauchte noch ein Geschenk", keuchte sie nur und grinste.

Gegenseitig beäugten sie die Geschenke der anderen, ließen aber die für sie bestimmten in den Taschen.

„Für wen ist denn das Armband?", fragte Jess.

Hope grinste.

„Für Valentin. Wir sind zwar keine wirklichen Freunde aber er ist nett."

Jess nickte bestätigend und forschte weiter.

„Was schenkst du ihm denn?", erkundigte sich Hope.

Lilli sah auf.

„Ein Taschenmesser, ich dachte das passt zu ihm."

Jess lachte.

„Das müsstest du doch am besten wissen."

Lilli stutzte.

„Warum?"

Jess und sie sahen sich an.

„Na, weil ihr zusammen seid, oder nicht?", fragte sie behutsam nach.

Lillis verständnislose Miene wurde etwas traurig und sie ließ Anakins Buch sinken, das sie sich eben angesehen hatte.

„Nein, wir sind nur Freunde", meinte sie dann und tat so, als ob nichts wäre, aber man konnte ihr ansehen, dass sie diese Tatsache traurig stimmte.

„Aber abgeneigt wärst du nicht, oder?", hackte Jess nach und sie stieß ihr den Ellenbogen in die Rippen und nickte mit dem Kinn auf Lilli. Da verstand Jess und sah zerknirscht drein.

„Ich nicht, ich mag ihn sehr", murmelte Lilli.

Aber er.

Betretenes Schweigen machte sich zwischen ihnen breit.

„Wie dem auch sei, wer hat Lust auf Nudeln? Ich hab letzte Woche eingekauft und ihr beiden Glückspilze habt das einmalige Vergnügen, meine Kochkünste zu genießen!", trällerte Jess dann los und die trübe Stimmung verflog und sie unterhielten sich wieder angeregt. Doch Lilli blieb geknickt, das merkte Hope.

Vielleicht sollte sie mal mit Valentin reden. Wahrscheinlich war die Situation gar nicht so hoffnungslos, wie Lilli dachte.

„Wie wär`s mit einer Pyjamaparty bei mir zum Abschluss des Tages?", schlug sie daher spontan vor.

Jess war sofort dabei, nur Lilli musste man noch etwas gut zureden.

Doch Jess konnte sehr überzeugend sein.

Kaum, dass sie in der Schule angekommen waren, schmiss Hope ihre Sachen in eine Ecke und sprintete zum Frühstück. Heute war Samstag, deswegen konnten Jess, Lilli und sie heute den ganzen Tag oder Nacht, wie man es nahm im Bett verbringen.

Aber Hunger hatte sie trotzdem.

Kaum im Speisesaal angekommen, wurde sie an der Hand gezogen und landete auf Anakins Schoß.

„Na, schönen Tag gehabt?", flüsterte er ihr ins Ohr, bevor er ihr einen Kuss auf die Wange drückte.

Er küsste sie immer nur auf die Wange oder die Stirn, nie auf den Mund. Außer das eine mal im Pavillon.

Hope verstand warum. Er wollte sie nicht drängen, ihr Zeit lassen sich zu entscheiden.

Dafür mochte sie ihn noch mehr.

Aber nicht genug.

Sie hätte sich ohrfeigen können!

Klar, die Zeit mit ihm war klasse. Er war so nett, aufmerksam und liebevoll, wie es noch keiner zu ihr gewesen war aber irgendetwas fehlte, irgendetwas, was er ihr nicht geben konnte.

„Ach ja, junge Liebe. Muss die schön sein", ertönte eine Stimme hinter ihr und Anakin und sie drehten sich gemeinsam um.

Valentin stand vor ihnen und grinste.

„Du klingst wie ein alter Mann", lachte Hope und rutschte von Anakins Schoß auf den Platz neben ihm.

Valentin zwinkerte ihr nur zu und setzte sich zu seinen Leuten. Sie warf einen Blick auf Lilli, aber die sah aus wie immer und lachte gerade fröhlich.

Sie war stark.

„Und, habt ihr Kleider gefunden?", erkundigte sich Anakin.

Hope nickte begeistert.

„Ja, meins.."

Doch Jess fuhr ihr ins Wort und wedelte böse mit ihrer Gabel in ihre Richtung.

„Sag noch ein Wort und du bist tot, Hope MacLee", warnte sie. Zum Zeichen ihres Rückzugs hob sie die Hände.

Jess grinste Anakin breit an.

„Du bekommst nur die Info zur Farbe, damit du eine Maske besorgen kannst, die dazu passt, mehr aber auch nicht."

Maske? Warum Maske? Jetzt verstand sie gar nichts mehr.

„Sag mir nicht, dass es ein Maskenball ist", meinte sie dann, als der Groschen gefallen war.

Jess nickte begeistert.

„Doch. Jeder tanzt mit jedem und keiner weiß so genau, wer es ist. Ist das nicht toll?", schwärmte sie und verlor sich in ihrem Tagtraum.

Aha. Na ja, etwas Gutes hatte es ja, wenn man nicht wusste, mit wem man tanzte. Man wusste nicht, wem man auf den Fuß getreten war.

„Also, sind alle fertig? Dann gehen wir los", sagte sie und stand auch schon auf. Jess war einfach unbremsbar.

Schnell schnappte sich Hope ein belegtes Brötchen und einen Apfel und folgte ihr. Lilli kam auch reichlich beladen mit und schon konnte der Mädelsabend starten.

„Das ist deine Frisur", schwärmte Jess und steckte eine letzte Strähne fest.
Sie hatte darauf bestanden jetzt schon die Frisuren, Make-up und Accessoires für den Ball festzulegen.
Aber die Frisur war klasse.
Eine schlichte Hochsteckfrisur, die aber mit unzähligen diamantenbesetzten Haarnadeln verziert war. Dazu noch die vordersten Strähnen seitlich eingelockt, perfekt!
„Du bist die Beste!", umarmte sie sie und drückte sie fest an sich.
„Klar, wusste ich schon immer", prahlte Jess.
Lilli saß auch schon fix und fertig gestylt auf ihrem Bett und blätterte in ihrem Skizzenblock herum.
„Ich will so eine, meinst du das schaffst du?", schrie sie dann begeistert und hielt Hope ihre Skizze von einer Maske unter die Nase.
„Du meinst aufmalen?"
Lilli nickte begeistert und man konnte ihr richtig beim Träumen zusehen.
„Das müsste theoretisch gehen", überlegte sie.
„Probier`s gleich aus", meinte Jess und verpasste sich gerade selber Locken.
„Na gut, dann komm mal her."
Auf Haut zu malen war eigentlich nicht anders, als auf Papier. Man musste halt nur anders mit den Schatten und Formen spielen.
Der erste Pinselstrich war da entscheidend, wenn der saß, saß alles.

Hope entschied sich für eine schwarze Maske, mit vielen Details und Verschnörkelungen. Dazu etwas Flieder an den Enden mit einem schönen Verlauf und ein paar Highlights, fertig!

„WOW!"

Lilli kam aus dem Staunen gar nicht mehr raus.

„Du bist ein Genie!", quickte sie und fiel ihr um den Hals.

Hope sagte nichts und sah Jess nur mit einer hochgezogenen Augenbraue an. Diese verdrehte die Augen und Hope schlug zurück, indem sie ihr die Zunge rausstreckte.

Daraufhin sahen sie sich mit großen Augen an und lachten dann laut los.

Lilli war verwirrt, da ihr kleiner Kampf schweigend ausgetragen wurde.

„Schon gut", lachte Hope und hielt sich den Bauch.

„Ihr seid verrückt", meinte Lilli und bewunderte ihre Maske im Spiegel. Zur Sicherheit machte sie noch ein Foto davon.

„Aber mit Freude!", stöhnte Jess unter all dem Gelächter.

Als das Irrenhaus sich etwas beruhigt hatte, schminkten sie sich ab und kuschelten sich alle zusammen auf das ausgezogene Sofa.

Sie redeten noch lange von allem, was ihnen gerade einfiel und lachten noch mehr, bis sie bei Sonnenaufgang endlich einschliefen.

14

Der Mond hüllte den Pavillon in ein glitzerndes Licht und verleite dem ganzen etwas mystisches und geheimnisvolles.

Mit geübten Fingern zeichnete sie den Grundriss und begann dann zu schattieren. Es geschah fast wie von selbst. Dabei verlor sie sich ganz in ihrem Lieblingslied. „Angel with a shutgun".

Sie wippte den Beat mit ihrem Fuß mit, den sie auf den Untergehakten gelegt hatte. Anakin hatte noch etwas zu erledigen gehabt. Jetzt saß Hope hier alleine am Waldrand und zeichnete. Das Rascheln hatte sie nicht noch einmal gehört.

Gerade sang sie den Refrain des Liedes lautlos mit, als ihr auf einmal die Hörer aus den Ohren gezogen wurden.

Sie zuckte heftig zusammen und hätte fast ihr ganzes Bild mit einem dicken, schwarzen Strich versaut.

„Du wirst noch taub, wenn du das weiter so laut hörst", grinste Dante und steckte sich die Hörer selbst in die Ohren. Geschockt, wie sie war, brauchte sie etwas, um die Situation zu analysieren.

„Gutes Lied", murmelte Dante und wippte im Takt mit.

Jetzt reichte es aber!

Kurzerhand schaltete Hope ihren Player aus.

Dante stutzte.

„Hey!"

Brüsk riss sie ihm die Stecker aus den Ohren und rappelte sich auf.

„Aber sonst ist alles gesund?", schnauzte sie.

Typisch Dante. Er richtete sich nun auch aus seiner vorgebeugten Haltung auf und steckte die Hände in die Taschen.

„Joa, kann nicht klagen", meinte er und grinste.

Das war genug. Die ganze Zeit behandelte er sie wie Luft, war kalt und abweisend zu ihr und jetzt tat er so, als wären sie die besten Freunde!

„Verschwinde einfach!", fauchte sie, schnappte sich ihre Tasche und wollte an ihm vorbei, doch er hielt sie am Arm fest.

„Das funktioniert aber nicht, wenn du gehst", grinste er, schien aber nicht mehr ganz so vergnügt.

„Lass mich los!", fauchte sie und entriss ihm ihren Arm.

„Was ist denn los mit dir?"

Da riss ihr der Geduldsfaden.

„Das ist doch jetzt nicht dein ernst, oder? Du bist die ganze Zeit wie der letzte Arsch zu mir und jetzt machst du einen auf heile Welt. Du bist echt das letzte!"

Jetzt war jede Spur von Belustigung gänzlich aus seinem Gesicht gewichen.

„Pfff", schnaubte er und war schon wieder so verdammt kalt.

„Pfff mir hier nicht rum! Du bist der, dessen Gemüt sich nicht entscheiden kann!", fuhr sie ihn an.

Er grunzte als Antwort.

„Entscheide dich gefälligst! Entweder du bist nett oder halt nicht aber auf das hin und her hab ich keine Lust mehr!"

Er schnaubte.

„Sagt die, die sich selbst nicht entscheiden kann", knurrte er dann und kam einen Schritt auf sie zu.

Hope widerstand dem Drang zurückzuweichen.

„Was?"

Wie kam er jetzt wieder darauf? Bei seinen Launen konnte man nur ein Schleudertrauma erleiden.

„Stichwort Anakin", zischte er und man konnte seine Fangzähne im Mondlicht glitzern sehen. Er war wütend, verdammt wütend.

Sie bekam Angst.

Bisher hatte er es vielleicht ganz gut verbergen können, aber er und alle anderen waren und blieben Raubtiere.

„Stichwort, das geht dich nichts an!", fauchte sie zurück um ihre Angst zu überspielen.

„Kleines, du hast meine Familienmelodie, das geht mich also sehr wohl etwas an", knurrte er und kam noch näher. Ihr Herz raste und ihr brach der Schweiß aus.

Da machte sie noch einen Schritt zurück.

Dante sog scharf die Luft ein und sah sie an. Dann weiteten sich seine Pupillen und er trat zurück.

Wahrscheinlich hatte er ihre Angst gerochen.

„Verschwinde einfach!", schrie sie, bevor sie davon rannte.

Seinen Blick konnte sie nur allzu deutlich spüren.

So schnell sie konnte rannte sie um die nächste Ecke und stieß frontal mir Anakin zusammen.

„Hey, ganz ruhig, was ist denn los?"

Sanft hielt er sie an den Armen fest und sah sie erstaunt an.

„N-nichts. Ich hab nur ein Rascheln gehört und mich erschreckt. Wahrscheinlich ist es einer von Valentins Leuten", erfand sie eine Geschichte und beruhigte ihn gleichzeitig.

Sie sah ihm in die Augen und wartete auf seine Reaktion.

„Na dann ist ja gut. Valentins Leute erschrecken gerne Leute, das stimmt schon", lächelte er dann und nahm sie bei der Hand.

„Hast du schon Hausaufgaben gemacht?", erkundigte er sich dann, während sie den Weg zurück zum Schulgebäude schlenderten.

„Nee, Geschichte ist soooo viel", stöhnte sie und lehnte sich beim Laufen leicht gegen ihn. Er kam ihrer Bewegung entgegen.

„Na, da kann ich helfen. Ich bin in Geschichte spitze", lachte er und drückte ihr einen Kuss auf den Scheitel.

„Streber!", zog sie ihn auf.

Sie lachten.

Dann ließ Hope ihn los, schnappte sich etwas Schnee vom Wegrand, formte einen Ball und warf.

„Na warte!", rief Anakin und schon flog ein Ball knapp an ihrer Nase vorbei.

„Daneben!", lachte sie und warf auch einen Ball.

„Nicht mehr lange", kicherte er, hielt sie am Arm fest und ließ eine Ladung Schnee über ihren Kopf rieseln.

„Unfair!", beschwerte sie sich.

„Aber nur ein bisschen", meinte er, sah ihr tief in die Augen und küsste sie, richtig.

Hope versuchte zu analysieren, was sie empfand.

Als sie zu einem Schluss kam, hob sie die Hand und klatschte ihm Schnee in den Nacken.

Kreischend rannte sie vor ihm weg, als er ihr mit den Armen voll Schnee nachsetzte.

Dante, der hinter einem Baum stand und sie beobachtete, sah sie nicht. Um seinen Mund tanzte ein harter Zug, dann wandte er sich ab und lief in die entgegengesetzte Richtung davon.

Er warf einen Blick zurück auf den Pavillon und sah etwas Weißes, das im Wind wehte.

Als er näher trat, sah er, dass es Hopes Zeichenblock war. Sie hatte ihn bei ihrer Flucht fallen gelassen. Bei ihrer Flucht vor ihm.

Frustriert schlug er mit der Faust gegen einen Baumstamm.

Dann riss er sich zusammen und hob den Block auf. Der Wind wehte ihm durchs Haar.

Gleichzeitig trug er einen ihm nur allzu vertrauten Geruch zu.

Er fletschte die Zähne und knurrte.

Gabriel.

Ihr Kopf lag in Anakins Schoß. Er selbst saß auf einem Sofa im Gemeinschaftsraum und hielt ihre Notizen in den Händen.

„Also, wann wurde Julius Caesar ermordet und warum?"

Hope stöhnte gequält und legte sich den Arm über die Augen.

„Irgendwann und weil er doof war", murrte sie dann.

Anakins Lachen lief durch ihren ganzen Körper und ließ sie selbst grinsen.

„Ich bin mal gespannt, was Zazeck zu dieser Antwort sagen würde."

Hope konnte sich lebhaft vorstellen, was er dazu sagen würde.

„Aber jetzt mal im Ernst, wann und wieso?"

Sie stöhnte erneut.

Wen zum Geier interessierte das?

„30 vor Christus?", schoss sie einfach mal ins Blaue.

Anakin seufzte.

„Wenigstens im richtigen Jahrhundert", konnte sie ihn murmeln hören.

„Nicht ganz, es ist eine Schnapszahl", half er ihr dann auf die Sprünge.

„33?"

Er stöhnte.

„44!"

Er gab ihr einen Klaps auf den Arm.

„Woher du das jetzt wohl weißt", brummte er.

Erneutes Seufzen.

„Gut und warum?"

Hope schwieg und imitierte ein Schnarchen.

„Komm schon, du brauchst das für die Prüfung", sagte er und wackelte mit den Beinen.

„Hilfe Erdbeben!", rief sie und kullerte von seinem Schoß.

„Warum kannst du nicht einfach diesen blöden Test für mich schreiben?"

Anakin lachte und zog sie zurück auf seinen Schoß.

„Weil es dein Test ist. Komm, alle müssen es lernen und ich helf dir doch."

Sie brummte nur verstimmt.

„Wieso?", hackte er nach und zog eine Augenbraue hoch.

„Um Rom die Freiheit wieder zugeben", entsann sie sich.

„Sehr gut", lobte Anakin.

„Wie wurde er ermordet?"

Äh. Einen Moment, das hatten sie erst gehabt.

„Mit 23 Dolchstichen während einer Senatssitzung!", fiel erneut der Groschen.

„Na bitte, ich weiß gar nicht, warum du dich beschwerst. Du kannst es doch!"

„Ja klar!"

Anakin beugte sich vor und gab ihr einen Kuss auf die Wange. Hope schloss die Augen und entspannte sich.

Da fiel auf einmal etwas auf ihren Bauch. Erschrocken riss sie die Augen auf und fuhr hoch. Dabei hätte sie Anakin fast eine Kopfnuss verpasst, aber er konnte ausweichen.

Verwirrt sah sie auf das etwas in ihrem Schoß.

Ihr Skizzenblock!

Verblüfft sah sie sich um und konnte gerade noch sehen, wie Dante aus dem Raum ging.

Da wurde es ihr klar. Sie hatte ihn auf ihrer Flucht vor ihm verloren!

Und er hatte ihn ihr zurückgebracht.

„Was ist das?", wollte Anakin wissen und sah Dante ebenfalls hinterher.

„Mein Block, ich muss ihn verloren haben", murmelte sie geistesabwesend.

Warum hatte er ihn ihr zurückgebracht? Sie hatten sich gestritten! Er war stinksauer gewesen!

Sie wurde einfach nicht schlau aus ihm.

„Na, dann lass uns weiter machen", meinte Anakin nach einer Weile.

„Wer waren die Leute, die ihn umbrachten?", kam er mit der nächsten Frage, doch Hope konnte sich nicht mehr konzentrieren.

„Du hast meine Familienmelodie, da geht es mich sehr wohl etwas an", hatte er gesagt. War Dante etwa eifersüchtig?

Den Rest des Tages ignorierte Dante sie komplett und ging ihr aus dem Weg. Kaum betrat sie einen Raum, in dem er auch war, verschwand er.

Das war fast noch schlimmer als seine Kälte.

Jess und die anderen schienen zu merken, dass ihr sein Verhalten zusetzte und versuchten sie aufzubauen. Mit mäßigem Erfolg.

Gerade kam sie aus dem Waschraum und öffnete die Tür, als sie ihm direkt gegenüberstand. Sie sahen sich nur an, sagten kein Wort.

Sein Blick war kühl, distanziert und starr.

Ihr Herz fühlte sich komisch an, als gehörte es nicht länger ihr.

Er war der Erste, der den Blick abwandte. Dann drehte er sich um und ging. Wortlos.

Es war wie ein Schlag ins Gesicht.

Ihre Augen brannten.

Schnell eilte sie in ihr Zimmer.

Sie wusste genau, was er bezweckte. Sie hatte ihm gesagt, er sollte verschwinden. Mehrfach.

Und genau das tat er jetzt auch. Er verschwand immer, wenn er sie sah.

Doch so hatte sie das nicht gewollt.

Ihr Handy vibrierte. Sie ignorierte es, aber kurz darauf ging noch eine SMS ein.

Seufzend sah sie nach, was Jess jetzt schon wieder von ihr wollte.

Aber die Nummer kannte sie gar nicht!

Verwirrung verdrängte das Gefühl des Verrats, welches Dantes Verhalten in ihr ausgelöst hatte.

Aber die Nummer war unter ihren Freunden gespeichert.

Skeptisch sah sie nach und wusste sofort, als sie das Kontaktbild sah, um wen es sich da handelte.

Es war das Bild von einem spöttischen Lächeln, das alle Zähne zeigte, plus Fangzähne.

Ihr nur allzu bekannte Fangzähne.

Dante!

Wie hatte er ihr Handy in die Finger bekommen?

Wut stieg in ihr auf und wurde noch größer, als sie die SMS las.

„Jetzt zufrieden?", lautete die erste.

„Ich mache nur das, was du wolltest", die zweite.

Das brachte das Fass zum Überlaufen. Er wusste genau, dass sie es nicht so gemeint hatte!

Schäumend vor Wut sprang sie auf. Wo konnte er gerade sein?

Bestimmt in seiner Wohnung. Dort würde er ihr ja wohl am wenigsten begegnen.

Während sie lief, tippte sie eine SMS.

Knapp vor seiner Tür bekam sie die Antwort und stürmte seine Wohnung.

„Du verdammter Mistkerl, wie kommst du eigentlich dazu, dich an meinen Sachen zu vergreifen!", legte los, ohne ihn überhaupt zu sehen.

„Dante, komm gefälligst her, wenn ich mit dir rede!", schrie sie und sah sich in dem großen Raum um. Generell waren alle Wohnungen gleich gehalten, aber er schien die Wand zur Küche entfernt zu haben, sodass der Raum um einiges größer wirkte.

Wenn er nicht hier war, musste er in seinem Zimmer sein. Wutschnaubend stapfte sie in den Flur und prallte mit etwas zusammen. Mit etwas großem, feuchtem.

Mit Dantes nasser, breiter und sehr nackter Brust.

Sie schnappte erschrocken nach Luft und wäre auf dem Boden gelandet, hätte er sie nicht am Arm festgehalten.

Ihr blieb der Mund offen stehen, als sie ihn sah.

Er war lediglich mit einem Handtuch um die Hüften bekleidet, mehr nicht. Und er war nass.

Er schien eben geduscht zu haben.

Ihr Blick erfasste sofort seine breiten Schultern, die Muskeln, die sich an seinen Armen spannten, als er sie festhielt. Sie keuchte erneut.

„Oh mein Gott!", entfuhr es ihr dann.

Dante ließ sie los und fuhr sich durch die nassen Haare.

„Sag nicht Gott und sieh mich dabei an, da kommt es am Ende nur zu Verwechslungen", meinte er lässig.

Sie konnte gar nicht mehr wegsehen.

„Also, warum willst du erst wissen, ob meine Tür offen ist und rennst hier dann rein, wie ein Furie? Ich dachte, ich sollte verschwinden."

Und schon war er wieder so kalt.

„Du kotzt mich echt an mit deinen Stimmungsschwankungen!", knurrte sie und bereute es sofort hierher gekommen zu sein. Was hatte sie sich nur dabei gedacht? Mit ihm konnte man doch eh nicht reden.

Außerdem so ganz alleine mit ihm.

Auf einmal kam ihr die Idee zu ihm zu gehen ziemlich bescheuert und waghalsig vor.

Dante sah sie an, verschränkte die Arme vor der Brust und seufzte.

Diese kleine Geste ließ wieder ihre ganze Aufmerksamkeit zu seiner Brust wandern.

Sie wurde rot und sah weg.

Das Glitzern in seinen Augen zeigte ihr aber, dass er genau wusste, wo sie gerade hingesehen hatte.

Verdammt!

„Du scheinst ja doch gar keinen so schlechten Geschmack zu haben, wie ich dachte", grinste er.

Sie wollte gerade etwas erwidern, da fuhr er ihr dazwischen.

„Ok, setz dich aufs Sofa, ich komme gleich", meinte er dann und ging den Flur entlang. Dann war er in einem Zimmer verschwunden und sie stand alleine, unschlüssig im Flur.

Zögernd ging sie ins Wohnzimmer und stand vor der Couch. Langsam setzte sie sich und nahm die Umgebung in sich auf. Es war ein schöner, heller Wohnraum, der so gar nicht zu Dante passen wollte.

Auf einem Sessel vor ihr lag seine Violine. Staunend trat sie näher und betrachtete das glänzende Holz. Schwarzes Ebenholz. Fasziniert strich sie darüber.

Man sah dem Instrument an, dass es gepflegt wurde. Sie lächelte leise in sich hinein. Dann war ihr Geschenk ja genau richtig.

„Also, was willst du „Miss ich will, dass du mir aus dem Weg gehst, renn dir aber trotzdem nach", jetzt von mir?", ertönte seine tiefe Stimme hinter ihr. Erschrocken zuckte sie zusammen und drehte sich um.

Da stand er, lässig wie immer und komplett in schwarz. Sein Haar war noch feucht.

„Danke, für den Block", schoss es aus ihr heraus.

Sie war nervös und wollte es sich nicht anmerken lassen. Dabei konnte er garantiert ihr viel zu schnell schlagendes Herz hören.

Er schnaubte leise, kam auf sie zu und blieb dicht vor ihr stehen. Sein Blick war intensiv und brannte sich in ihre Augen. Dante schob sein Gesicht ganz dicht an ihres heran. Sie hielt den Atem an.

Doch er tat nichts, griff nur an ihr vorbei nach seiner Violine und entfernte sich dann wieder.

Hope konnte nicht verhindern, dass sie enttäuscht war.

„Und deswegen stürmst du meine Wohnung?", erkundigte er sich, während er sein Instrument verstaute.

„N-nein. Ich wollte wissen, wie du an mein Handy kommst!"

Etwas von der vergangenen Wut stieg wieder in ihr auf.

Er zwinkerte ihr nur frech zu und ging dann in die Küche und stellte die Kaffeemaschine an.

Was sollte das? Jetzt war er schon wieder nett zu ihr.

Ihr wurde das alles zu viel. Außerdem sah sie ihn immer noch nur mit einem Handtuch bekleidet vor sich stehen.

Also keine guten Voraussetzungen für ein Gespräch.

„Entschuldige die Störung, ich muss los", murmelte sie und war auch schon wieder im Flur und aus der Tür.

Ihr Herz raste.

Was war los mit ihr? Warum stürzte sie in Dantes Nähe in einen Strudel der Gefühle und bei Anakin war gar nichts?

Maßlos verwirrt und vollkommen planlos lehnte sie sich gegen die Wand neben Dantes Tür.

Im Wald neben seinem Haus raschelte es wieder.

Warum konnten sie sie nicht einfach mal in Ruhe lassen?

Fluchend stieß sie sich von der Wand ab und stapfte in ihr Zimmer.

Als hätte sie mit Zazecks Test nicht schon genug Probleme!

Ganz in ihre Gedanken versunken, ließ sie die Stimme, die plötzlich hinter ihr ertönte, aufschrecken.

„Achtung Baum!", rief jemand.

Erschrocken sah sie auf und blieb abrupt stehen. Doch ihre Nase war nicht wie erwartete nur wenige Millimeter von einem Baumstamm entfernt. Ganz im Gegenteil, der nächste Baum war gute zehn Meter von ihr entfernt!

Wütend drehte sie sich zu dem Scherzkeks um. Valentin grinste sie breit an.

„Ich geb dir gleich Baum", drohte sie todernst.

„Ach, bist du jetzt sauer, weil ich dich aus deinem Tagtraum gerissen habe? Du solltest nicht so viel nachdenken, davon bekommt man Kopfschmerzen!", grinste er immer noch und lief neben ihr her.

„Ach, deswegen denkst du nicht! Du hast Angst, du bekommst Kopfschmerzen!", rief sie aus.

Seine Mundwinkel zuckten.

„Autsch", schnurrte er schon fast.

„Ich weiß wirklich nicht, warum ihr Mädchen euch so viele Gedanken über diesen blöden Ball macht", fing er dann an, die Arme hinter dem Kopf verschränkt.

„Wie kommst du darauf?", erkundigte sie sich beiläufig.

„Na ja, daran hast du doch eben gedacht, bevor du knapp einen Baum verfehlt hast", zog er sie auf.

Hope schlug scherzhaft nach ihm. Er wich kichernd aus.

„Hab ich nicht. Um ehrlich zu sein, hab ich ihn schon fast vergessen gehabt."

„Und das soll ich dir jetzt glauben?", erkundigte er sich und zog eine Augenbraue hoch.

Sie zog ihrerseits auch eine hoch und so boten sie sich ein Blickduell, bis er geschlagen seufzte.

„Du gehst doch eh mit Anakin hin. Da wird es keiner wagen, sich über dich das Maul zu zerreißen."

Das brachte sie auf eine Idee!

„Mit wem gehst du denn hin?" Hope tat so, als würde sie das gar nicht interessieren.

Er lachte auf.

„Wieso? Willst du deinen Partner wechseln?"

Sie schüttelte nur den Kopf. Die ganze Partnersache war eh nur für Pärchen, da jeder mit jedem tanzen durfte.

„Nein, ich mag meine Männer weniger haarig", lachte sie.

Er schenkte ihr ein schiefes Lächeln.

„Aber wenn du noch keine Begleitung hast, wie wäre es mit Lilli?"

Gespannt verfolgte sie seine Reaktion.

Er schien verdutzt.

„Das wäre eine Idee", überlegte er dann.

Hope freute sich. Jetzt würde Lilli wenigstens nicht mehr so niedergeschlagen sein.

Mission erfolgreich ausgeführt!

Sie und Valentin gingen noch ein Stück schweigend weiter. Als sie um eine Ecke gingen, hätten sie fast einen anderen Schüler umgerannt.

„Vorsicht!", sagte Valentin und packte sie auch schon und zog sie mit sich zur Seite.

„Entschul ...", fing Hope schon an, da sah sie, wen sie fast umgerannt hätte.

„Pass doch auf!", ätzte Cloé.

Hopes Herz setzte aus.

Das durfte doch nicht wahr sein!

Valentin hielt sie immer noch am Arm. Vorsichtig entwandt sie sich seinem Griff und lächelte ihm dankend zu.

Doch er schien das gar nicht mitzubekommen, denn er war voll und ganz damit beschäftigt, Cloé vernichtend anzusehen.

„Na, wenn das nicht die Mrs. ich tunke andere Leute Köpfe ins Klo ist", sagte er dann, als er sich aus seiner Starre gelöst hatte. Dabei war seine Stimme ruhig und leise. Doch sie enthielt so eine Menge Energie, dass es Hope kalt den Rücken runter lief.

Cloé hingegen blieb total unbeeindruckt, warf ihm nur einen herablassenden Blick zu und redete dann auf sie ein.

„Du dachtest wohl, du wärst mich los?"

Sie warf ihr Haar zurück.

„Von wegen! Ich habe gerade erst angefangen! Mach dich auf die schlimmste Zeit deines Lebens gefasst Hope MacLee!"

Hope hatte keine Ahnung, warum Leute dachten, man würde sie ernster nehmen, wenn sie den vollen Namen des Angesprochenen benutzten.

Bevor sie zu irgendeiner Reaktion in der Lage war, schnaubte Valentin hinter ihr, nahm ihre Hand und wandte sich zum Gehen.

„Komm, Hope. Ich habe keine Lust mir das Gejaule dieses Welpen weiter anzutun", sagte er, als wäre es keine Beleidigung gewesen und zog sie mit sich davon.

Zurück blieb eine kochende Cloé.

15

Endlich war es so weit! Noch eine Woche bis zum Ball!
Und haufenweise Arbeiten.

Nachdem Zazeck einen mörderischen Test abgefragt hatte, war er auf die geistreiche Idee gekommen, auch noch einen Aufsatz zu verlangen.

An für sich kein Problem, wäre die Wortanzahl nicht gewesen.

Fünftausend!

Verzweifelt saß Hope über ihren Büchern. Wie sollte das bei dem Thema zu schaffen sein?

Zu allem Übel hatte Cloé das gleiche Thema wie sie bekommen und nun gab es keinerlei Bücher mehr, die sie verwenden konnte.

Und im Internet zu suchen, war verboten.

Es war zum Haare ausreißen!

Zu allem Übel hatte sie sich auch noch mit Anakin verkracht. Na ja, was hieß verkracht?

Sie ging ihm aus dem Weg um es genau zu sagen.

Seit sie dieser bizarren Situation mit Dante ausgesetzt war, dachte sie mehr über ihre Gefühle nach und kam immer mehr zu dem Schluss, dass sie Anakin nur wehtat, indem sie versuchte Gefühle für ihn zu erzwingen, die nicht da waren.

Doch er war so glücklich. Und es war ja auch schön mit ihm. Mit ihm konnte man reden, lachen, lernen und sich einfach fallen lassen.

Doch war das genug?

Arg! Jetzt war sie schon wieder vom Thema abgekommen!

Also, wie war das noch mal?

Einige Minuten las sie noch etwas in dem Buch, das Cloé übrig gelassen hatte, dann schloss sie es, legte es langsam auf den Tisch, stützte den Kopf in die Hände und schloss die Augen.

Warum nur war ihr Leben so schwer?

„So fröhliche Mädchen wie du sollten nicht so betrübt dreinschauen", erklang da auf einmal eine Stimme zu ihrer Rechten.

Verdutzt drehte sie den Kopf und sah zwischen ihren Fingern zu der Person, die sie angesprochen hatte.

Als sie erkannte, wer es war, riss die den Kopf nach oben und starrte ihn an.

Mika lächelte leicht, zeigte auf den Stuhl neben ihr und wartete, bis sie nickte, bevor er sich setzte.

Was wollte der Anführer, konnte man schon fast sagen, der Engel hier?

„W-Wie kommst du darauf?", antwortet sie ihm etwas verspätet.

Er lächelte deutlicher und Grübchen wurden sichtbar.

Süß!

„Na ja, du siehst aus, als würde dich etwas belasten", meinte er.

Hope konnte nicht anders, als ihn anzustarren.

Da saß er, der Inbegriff an Unerreichbarkeit und redete mit ihr. Es waren noch mindestens dreißig andere Schüler hier!

Keinen hatte es bisher interessiert, wie es ihr ging.

Lag es vielleicht daran, dass er sich für sie, also die Menschen verantwortlich fühlte?

„Da dachte ich mir, ich frage mal, ob ich helfen kann."

Gemächlich stützte er sein Kinn auf eine Hand und sah sie unter seinem Pony unschuldig an.

Hatte er überhaupt eine Ahnung, welche Wirkung das auf Frauen hatte?

Wahrscheinlich nicht. Na ja, sie hatte auch andere Probleme, als sich mit seinem Aussehen zu befassen.

„Nur, wenn du dich in Geschichte auskennst und keine Bücher brauchst. Die hat nämlich alle Cloé."

Mika lächelte leicht.

„Zufällig bin ich sehr bewandert in Geschichte", grinste er.

Sie grinste zurück und schob ihm auffordernd ihren Block hin.

„Das will ich sehen!"

Und tatsächlich kannte Mika sich fabelhaft in Geschichte aus. Er war ihr wirklich eine riesige Hilfe.

Gerade, als sie fertig waren und sie sich überschwänglich bedankt hatte (sie hatte sogar dreihundert Wörter mehr, als gefordert), ertönte eine belustigte Stimme hinter ihnen.

„Wenn ich mir die Haare blond färben würde, würdest du dann auch Zeit mit mir verbringen?"

Irritiert sah sie Valentin an.

Seine Augen blitzten belustigt.

„Wer weiß", meinte sie dann.

Valentin nickte Mika kurz zu und dieser erwiderte die Geste.

„Sei mir nicht böse, aber ich mag meine Haare so, wie sie sind", lachte er dann, zwinkerte ihr zu und machte sich schon wieder daran, zu gehen.

„Warte mal! Hast du Lilli gefragt?"

Er lächelte lediglich geheimnisvoll und verschwand.

Doch ihre Frage wurde von einer vor Freude hüpfenden Lilli beantwortet, die gerade in die Bibliothek stürzte.

„Hope, du bist die Beste!", schrie sie und fiel ihr um den Hals.

Mika lächelte und winkte ihr zum Abschied. Sie tat es ihm gleich und schenkte ihm noch einmal ein dankendes Lächeln, bevor er zwischen den Regalen verschwand.

„Also hat er dich gefragt?"

Lilli ließ sie kurz los, sah ihr in die Augen, quietschte einmal und schon hatte sie sie wieder um den Hals hängen.

Lachend drückte sie sie an sich.

„Wie wäre es, wenn wir Jess suchen und ihr die frohe Kunde überbringen?", schlug sie vor. Ansonsten wurden sie noch aus der Bibliothek geworfen.

Auf dem Weg nach draußen kamen sie an Dante vorbei, der lässig an einem Regal lehnte und ein Buch las. Genau, als sie ihn ansah, sah er auf, erfasste die Lage und lächelte sie gutmütig an. Dann sah er auch schon wieder in sein Buch.

Das Lächeln brachte ihren Bauch zum Kribbeln, doch sie hatte keine Zeit, um darüber nachzudenken, was das bedeuten konnte, da zog Lilli sie auch schon weiter.

Kaum bei Jess angekommen, die eine Ewigkeit brauchte, um die Tür zu öffnen, fing das Gequietsche wieder an.

Lächelnd setzte sich Hope auf Jess Sofa und hörte der überglücklichen Lilli zu.

Allerdings wurde sie von einer eingehenden SMS abgelenkt.

„Du bist zu nett."

Das war unverkennbar Dante.

Kopfschüttelnd sendete sie ein Smiley, dass ihm die Zunge herausstreckte.

Seine Antwort war ein Ausrufezeichen.

Dieser Spinner.

Gerade wollte sie ihr Handy wegpacken, da kam noch eine SMS.

Doch dieses Mal war sie nicht von Dante, sondern von ihrer Mutter.

„Hallo, mein Schatz. Es tut mir leid, aber über die Ferien wird es wohl nicht gehen, dass du zu uns kommen kannst. Ich hoffe die Schule lässt die Schüler auch über die Ferien auf dem Campus wohnen. Wenn nicht, bleib doch bei einer Freundin, ja? Ich schicke dir etwas Geld für die Feiertage, Küsschen. M."

Etwas geschockt musste Hope die Nachricht ein zweites Mal lesen, bevor sie verstand, was dort stand.

Das war unmöglich, undenkbar!

Sie hatten immer Weihnachten zusammen verbracht!

Selbst wenn sie dafür zwölf Stunden mit dem Flugzeug fliegen musste.

Jetzt übertrieben es ihre Eltern aber wirklich mit ihrem Reisetick.

Und warum hatte sie „ich" und nicht „wir" geschrieben?

Hatten die beiden Streit?

Konnte sie deswegen nicht kommen?

Hope verstand die ganze Situation nicht. So etwas war noch nie da gewesen.

Ich Herz krampfte sich zusammen.

Um ihre Mutter nicht zu beunruhigen, schrieb sie ihr schnell eine Antwort, bevor sie das Handy wegsteckte.

Doch auf ihr Gespräch mit Lilli und Jess konnte sie sich nicht mehr konzentrieren.

Sie spürte, dass etwas nicht mit ihren Eltern stimmte, wusste aber nicht was.

Verdammt!

Irgendwie hatte Hope es dann doch geschafft, ihre sieben Sinne beisammenzuhalten.

Der Abend wurde noch relativ lustig. Zusammen schafften sie es sogar noch etwas für die letzte Prüfung, eine Präsentation in Musik zu recherchieren. Hope hatte sich für eine Infopräsentation über E-Gitarre entschieden. Es kam immer gut an, wenn man etwas vormachte. Deswegen würde sie einfach ein Lied spielen. Lilli wollte über ihren Lieblingssänger referieren und Jess über Michael Jackson.

„Power Point darf man aber nicht machen, oder?"

Jess überlegte, den Textmarker gefährlich nahe an ihrem Kinn.

„Ich denke schon, nur Zazeck sperrt sich gegen Technik. Die anderen Lehrer sehen es zwar auch lieber, wenn man ein Buch zu Rate zieht, sollten aber nichts dagegen haben."

„Wenn nicht frag", meinte Lilli hinter ihrem Buch.

Das war eigentlich eine ganz gute Idee, dann konnte sie auch gleich fragen, ob sie sich die E-Gitarre und den Verstärker zum Üben ausleihen konnte.

Ein Blick zur Uhr offenbarte ihr die späte oder in ihrem Fall frühe Stunde.

Dann also morgen.

Dante wusste, dass er da war, bevor er ihn roch. Sofort schärften sich seine Sinne und sein Herz schlug schneller.

Endlich!

Jetzt würde er ihn kriegen.

Tief sog er die Nachtluft in seine Lungen. Heute war Sonntag und es war noch früh. Kein Schüler war draußen. Alle schliefen noch.

Perfekt!

Leise, wie ein Schatten schlich Dante über den Campus. Der Geruch wurde immer stärker. Nasse Erde und Pfefferminze.

Er kannte diesen Geruch nur zu gut, hatte ihn schon immer gekannt.

Seine Augen realisierten jede Bewegung, jeden Schatten und doch blieb er unsichtbar, war aber unverkennbar nah.

Dante spürte, wie seine Zähne aus seinem Kiefer schossen und konnte ein angriffslustiges Knurren nicht mehr unterdrücken. So nah war er ihm schon lange nicht mehr gekommen. Noch dazu befand er sich in seinem Terrain. Es war einfach perfekt.

Sein Drohlaut wurde unweit links von ihm mit einem ebenso leisen, kaum wahrnehmbaren Knurren erwidert.

Gefunden!

Geräuschlos schlich Dante vorwärts. Da sah er aus den Augenwinkeln einen Schatten. Etwas blitzte auf und schoss auf ihn zu. Mit seinen übersinnlichen Reflexen wich er geschmeidig aus.

Ein Messer steckte in dem Baum hinter ihm.

Der Schatten bewegte sich weiter. Leise folgte er ihm weiter in den Wald hinein.

Am Rand einer kleinen Lichtung blieb er stehen und sog die Luft abermals tief ein.

Ja, er war hier, ganz in der Nähe.

Das Raubtier in ihm fletschte die Zähne und knurrte lautlos.

Zu seiner Rechten raschelte es im Unterholz. Doch er schoss nicht gleich drauf los. Erst horchte er.

„Dachtest du wirklich, ich lasse dich in Ruhe?", ertönte da eine Stimme hinter ihm. Dante wirbelte fauchend herum. Doch es war niemand hinter ihm.

Gelächter war zu hören, dann schoss ein Schatten knapp an ihm vorbei. Er fauchte, schlug zu, verfehlte.

„Ich werde dich nie in Ruhe lassen, bis ich bekommen habe, was ich will."

Mit brutaler Präzession schoss Dante zur Seite, erwischte den Umhang seines Gegners, zerriss ihn.

„Ich kenne dich, ich weiß alles. Deine Stärken, deine Schwächen", flüsterte die Stimme.

„Und das, was du noch nicht weißt."

Was sollte das jetzt wieder bedeuten?

„Zeig dich endlich Gabriel!", brüllte Dante und drehte sich im Kreis.

Es raschelte wieder im Unterholz und wieder war Gabriel weg, bevor er ihn erwischen konnte.

Er lachte.

„Ich werde alles zerstören, was du hast. Auch deine Hoffnung", lachte Gabriel.

Da sah Dante ihn.

Er griff nach ihm, packte ihn am Kragen. Onyxaugen blitzten im Mondlicht, dieses brach sich auf Fangzähnen. Der Umhang erschlaffte in seinem Griff.

Gabriel war weg.

Der schwarze Umhang fiel flatternd zu Boden.

Dante stand alleine auf der Lichtung.

Der Vollmond warf seinen Schatten bis zum Waldrand.

Der Geruch nach Pfefferminz hing noch in der Luft.

„Ich kriege dich eines Tages", fauchte Dante in die Nacht, bevor er geräuschlos in den Schatten des Waldes verschwand.

16

Dante schloss seufzend die Tür hinter sich und wartete darauf, dass die Lehrer ihre Bewertung abschlossen.

Für ihn war das ganze einfach nur nervig.

Gelangweilt lehnte er sich an die Wand neben der Tür. Wenn er gewollt hätte, hätte er auch lauschen können, das wussten die Lehrer sehr genau.

Deswegen verstand er auch das Theater nicht, was sie bei jeder mündlichen Prüfung veranstalteten.

Sein Blick schweifte zu der Tür neben ihm. Dort müsste Hope gerade ihre Prüfung abhalten.

Er war versucht zu lauschen.

Welches Thema hatte sie sich überhaupt ausgesucht?

Gerade schärfte er seine Sinne, da ging seine Tür auf und Mr. Smith holte ihn wieder ins Zimmer.

Dort saßen auch die Rektorin und ein Lehrer, der mitschrieb.

„Dante, ich denke, du weißt, was du bekommst", fing Mr. Smith an.

Er verdrehte die Augen.

Sein Lehrer seufzte und ordnete seine Zettel vor ihm neu.

„Du hast sehr viel Fachwissen bewiesen und konntest auf die wenigen Nachfragen präzise antworten. Kurz um, es war dein Fachgebiet. Deine Vorführung war auch fabelhaft, aber deine Einstellung", er seufzte.

„Lustlos und fast schon desinteressiert."

Eine Pause entstand, in der Dante lediglich das Gewicht auf das andere Bein verlagerte, aber nichts sagte.

Mr. Smith räusperte sich, die Rektorin seufzte.

Da sie nichts sagte, hatte sie es wohl schon aufgegeben, ihn motivieren zu wollen.

„Nun gut, trotz allem haben wir uns für die eins entschieden", verkündete Mr. Smith.

Dante nickte, wartete gar nicht erst, was der Lehrer noch zu sagen hatte, sondern ging einfach aus dem Raum.

Schule bedeutete ihm nichts. Warum sollte er sich dann länger, als nötig damit befassen?

Seinen Geigenkoffer über die Schulter geschwungen stiefelt er aus dem Raum.

Draußen auf dem Flur wartete Hope, sichtlich angespannt und nervös.

Er nickte ihr aufmunternd zu, als ihr Blick auf ihn fiel. Sie lächelte und da ging auch schon ihre Tür auf und sie wurde wieder ins Zimmer gebeten.

Dante machte sich auf den Weg zu seiner Wohnung, sein Handy schon in der Hand.

All die Anspannung fiel von ihr ab und sie konnte durchatmen. Erst hatte sie heute Morgen fast den Aufsatz für Zazeck vergessen und hatte auf halbem Weg noch mal zurück zu ihrer Wohnung hetzen müssen, dann waren ihre Plektren auch noch verschwunden gewesen.

Zum Glück hatte sie sich heute entschlossen, ihre Stiefeletten anzuziehen und diese dann dort gefunden, Gott weiß, wer die da rein getan hatte.

Doch jetzt hatte sie alles geschafft. Die Prüfung sogar mit einer eins!

Jetzt musste sie nur noch den Verstärker und die Gitarre wegräumen, dann konnte sie sich einfach irgendwohin werfen und gammeln, wie man so schön sagte.

Auf ihrem Weg zum Musikraum kam sie an einigen Schülern vorbei, die vor den Klassenräumen auf ihre Bewertung warteten.

Mika war auch dabei. Er stand vor seiner Tür, wippte leicht auf und ab und schien eigentlich tiefenentspannt.

Lächelnd winkte sie ihm zu und er erwiderte die Geste.

Dann ging sie weiter, ihren entspannten Abend schon vor Augen.

Im Musikraum angekommen, räumte sie ihre Sachen ordentlich weg und strich noch ein letztes Mal über den Steg der Gitarre, bevor sie sich zum Gehen wandte.

Gerade als Hope sich umdrehte, sah sie in blanken Onyx.

„Dante", sagte sie überrascht. Sie hatte ihn gar nicht kommen gehört.

Er lächelte flüchtig.

„Und was hast du bekommen?"

Hope konnte einfach nicht anders. Sie war zu neugierig.

„Eine Note", brummte Dante, während er seine Violine auspackte. Sie glänzte immer noch und war nach wie vor perfekt gepflegt. Sie musste ihm wirklich viel bedeuten.

„Ach wirklich, ich dachte einen Frosch", murmelte sie.

Hatte er schlechte Laune? War seine Prüfung so schlecht gelaufen.

„Was denkst du denn?", fragte er nach einer Weile des Schweigens.

Hope dachte nach. Wenn er seine Präsentation über seine Violine gehalten hatte, würde er locker eine sehr gute Note bekommen haben. Da er seinen Instrumentenkoffer ja dabei gehabt hatte, als er gewartet hatte, war dies sehr wahrscheinlich.

„Eine Eins?", schoss sie deswegen einfach mal ins Blaue.

Er nickte nur und stimmte seine Violine neu.

„Warum bist du dann so schlecht drauf?"

Dante verdrehte nur die Augen und beugte sich näher zu seinem Instrument. Dann stand er auf und fing an zu spielen.

Etwas stimmte nicht mit ihm. Er war schon öfters abweisend und kalt zu ihr gewesen, eigentlich mehr, als das er nett zu ihr war, aber das spielte jetzt keine Rolle.

Es war offensichtlich, dass ihn etwas beschäftigte, er aber nicht darüber reden wollte.

Hope erkannte das Stück sofort, das er spielte und hatte die passenden Noten für die Gitarre sofort im Kopf.

Da kam ihr eine Idee.

Wenn er nicht mit ihr reden wollte und sie so nicht für ihn da sein konnte, konnte sie wenigstens mit ihm spielen, so merkte er auch, dass er nicht alleine war.

Denn sie mochte ihn, auch wenn er immer so blöd zu ihr war.

Mit geübten Händen baute sie alles auf und wartete, bis er bei der nächsten Strophe angekommen war, dann stieg sie einfach mit ein.

Dante reagierte wie erwartet verwirrt und hörte auf zu spielen. Er sah sie mit einer hochgezogenen Augenbraue an.

Sie grinste breit.

Kopfschüttelnd schien er beschlossen zu haben, ihrem kleinen Spiel zu folgen und fing wieder an zu spielen, dieses Mal ein anders, schwierigeres Stück.

Hope hielt mit.

Es klang sogar richtig gut! Die Violine und die E-Gitarre harmonierten perfekt zusammen, obwohl sie so unterschiedlich waren.

Dante schien ihre Einmischung als Herausforderung gesehen zu haben, denn er hangelte sich an den Tönen empor und spielte immer kompliziertere Stück, bis sie bei Devil´s trill angekommen waren, was zu den schwierigsten Stücken überhaupt zählte und von dem Teufel persönlich geschrieben worden sein soll oder so was in der Art, hatte mal jemand in einem Film gesagt.

Herausfordernd spielte Dante die ersten Töne und wartete, bis sie einstieg. Seine Augen blitzten.

Doch sie würde ihm zeigen, was sie konnte!

Das wäre ja noch schöner!

Während des ganzen Spiels hielten sie Blickkontakt und stachelten sich damit gegenseitig an.

Am Ende des Liedes atmeten sie beide schwer und blitzten sich an.

Die plötzliche Ruhe ließ die letzten Töne nachklingen.

Da wurde diese Stille von einem Klatschen unterbrochen.

Dort in der Tür standen Mr. Smith und Valentin, mit Mika im Schlepptau.

„Das klang echt gut", lobte Valentin, doch seine Augen hatten einen komischen Ausdruck angenommen und sein Blick flog lauernd zwischen ihr und Dante hin und her.

Mika grinste.

„Ihr solltet ein Konzert geben. Alle waren total begeistert."

Alle? Da fiel Hope auf, das die Tür nicht zu gewesen war, als Dante ins Zimmer gekommen war.

Und ihre Instrumente waren nicht gerade die leisesten.

Oh.

„Ganz bestimmt nicht", knurrte Dante schlecht gelaunt auf Mikas Kommentar. Dieser hob entwaffnend die Hände, nickte ihr freundlich zu und verschwand wieder.

Valentin seufzte, lehnte sich an die Wand und schien sich entschlossen zu haben, dem Spektakel beizuwohnen.

„Sag das nicht so abfällig!", schnauzte sie zurück. Er tat ja gerade so, als wäre das das Schlimmste, was er sich vorstellen konnte.

„So schrecklich hat es nun auch nicht geklungen!"

Mr. Smith ging zwischen sie beide und unterbrach ihren funkelnden Blickkontakt.

„Das hat es auch nicht, Hope. Hättest du nicht schon die eins, wie ich gehört habe, hättest du sie spätestens jetzt von mir bekommen, du auch", wandte er sich an Dante. Dieser schnaubte nur abfällig und schloss seinen Koffer.

„Was ist eigentlich los mit dir?"

Er sah sie nicht mal an. Hope verstand nicht wieso.

„Sind wir jetzt wieder in der Phase, ja? Wirst du mich jetzt wieder ignorieren und wie Dreck behandeln?"

Sie ließ ihm gar keine Zeit, sich zu erklären.

„Schön, tu das. Mir egal. Aber nenn mir einen Grund, nur einen einzigen guten Grund! Beim letzten Mal konnte ich mir ja noch einen zusammenreimen. Das hing bestimmt irgendwie mit Anakin zusammen, aber dieses Mal verstehe ich es nicht.

Und ich habe es satt!

Sag mir gefälligst, was dir nicht gefällt, oder bleib wo der Pfeffer wächst!"

Also wirklich, was nahm er sich eigentlich heraus?

Er behandelte sie wie seinen persönlichen Punchingball, den er so oft benutzen konnte, wie er wollte, aber nicht mit ihr!

Hope war so sauer, dass ihr sogar die Anwesenheit von Mr. Smith und Valentin egal war.

„Was soll das denn heißen?!", regte sich nun Dante auf.

„Das soll heißen, dass du ein riesiger, bekloppter, dämlicher Idiot bist!", schleuderte sie ihm entgegen.

Dante blinzelte. Ja, das musste er erst einmal verdauen.

„Was fällt dir ein? Da fragst du mich, was mein Problem ist? Mit dir sieht es ja nicht besser aus!"

Sie schnaubte abfällig.

„Typisch Mann, alles auf die Frauen schieben! Aber davon hab ich die Schnauze voll. Fass dir mal an die eigene Nase. Und jetzt las mich in Ruhe!"

Hope drehte sich zu ihren beiden Zuschauern um. Mr. Smith schien sich nicht entscheiden zu können, ob er eingreifen sollte oder nicht und dachte wohl gerade, er sei im falschen Film.

Valentin sah sie überrascht an. Mit erhobenem Kinn marschierte sie aus dem Raum.

„Valentin, kommst du mit? Ich gehe zu Lilli", wandte sie sich an ihn.

Er grinste.

„Da will ich der Dame mal nicht widersprechen!", lachte er, sah kichernd zu Dante, dem der Mund offen stand und folgte ihr.

„In dir steckt ja ein kleines Raubtier!", kicherte Valentin auf dem Weg zu Lillis Wohnung.

„Pass auf oder das Raubtier erwischt auch dich, Herr Gestaltwandler", warnte sie ihn.

Er lachte laut los.

„Das will ich sehen!"

„Was willst du sehen?", erkundigte sich Lilli, die gerade die Tür öffnete.

„Hope, wie sie mich zur Schnecke macht."

Lilli kniff die Augen zusammen.

„Wieso? Was hast du jetzt schon wieder angestellt? Du kannst dich aber auch einfach nicht benehmen!"

Valentin sah verdutzt drein.

„Ich hab doch gar nichts gemacht!", maulte er dann beleidigt.

„Man weiß ja nie", meinte Lilli locker und ließ sie beide rein.

„Und wer hat dann was gemacht?", erkundige sie sich, als sie alle auf ihrem großen Sofa saßen.

„Dante", gab Valentin ihr die Auskunft und inspizierte ihre Hefte, die auf dem anderen Ende des Sofas lagen.

Lilli gab ihm einen Klaps auf die Finger und räumte ihre Sachen weg.

Dann erzählte Valentin Lilli alles, was sich zwischen ihr und Dante abgespielt hatte.

„Ihr benehmt euch wie ein altes Ehepaar!", lachte Jess, die zwischendurch auch noch dazu gestoßen war.

„Sehr witzig!", beschwerte sich Hope.

„Ist doch so", lachte nun auch Lilli.

Mit einer drohend hochgezogenen Augenbraue sah sie Valentin an, der sich in der Mädchenrunde pudelwohl zu fühlen schien.

Dieser grinste nur und verschlang eine Dose Erdnüsse.

Männer!

Immer wenn man sie mal brauchte, brachten sie kein Wort raus. Brauchte man sie nicht, laberten sie einen voll.

Das war ja nicht zum Aushalten!

„Aber mal anderes Thema. Hat Cloé noch mal was verlauten lassen?", wechselte Valentin schließlich geschickt das Thema und grinste sie an.

Spaßvogel!

„Nee, aber wenn Blicke töten könnten, wäre ich schon längst tot", murmelte Hope und drückte sich ein Kissen an die Brust.

„Ich denke ja, sie traut sich nicht, weil jeder weiß, dass du mit Anakin zusammen bist und es einfach zu auffällig wäre, wenn dir jetzt was zustößt", meinte Jess.

„Das klingt ja, als wolle sie mich ermorden!"

Valentin grinste in seine Erdnussdose.

Sie warf ein Kissen. Er fing es auf, ohne aufzusehen.

Verdammte Gestaltwandler!

„Ich hab gehört, Zazeck will uns auch noch ein Referat aufdrücken, bevor das Halbjahr rum ist", meinte da Lilli.

„Das ist doch jetzt nicht sein Ernst!"

Das konnte er ihnen doch nicht antun!

Es waren doch erst Prüfungen gewesen!

Und den blöden Aufsatz hatte er doch auch!

Dieser Mann hatte ja mal so etwas von eine an der Waffel!

„Ich streike, ich zieh aus!", stöhnte Lilli in ihre Hände und kullerte auf dem Sofa rum.

Valentin lachte.

„Bin ich froh, dass ich den alten Sack seit diesem Jahr nicht mehr ertragen muss!", freute er sich unübersehbar.

„Unfair!", keifte Lilli und warf ihre Sofakissen nach ihm.

Na ja, wenigstens auf den Ball nächste Woche konnten sie sich freuen. Was danach kam, kam danach.

Hope hatte einen ganz komischen Traum von Zazeck, der sie mit Prüfungsfragen quälte und Testbögen, die sich nicht beschreiben ließen.

Genervt wachte sie auf und spürte einen Windzug.

Irritiert öffnete sie vorsichtig ein Auge und sah einen Schatten neben ihrem Bett stehen.

„Hoffnung ...", wisperte dieser Schatten, dann war er verschwunden.

Völlig verwirrt rieb Hope sich die Augen und sah noch mal hin.

Keiner da, keine Stimme, nichts.

Nur das Fenster stand offen und wehte den schweren Samtvorhang in den Raum. Deswegen war es so kalt gewesen. Und der Spalt, der sich bei dem Gewehe gebildet hatte, ließ die Sonne fröhlich in ihr Zimmer scheinen.

Vermutlich war sie deswegen aufgewacht!

Frierend schloss Hope das Fenster wieder.

Hatte sie es nicht fest geschlossen gehabt?

Ein Blick nach draußen zeigte nichts. Keine Gestalt.

Hatte sie das auch nur geträumt oder wurde sie jetzt schon verrückt?

Aber wenn es wirklich ein Traum gewesen war, erklärte es nicht das unheimliche Gefühl, das jemand sie beobachtet hatte.

Es lief ihr kalt den Rücken runter und das lag nicht am vor kurzem noch geöffneten Fenster.

Mit schnell klopfendem Herzen sah sie noch einmal zum Fenster.

Traum oder nicht?

17

Sie schritten die Treppe nach unten, wie drei Prinzessinnen. Lilli rechts, Hope in der Mitte und Jess links.

Sie waren in Lillis Wohnung, die als einziges von ihnen weiter oben lag. Um ehrlich zu sein, hatten sie nur deswegen ihre Kleider dort gebunkert, um den Jungs einen märchenhaften Auftritt bieten zu können.

Hope fühlte sich in dem langen Kleid zwar etwas hilflos, was absolut nur an dem langen Schlitz lag, aber wie sich Anakins Augen weiteten, als er sie sah, machte das alles wieder wett.

Seine wunderschönen, himmelblauen Augen weiteten sich kurz. Sie schwebte im siebten Himmel. So hatte sie noch kein Mann angesehen.

Es schien eine Ewigkeit zu dauern, bis sie die Treppe unten war und endlich vor ihm stand.

Seine Augen glitzerten, als sein Blick bewundernd an ihr hinab schweifte.

„Das Kleid steht dir wirklich fabelhaft", murmelte er an ihrem Ohr, bevor er ihr einen Kuss auf die Wange gab.

„Schließ die Augen", meinte er dann und kaum dass sie es tat, spürte sie glatte Kühle auf ihrem Gesicht. Überrascht öffnete sie die Augen, sah aber nichts.

Doch die Maske, die er ihr aufgezogen hatte, war unverkennbar zu spüren.

„Sie passt perfekt!", freute sich Jess, bevor Hope auch nur irgendetwas hätte sagen können.

Jess selbst trug ebenfalls eine wunderschöne, filigrane Maske in schwarz, die ihre hohen Wangenknochen noch besser zur Geltung brachten.

„Ich weiß jetzt schon, wer für Lillis Maske verantwortlich ist", lachte Valentin, eine strahlende Lilli am Arm.

Oh ja, das war eine ganz schöne Arbeit gewesen. Doch jetzt wirkte die Maske so echt, dass man den Unterschied kaum, wenn überhaupt sehen konnte.

„Wie war der Test eigentlich?", hackte Valentin noch nach.

Auch Anakin schien neugierig zu sein, da Hope noch nichts hatte durchblicken lassen.

Sie grinste hochnäsig.

„Wie soll ich sagen? Caesar kam, sah und siegte", meinte sie dann lässig.

Jess lachte.

„Dann war Mika dir also eine Hilfe?"

Hope lächelte.

„Und wie. Zazeck hat dieses Mal gar nichts zu meiner Arbeit gesagt, obwohl er das sonst immer macht! Er hat sie einfach schweigend vor mich hingelegt.

Und was stand drunter?"

Sie konnte sich ein breites Grinsen nicht verkneifen.

„Eine eins minus!"

„Und da soll noch mal einer sagen, es gäbe keine Wunder!", lachte Valentin.

„Ich bin stolz auf dich", raunte Anakin und drückte sie an sich.

Hope lächelte, obwohl ihr nicht danach war.

In ihr reifte der Gedanke mit ihm Schluss zu machen immer weiter. Sie wollte ihm einfach nicht wehtun. Doch das würde sie ohne Zweifel tun. Das wusste sie.

Also machte sie gute Miene zum bösen Spiel.

Doch so konnte es nicht weitergehen.

Anakin selbst schien nichts davon zu merken.

Das machte es noch einmal ein Stück schwerer. Er schien wirklich Hoffnungen in diese Beziehung zu setzen.

Und sie war die blöde Kuh, die sie zerstören würde.

Sie hasste es!

Sie wollte nicht diejenige sein, die ihn verletzte, insbesondere, wenn er doch so ein guter Freund war!

Jess unterbrach ihre Fehde mit sich selbst, indem sie alle zum Weg in die Eingangshalle scheuchte.

Dort sollte der Ball offiziell eröffnet werden und danach ging es zum Tanzen in den Speisesaal, der extra dafür schon Wochen früher vorbereitet worden war.

Sie hatten die letzten Wochen in ihren eigenen Küchen essen müssen, was allerdings auch mal eine tolle Abwechslung gewesen war.

Besonders abends, wo sie alle zusammengesessen hatten.

Aber auch die Eingangshalle war im Laufe des Tages fantastisch geschmückt worden.

Zu beiden Seiten der Treppe waren große Blumenvasen mit tausenden weißer Rosen gefüllt worden, was die schwarzen Stoffbahnen, die an der Decke zu einem weiten Baldachin gespannt worden waren nur noch mehr zur Geltung brachten.

Überall an den Wänden waren diese Rosen verteilt und meist noch von passenden Kerzen beschienen.

Hope stockte kurz der Atem, als sie eintraten.

Sie fühlte sich wie im Märchen.

Und da stand ein Märchenprinz genau vor der Treppe, ging es ihr durch den Kopf.

Er sah gerade in dem Moment von seinen Händen auf, die vergebens versuchten ein Schlipstuch, oder wie man das nannte zu binden, als sie eintrat.

Seine Augen weiteten sich, seine Pupillen zogen sich zusammen.

Doch auch Hope geriet ins Stocken. Warum hatte sie das gedacht, als sie ihn dort stehen sah?

Wie hatte sie ihn eigentlich auf Anhieb erkannt? Denn er trug eine Maske, wie alle, die sich schon in der Eingangshalle tummelten.

Es war seine Ausstrahlung gewesen, seine Haltung.

Sie würde diese überall wieder erkennen.

Dante schaffte es als erster seinen Blick von ihrem zu trennen und widmete sich wieder seinem Tuch.

Leicht benommen schüttelte sie den Kopf.

Was war nur los mit ihr?

Anakin schien ihre Reaktion auf Dante sehr wohl bemerkt zu haben, lächelte sie aber trotzdem an.

Es versetzte ihr ein Stich ins Herz.

War sie wirklich ein so schlechter Mensch?

„Mensch, was machst du da?", meckerte da auf einmal Jess los.

Sie schien Dante und sein Tuch entdeckt zu haben.

„Pfoten weg!", herrschte sie ihn an, schlug seine Finger von dem Tuch und band es ihm geschickt um.

„Also wirklich. Du bist echt ein Esel, Dante."

Er machte ein griesgrämiges Gesicht.

„Das kann ich nur zurückgeben, Frau Radieschen", motzte er zurück.

„Aber ein scharfes Radieschen", kicherte Drake und zog Jess schnell von Dante weg, bevor es noch in einer Klopperei endete.

„Wie im Kindergarten", lachte Anakin neben ihr und sie lachte mit.

Dantes Blick traf erneut ihren allerdings nur für den Bruchteil einer Sekunde, dann drehte er sich um und verschwand in der Menge.

Das Knacken der Lautsprecher kündigte die Rektorin an, die zu Beginn eine kleine Rede halten würde.

„Herzlich willkommen zum 500. Weihnachtsball dieser Schule. Ich danke euch allen für euer zahlreiches Erscheinen. Wie ihr ja alle wisst, ..."

Doch Hope konnte sich nicht auf die Worte der Rektorin konzentrieren.

Zum einen hatte sie gerade Cloé ausfindig gemacht, die in ihrem knallpinken Kleid nicht schwer zu übersehen war. Zudem sprach ihr stechender Blick für sich. Ihr Begleiter schien sich wohl auch gerade zu fragen, ob es eine so gute Idee gewesen war, mit ihr hier aufzuschlagen.

Tja Pech für ihn.

Doch ihre Aufmerksamkeit hielt sich nur kurz auf den beiden, denn sie suchte Dante.

Jetzt, da Weihnachten war, dachte sie über eine Aussöhnung nach, vor allem, da er in letzter Zeit nicht mehr so kalt zu ihr gewesen war.

Doch sie fand ihn nicht. Und dann war auch schon die Ansprache vorbei und alles drängte in den großen Speisesaal, wo schon ein Live-Orchester zu spielen anfing.

Dann eben später.

Beim Betreten des Speisesaals verschlug es ihr erneut die Sprache. Er war zwar fast genauso, wie die Eingangshalle geschmückt, aber die Atmosphäre war ganz anders. Man fühlte sich wie auf einem Ball vor hundert Jahren.

Überall standen Kerzenständer und tauchten die Szenerie in ein einmaliges Licht.

An der südlichen Seite des riesigen Saales war ein Büfett angerichtet worden, wo sich ihrer Schätzung nach vor allem die Formwandler gütig taten.

Es war gar nicht so leicht, zu unterscheiden, wer wer war.

Doch das war ja das Ziel dieser Veranstaltung.

„Mach lieber den Mund zu, sonst fliegt dir noch eine Fliege rein", kicherte Anakin neben ihr.

Ihn hatte sie schon fast vergessen.

Mit hochrotem Kopf schloss sie ihren Mund.

Peinlich, peinlich.

„Ich mag es, wenn du rot wirst", schnurrte er ihr dann auf einmal ins Ohr.

Sie erstarrte. Nicht nur wegen seiner rauen Stimme, sondern wegen seiner Worte.

Er wollte weitergehen.

„Wollen wir tanzen?", lenkte sie diese prekäre Situation wieder um.

Verdammt!

Er blinzelte kurz, bot ihr dann aber lächelnd den Arm.

„Ganz wie die Dame wünscht."

Es gab vieles, was Anakin konnte, aber wenn es eins war, dann war es tanzen.

Er wirbelte sie so schwungvoll an den anderen Tanzpaaren vorbei, dass Hope sich ganz berauscht fühlte.

Dante beobachtete sie aus der Menge heraus.

Sie lachte und schien Spaß zu haben.

Etwas in ihm verkrampfte sich.

Gerade neigte sich Anakin zu ihr hinunter und flüsterte ihr etwas ins Ohr. Kichernd drehte sie sich zur Seite und schaute in seine Richtung. Er wandte noch schnell genug den Kopf, sodass sie nur seine Haare sah.

Ein kurzer Blick und es war klar, dass sie ihn nicht erkannt hatte.

Gut so.

Er hatte das unbestimmte Gefühl, dass Gabriel dieses Fest nutzen würde, in welcher Art auch immer.

Der Tanz ging zu Ende und er führte seine Partnerin zu einem Tisch, bevor er wieder in die Menge eintauchte.

Dante musste vorsichtig sein und jeden Hinweis bemerken. Wer wusste, was er vor hatte?

Als nach einer Dreiviertelstunde immer noch nichts passiert war, fing er an, an seinem Verdacht zu zweifeln.

Wenn Gabriel tatsächlich etwas geplant hatte, hätte er es schon längstens ausgeführt. Es war nicht seine Art, bis zum Schluss zu warten.

Er wollte allen schon gleich von Anfang an den Spaß verderben.

Das hatte er bisher immer getan.

Er entschloss sich, seine letzte Runde zu drehen und dann zu verschwinden.

Solche Veranstaltungen waren nichts für ihn.

Das Orchester hatte gerade ein neues Lied angestimmt und er konzentrierte sich nur ganz kurz auf die Violine, da er dieses Stück noch nicht kannte, da kroch ihm der Geruch von Pfefferminze in die Nase und all seine Alarmglocken schrillten los.

Sein Blick huschte über die Menge, doch da war nichts, kein Schatten und auch kein plötzlicher Windstoß.

Das Rascheln von Plastikfolie ließ ihn neben sich sehen.

Dort steckte sich gerade ein Junge einen Kaugummi in den Mund, bevor er zu einem Mädchen ging und es sichtlich nervös zum Tanzen aufforderte.

Erleichterung durchflutete ihn.

Falscher Alarm.

Gerade wandte er sich zum Gehen, da fuhr ein Windhauch zu ihm hinüber und etwas Schwarzes huschte durch die Tür in den Flur.

Das hatte er sich jetzt aber ganz sicher nicht eingebildet.

Etwas war da gewesen.

Schnellen Schrittes trat er aus dem Saal. Die Eingangshalle war hell erleuchtet und vereinzelnde Pärchen unterhielten sich mit einem Glas Champagner in der Hand.

Doch der Flur zu den Unterrichtsräumen lag dunkel da.

Ein Wispern zog an ihm vorbei.

Jetzt hieß es schnell sein.

Dante huschte in den Gang und blähte die Nasenflügel.

Pfefferminze.

Unverkennbar.

Dieses Mal würde er ihm nicht entwischen!

Dante folgte dem Schatten bis in einen Klassenraum.

Als er diesen betrat, stand dort eine schwarze Gestalt am Fenster die vom Mondlicht beschienen wurde.

Bei seinem Eintreten wandte er den Kopf leicht zu ihm, sah ihn aber nicht an.

„Hast du dein Versprechen vergessen?"

Bei dieser Stimme, die er so gut kannte, die sonst so sanft und ehrlich klang, raste ein Schauer über seinen Rücken.

Diese Stimme war anders, kalt, hohl.

Dante ließ sich seine Gefühle nicht anmerken.

„Du hast gesagt, du wärst für mich da! Du hast gesagt, du würdest mich nicht alleine lassen!"

Jetzt drehte Gabriel sich um.

Seine schwarzen Augen loderten und sprühten vor Hass.

„Ich habe dir vertraut!"

Innerhalb eines Sekundenbruchteils war er vor ihm und packte ihn bei der Kehle.

Dante war wie erstarrt.

„Ich habe dir geglaubt!", zischte Gabriel und drückte zu.

Das löste seine Starre, ließ sein Herz rasen.

Dante packte den Arm seines Gegners und sah ihm fest in die Augen.

„Ich war da, zu spät, aber ich war da!", zischte er zurück und bog Gabriels Hand von sich weg.

„Das ist irrelevant."

Gabriels Stimme donnerte durch den Raum.

Dann setzte er den ersten Schlag.

Dante hatte ihn gesehen und hob gerade rechtzeitig den Arm.

Dann folgte ein erbarmungsloser Schlagabtausch.

Dante schlug Gabriels Arm zur Seite, doch dieser ließ sich nicht aufhalten und rammte ihm seine Faust in den Magen, versuchte es zumindest.

Dante wich aus und entfernte sich etwas von ihm, um die Situation besser überblicken zu können.

Da griff Gabriel auch schon wieder an und dieses Mal traf er. Dantes Kopf wurde nach hinten geschleudert, seine Lippe platze auf und er schmeckte Blut.

„Du bist so schwach. Das wird meine Rache nur noch leichter machen", fauchte Gabriel.

Dante holte aus, aber bevor er ihn traf, war er verschwunden und er war alleine.

Wütend spuckte Dante das restliche Blut, das sich noch in seinem Mund befand, aus.

„Verdammt!"

Gabriel war schon immer der Stärkere von ihnen gewesen. Aber auch der Unbeherrschtere.

Ersteres war lästig gewesen, letzteres unberechenbar.

Wütend stopfte Dante die Fäuste in die Hosentaschen und stapfte zurück zur Eingangshalle.

Eigentlich wollte er jetzt wirklich gehen, da Gabriel seinen Auftritt gehabt hatte, doch da fiel ihm ein Kellner auf, der ein Tablett mit Champagner an ihm vorbei trug.

Genau den konnte er jetzt gebrauchen!

Hope schielte unauffällig zu Anakin. Dieser wirbelte gerade mit einem Mädchen mit feuerroten Locken über das Parkett.

Eigentlich hätte sie eifersüchtig sein müssen. Na ja, ein bisschen doof fand sie es schon, immerhin waren sie zusammen hierher gekommen.

Doch genau dafür war der Ball ja da. Um neue Leute kennenzulernen und einfach nur mal Spaß zu haben.

Also, warum sollte sie den anderen Mädchen diesen Spaß verwehren?

Gerade ging das Stück zu Ende und Anakin war schon auf dem Weg zurück zu ihr, da stellte sich ihm ein anderes Mädchen in den Weg.

Er sah über ihre Schulter leidend zu ihr.

Sie lachte und winkte mit der Hand in seine Richtung. Er solle ruhig mit ihr tanzen.

Im Laufe des Abends hatte sie auch mal den Champagner probiert, der hier an allen Ecken und Enden angeboten wurde.

Nun verstand sie auch den Spruch, in dem es hieß, Champagner bestünde aus abgefüllten Sternen oder so ähnlich.

Er prickelte herrlich und war zudem ganz leicht fruchtig.

Trotzdem hatte sie nicht vor mehr als drei Gläser zu trinken. Sie vertrug Alkohol zwar sehr gut, aber man musste es ja nicht übertreiben.

Obwohl sie ihre Wut gerne damit gemildert hätte. Dante war schon wieder so ein Idiot!

Das würde sie ihm noch mal schriftlich geben!

Er dachte vielleicht, sie hätte nicht bemerkt, dass er sich jedes Mal wegdrehte, wenn sie in seine Richtung sah. Wenn sie ihn überhaupt fand.

Was war jetzt schon wieder sein Problem?

Dieses Mal hatte sie nun wirklich nichts getan, was ihn auf die Palme gebracht haben könnte!

Dieser Kerl ging ihr wirklich auf den Keks.

Gerade leerte sie ihr letztes Glas, da stellte sich eine große, schwarze Gestalt vor sie.

Hope brauchte erst einen Moment, bevor sich ihre Augen scharf gestellt hatten und sie die Person vor ihr erkannte.

„Dante?"

Er lächelte. Dann verbeugte er sich galant vor ihr und reichte ihr die Hand.

„Darf ich bitten?"

Sie verschränkte die Arme vor der Brust und sah ihn böse an.

„Ach, auf einmal will der feine Herr mit mir reden, was?"

Seine Miene wurde kurz verwirrt und sogar überrascht, als hätte er nie damit gerechnet, dass sie so antworten könnte.

Dabei war das bei weitem nicht ihr erster Streit.

„Hast du nun doch beschlossen, mich nicht mehr zu ignorieren, oder wie?

Eins muss ich dir jetzt mal sagen. Du gehst mir mit deinem ständigen Theater gehörig auf den Zeiger", raunzte sie ihn an.

Dantes Reaktion darauf war einfach nur weiter zu lächeln und ihr seine Hand hinzuhalten.

Sie seufzte gequält.

„Sei froh, dass ich keine Lust auf einen weiteren Streit mit dir habe, nur weil du wieder so ein Esel sein musst", murrte sie, um ihrem Unwillen noch einmal Ausdruck zu verleihen, nahm dann aber seine Hand und ließ sich von ihm auf die Tanzfläche führen.

Es wäre auch irgendwie peinlich und kindisch gewesen, ihn einfach stehen zu lassen.

Schwungvoll zog er sie zu sich heran und legte ihr eine Hand auf den Rücken.

Sein Eifer überraschte sie schon etwas.

Denn sie tanzten sehr viel dichter beieinander, als sie es je mit Anakin getan hatte.

Ihr Herz schlug einen anderen Rhythmus an.

Ihre Wahrnehmung wurde intensiver.

Er verhielt sich zwar wie immer, aber seine Körpersprache war eine vollkommen andere.

Er war so bestimmend und zielgerichtet, als hätte er etwas Konkretes vor.

Sie war verwirrt.

Vorsichtig hob sie den Blick und sah ihm in die Augen.

Das war ein Fehler, wie sie im Nachhinein feststellen musste. Denn seine Augen waren klar und intensiv. Er sah sie starr an, als könne er in ihr Innerstes sehen.

Dabei waren seine Augen so ausdrucksstark, dass sie sich in ihnen verlor.

Hope vergaß alles und ließ sich einfach führen.

„Dein Kleid ist atemberaubend", meinte er dann ganz unvermittelt.

Sie atmete erschrocken ein, da sie nicht darauf gefasst war, dass er nach der Zeit des Schweigens mit ihr sprach.

Dabei bekam sie einen Hauch seines Geruchs in die Nase.

Sandelholz und ... kein Leder? Nein, er roch nicht nach Leder wie an einem nassen Sommertag, sondern nach Pfefferminz.

Sie stutzte. Wo kam das her?

Kaute er Kaugummi? Aber sie hatte ihn noch nie Kaugummi kauen gesehen.

Bevor sie ihn allerdings darauf ansprechen konnte, wirbelte er sie von sich weg, nur um sie kurz darauf wieder schwungvoll an sich zu ziehen.

„Dante?"

Er lächelte nur wieder und etwas blitzte in seinen Augen auf. Dann sah er über sie, ließ sie los und war verschwunden.

Einfach so, genau vor ihren Augen.

Komplett überrumpelt stand sie nun alleine auf der Tanzfläche, nur der Geruch von Pfefferminz war geblieben.

Leicht verstört drehte sie sich um, um zu sehen, wer ihn verscheucht hatte.

Da kam Anakin durch die Menge auf sie zu.

Doch wie so oft an diesem Abend schaffte er es nicht zu ihr, weil sich wieder ein Mädchen in seinen Weg stellte.

Doch dieses Mal machte es ihr etwas aus, denn das quietschpinke Kleid gehörte eindeutig zu Cloé.

Diese Schlange!

Aber Hope erreichte die beiden nicht mehr rechtzeitig, da hatte Cloé Anakin schon auf die Tanzfläche gezerrt.

Wütend und immer noch verwirrt blieb sie stehen.

Ein Tablett mit vollen Gläsern wurde an ihr vorbeigetragen.

Obwohl sie ihr Pensum von drei Gläsern schon erreicht hatte, griff sie trotzdem zu.

Ansonsten würde heute Nacht noch ein Unglück passieren, da war sie sich sicher.

Insbesondere, da Cloé Anakin immer länger auf der Tanzfläche hielt und ihr jedes Mal einen gehässigen Blick zuwarf.

Jess und Lilli schauten mal kurz vorbei, trollten sich aber wieder, als sie ihre momentane Stimmung mitbekamen.

Und sie war auch froh drum, denn sie wollte ihnen nicht den Spaß verderben.

Am Ende kam sie bei knapp zehn Gläsern Champagner an, fünf mehr oder weniger, obwohl mehr eher hinkam.

In einem Zug leerte sie ihr letztes Glas und hatte endgültig genug.

Entschlossen stand sie von ihrem Tisch auf, setzte sich aber gleich wieder hin, da der Raum bedrohlich schwankte.

„Hope, alles in Ordnung?"

Vor ihr ragte Valentins Gestalt auf, hinter ihm standen Lilli und Jess.

Hatten ihn wohl vorgeschickt.

„Klar, alles bestens. Ich geh jetzt ins Bett", verkündete sie und stand erneut auf, was dieses Mal sogar klappte, ohne dass der Boden sich drehte.

„Ich denke, wir sollten dich lieber begleiten", meinte Valentin lächelnd.

Sie schnaubte.

„Nee, lass mal. Mir geht es blendend."

Da erkannte sie das Lied, das momentan gespielt wurde.

Sie schubste Valentin nicht gerade ladylike zu Lilli.

„Tanz mit ihr, das ist ihr Lieblingslied", meinte sie nur, bevor sie den Heimweg antrat.

Zu ihrer eigenen Schande musste sie zugeben, dass sie nur bis zur Treppe in der Eingangshalle kam, weil da wieder die Welt anfing, sich zu drehen.

So viel hatte sie nun auch nicht getrunken!

Fertig mir den Nerven, weil noch nicht einmal Verlass auf ihren eigenen Körper war, blieb sie sitzen und zog die Schuhe aus. Mit den Hacken würde sie sich ansonsten noch das Genick brechen.

Hope sah die glücklichen Pärchen und wurde ganz melancholisch.

Warum konnte sie das nicht haben? Warum zum Teufel konnte sie sich nicht einfach in Anakin verlieben?

„Schätzelein, warum guckst du so bedröppelt?", erklang es da neben ihr und Dante ließ sich neben sie sinken.

Schätzelein? Was war denn mit dem los?

„Frag das noch mal und du kriegst eins auf die Nase! Du bist doch der, der mich einfach hat sitzen lassen, mitten auf der Tanzfläche!", schnauzte sie ihn an.

Er sah sie verwirrt an.

„Ich? Tanzfläche?"

Sie stöhnte und zog die Beine an.

„Jetzt tu doch nicht so!"

Dante lehnte sich auf den Treppenstufen zurück und sah sie genauer an.

„Bist du betrunken?"

„Nö", nuschelte sie und war auf einmal total müde.

Mit einem Schlag wurde sie allerdings wieder hellwach, da Dante sein Gesicht urplötzlich so dicht vor ihres schob, dass sich ihre Nasen fast berührten.

Dann atmete er tief ein.

„Und wie du besoffen bist!", verkündete er dann lachend.

„Halt die Klappe!"

Mürrisch schlug sie nach ihm, doch er wich galant aus.

„Bist doch selbst betrunken", nuschelt sie und stand auf.

Das war keine gute Idee gewesen, denn sie wäre postwendend auf dem Hintern gelandet, hätte Dante sie nicht aufgefangen.

„Ich bin lediglich angetrunken, habe sozusagen einen leichten Schwips. Du hingegen bist voll bis oben hin", meinte er und seine Augen funkelten, während er kicherte.

„Wo muss ich hin?", erkundigte sie sich verwirrt. Sie hatte ihn nicht verstanden.

Erneut kicherte er, dann drehte sich die Welt richtig und sie lag wenige Augenblicke später in seinen Armen.

„D… Dante!", keuchte sie.

Er lachte.

Panisch wollte sie ihr Kleid zuhalten, da der Schlitz durch diese Stellung weit aufklaffen würde und man mehr als nur ihr Bein sehen würde, doch er hielt es schon zusammen und bewahrte sie vor dieser Peinlichkeit.

Noch einmal schaukelte er sie durch, als er sich mit ihr in seinen Armen bückte und ihre Schuhe aufhob.

„Wo ist denn dein toller Freund?"

Hope hatte wirklich keine Lust über Anakin zu reden. Deswegen schnaubte sie in seine Schulter.

Jetzt roch er wieder wie immer, Sandelholz und nasses Leder.

Wahrscheinlich hatte er vorher ein Pfefferminzbonbon gegessen oder so.

„Ich mag deinen Duft", murmelte sie und rieb unbewusst ihr Gesicht an seiner Schulter.

Hope spürte genau, dass er innehielt und auf sie hinab sah, aber sie schloss einfach die Augen.

Dann setzte er sich in Bewegung, was sie die Augen wieder öffnen ließ, da die Welt sich erneut zu drehen begann.

Dabei fiel ihr Blick auf die Truppe, die in dem Türrahmen zur Eingangshalle stand.

Lilli, Jess und Valentin sahen ihnen mit teils überraschten, teils lächelnden Gesichtern hinterher.

Da waren sie auch schon draußen an der frischen Luft.

„Willst du meine Jacke?", erkundigt sich Dante.

Hope schüttelte nur den Kopf. Die frische Luft tat ihr gut und ihr Kopf wurde schon etwas klarer.

„Wo hast du denn deinen Schlüssel, dann bringe ich dich in dein Zimmer", fragte er.

„Weiß ich nicht", murmelte sie und machte es sich in seinen Armen bequem.

Er schien kurz zu erstarrten, doch dann ging er weiter.

Sie sah nicht wohin, war ihr auch egal, sie war schon wieder so müde.

Nach einer Weile hörte sie einen Schlüssel klimpern, dann ging eine Tür auf.

Erst dachte sie, er hätte ihre Schlüssel gefunden, aber seine Worte sagten etwas anderes.

„Du kannst heute Nacht hierbleiben, wenn du willst."

Blinzelnd sah sie sich um und wusste sofort, wo sie war.

In seiner Wohnung.

Komischerweise hatte sie überhaupt keine Angst, alleine in seiner Wohnung zu sein, betrunken.

Sie wurde auf dem Sofa abgesetzt. Sofort kuschelt sie sich in die Kissen.

Dante legte eine Decke über sie und steckte sie fest.

„Ich spring schnell unter die Dusche, versuch so lange nicht vom Sofa zu fallen."

Und schon war er weg.

Hope döste weg.

Das nächste, was sie spürte, waren Finger in ihrem Haar. Jemand strich ihr die Haare aus dem Gesicht oder besser gesagt, zog die Haarnadeln heraus.

„So kann doch keiner schlafen, du skalpierst dich noch", murmelte Dante mit seiner tiefen Stimme.

Verschlafen hielt sie seine Hand fest und war schon wieder am Einschlafen.

Einmal wachte sie noch auf, da lag sie mit dem Kopf in seinem Schoß und er spielte geistesabwesend mit ihren Haaren.

Wie im Traum und sie war sich nicht sicher, ob es nicht doch einer war, hob sie ihre Hand und legte sie ihm erst an die Wange, bevor sie selbst durch seine Haare fuhr.

Er schien verblüfft und überrascht zu sein, ließ sie aber gewähren.

„Deine Haare sind so weich", murmelte sie.

„Das soll schon vorgekommen sein", kicherte er leise.

Dann schlief sie wieder und wachte nicht noch mal auf.

18

„Kleines, du musst aufstehen", wurde sie wenige Minuten, nachdem sie eingeschlafen war, geweckt, so kam es
ihr jedenfalls vor.

Ihr Kopf dröhnte und ihre Zunge fühlte sich pelzig an.

Stöhnend rollte sie sich auf den Bauch, versuchte es eher
gesagt, denn bei dem Versuch genau das zu tun, landete
sie samt Decke und Kissen auf dem Boden.

Dante kicherte.

„Aufstehen, nicht hinfallen und wieder liegen", meinte
er. Dann entfernten sich seine Schritte.

Sie stöhnte erneut und kugelte sich auf dem Boden in
eine sitzende Position.

„Kein Schätzelein mehr?", muffelte sie, während sie sich
die Decke vom Kopf zog und ihre Haare richtete.

Durch das ganze Haarspray von der gestrigen Nacht
stand es in alle Himmelsrichtungen ab.

„War ja klar, dass du dich ausgerechnet daran erinnern
musst", murmelte er.

Verschlafen sah sie zu ihm hoch.

Da stand er, frisch geduscht, mit noch nassen Haaren,
war hellwach und topfit und hier saß sie, zerzaust, ver-
knittert und mit pochendem Schädel.

„Ich will wieder ins Bett", murmelte sie und war schon
dabei sich wieder die Decke über den Kopf zu ziehen.

Dante hielt sie jedoch auf und reichte ihr ein großes Glas
Wasser und eine Kopfschmerztablette.

„Es ist wichtig, dass wir erst einmal deinen Kreislauf wieder in Schwung bringen", meinte er.

Hope blieb so lange vor dem Sofa sitzen, bis die Tablette
anfing zu wirken. Dann sah sie sich um.

Es brannte nur etwas Licht in der Küche, mehr nicht.

Er hatte sich wohl schon gedacht, dass sie verkatert sein würde.

Doch wo war er eigentlich?

„Hier, Jess hat dir ein paar Klamotten vorbeigebracht, du kannst duschen, wenn du willst", erklang seine Stimme und schon bog er um die Ecke und hielt eine Tüte in den Händen.

„Handtücher liegen im Bad", sagte er und fing an etwas in der Küche herumzuhantieren.

Da er nichts weiter dazu sagte, beschloss sie, sein Angebot anzunehmen und zu duschen. Das Bad war genauso, wie seine restliche Wohnung eingerichtet. Schlicht und zweckmäßig. Und doch verströmte es Dantes Wesen. Man wusste einfach, dass es sein Bad war.

Das kalte Wasser wirkte Wunder.

Seufzend schloss Hope die Augen und schaltete ab.

Ein leises Klopfen an der Tür ließ sie aufschrecken.

„Bist du schon ertrunken?"

Wie lange war sie denn schon hier?

„N...Nein, alles in Ordnung. Ich komme gleich!"

Peinlich, peinlich.

Jetzt machte sie lieber, dass sie fertig wurde.

Zögernd trat sie nach fünf Minuten in den Wohnbereich, ihre Haare hingen ihr nass über die Schultern.

Dante werkelte am Herd.

„Setz dich", sagte er, ohne aufzusehen.

Hope kam diese ganze Situation ziemlich bizarr vor.

Irgendwie war es komisch ihn bei so einer häuslichen Tätigkeit wie Frühstück machen zu sehen.

Andererseits zeigte es eine ganz neue Seite an ihm.

Wenige Momente, nachdem sie sich gesetzt hatte, stellte er einen vollen Teller mit Rührei, Speck und Toast vor sie hin.

„Bon appétit."

Sie murmelte einen Dank und konnte nur auf ihren Teller starren.

Er hatte sich wirklich Mühe gemacht.

„Wie geht`s dem Kopf?"

„Gut, die Dusche hat geholfen", murmelte sie und probierte das Rührei. Es schmeckte fantastisch.

Schweigend saßen sie so zusammen und aßen. Es war kein unangenehmes Schweigen, dass nicht, aber es zeigte nur allzu deutlich, wie bizarr diese Situation war.

Bei ihrer ersten Begegnung vor dem Speisesaal hätte sie nicht mal im Entferntesten davon geträumt, heute hier mit Dante zu frühstücken.

Sie waren ja noch nicht mal richtige Freunde.

Oder?

In welchem Verhältnis stand sie überhaupt zu ihm?

„Gleich geht der Feuermelder los", unterbrach Dante ihre Grübeleien.

„Wie?"

Verwirrt sah sie auf.

Er lachte und zeigte mit seiner Gabel auf sie.

„Wenn du weiter so angestrengt denkst, geht der Feuermelder los, weil dein Hirn überlastet und zu rauchen anfängt."

Aha.

Tolle Logik.

„Achtung, der Witz kommt flach", grinste sie trotzdem in ihren Orangensaft.

Dante verdrehte die Augen und räumte die leeren Teller ab.

„Du solltest jetzt auch langsam mal deinen Anhang suchen gehen. Er macht sich sonst noch Sorgen. Jess hat ihm übrigens gesagt, dass du bei ihr geschlafen hast."

Oh! Er meinte Anakin.

Daran hatte sie ja noch gar nicht gedacht! Und es war ohne Zweifel besser Anakin nicht zu sagen, dass sie bei Dante übernachtet hatte.

„Mhm, dann sollte ich wohl jetzt gehen", murmelte sie, blieb aber sitzen.

Ihr gefiel es hier. Endlich stritten sie sich nicht und redeten normal miteinander. Hope wollte nicht, dass das schon wieder vorbei war.

„Soll ich dir beim Abwasch helfen?"

Dante gab ein Geräusch von sich, was einem belustigten Glucksen gleichkam aber sie war sich nicht sicher.

„Nee, lass mal. So ein gestandener Kerl wie ich kriegt das schon alleine hin."

„Na dann", murmelte sie und stand schließlich auch auf.

Ihre Sachen lagen noch auf dem Sofa, also musste sie sie nur einsammeln.

„Kommst du dann auch um elf in den Gemeinschaftsraum? Wir wollen da die Geschenke verteilen", erkundigte sie sich noch, schon im Türrahmen stehend.

Er drehte sich zu ihr um und lehnte sich an die Spüle.

Sein Blick war undeutbar.

„Hast du denn was für mich?"

Da musste sie doch lächeln.

„Wer weiß? Wenn du kommst, wirst du es erfahren", zog sie ihn auf.

Er lachte.

„Klar, kann ich einrichten", stimmte er dann zu.

Ihr Herz machte einen freudigen Satz, was er offensichtlich gehört hatte, denn er war schon im Begriff sich umzudrehen, als er sie noch einmal verwundert ansah.

Schnell ergriff sie die Flucht.

„Bis später!"

Und schon war sie aus dem Haus und auf dem Weg in ihre Wohnung.

Dante raufte sich die Haare und sah ihr nach.

Ihr Geruch hing überall in seiner Wohnung.

Es machte ihn verrückt!

Ruhelos tigerte er umher und versuchte die Geschehnisse vom vorherigen Abend zu sortieren.

Er hatte etwas getrunken.

Dann hatte er Hope völlig betrunken auf der Treppe sitzend gesehen.

Doch wie zum Teufel war er auf die brillante Idee gekommen, sie hier übernachten zu lassen?!

Grübelnd ließ er sich auf die Couch fallen.

Sollte er zu diesem Treffen gehen oder nicht?

Warum machte ihm das alles überhaupt so zu schaffen?

Was war los mit ihm?

Die Anwesenheit von Gabriel auf dem Schulgelände machte ihn total kirre.

Seufzend ließ er sich gegen die Sofalehne fallen und schloss die Augen.

Er atmete tief ein.

Kirschen mit Honig.

Sein Körper entspannte.

Sein Kopf nicht.

Ihm ging einfach ihr Anblick vom gestrigen Abend nicht mehr aus dem Kopf.

Diese Augen, die von der Maske so groß und unschuldig wirkten, dazu das brav aufgesteckte Haar.

Und dieses Kleid erst!

Verdammt!

Wütend auf sich selbst sprang Dante vom Sofa, riss die Decke an sich und stopfte sie in die Waschmaschine.

Doch zuvor sog er den Geruch tief ein.

Es lief ihm kalt den Rücken runter.

Ein Blick auf die Uhr offenbarte, dass es gleich so weit war. Also entschied er alle Fenster zu kippen und sich auf den Weg zu machen.

Sie war nichts für ihn in keinerlei Weise.

Außerdem hatte sie Blondie, den Idioten.

Im Gemeinschaftsraum waren schon fast alle versammelt.

Seufzend machte er sich bereit, bei dem Affentheater mitzumachen.

„Und war es gestern Abend noch schön bei Jess? Es tut mir wirklich leid, aber ich bin Cloé einfach nicht losgeworden", entschuldigte sich Anakin jetzt schon zum dritten Mal bei ihr.

Langsam aber sicher ging ihr das auf die Nerven.

„Ja, war ganz lustig. Wir haben eher geschlafen", murmelte sie und sah zur Tür, durch die Dante gerade trat.

Er hatte keinerlei Geschenke bei sich, soweit sie das sehen konnte.

Na ja, er kapselte sich auch immer von den anderen ab.

Ob die anderen etwas für ihn hatten, wusste sie allerdings auch nicht.

„Dante!", stieß Valentin freudig aus und klopfte auf den Platz neben sich.

„Na, schöne Feier gestern, nicht?"

Oh Gott, nicht schon wieder!

Valentin hatte Hope auch schon so überschwänglich begrüßt und hatte gar nicht mehr aufhören wollen über den blöden Ball zu reden.

Jess kam zu ihr, während die anderen abgelenkt waren und reichte ihr etwas.

„Den hast du gestern verloren. War alles in Ordnung mit Dante und dir? Ich dachte, es gibt weniger Probleme, wenn ich sage, dass du bei mir gepennt hast", flüsterte sie ihr zu.

Verwundert sah Hope auf ihren Schlüssel. Wo kam der denn her?

„Ja, danke, du hast mich echt gerettet. Keine Ahnung, was da gestern in mich gefahren ist!"

Jess lachte, bevor sie wieder zu Drake ging, der in einem großen Sessel saß. Mit Schwung schmiss sie sich auf seinen Schoß und grinste sie breit an.

Das war ja mal eine dezente Anspielung.

Sie streckte ihr die Zunge raus.

„Na, ist der Kindergarten nun auch fertig?", wandte Valentin die Aufmerksamkeit wieder auf das eigentliche Geschehen.

Dante hatte sich einen Stuhl herangezogen und auf den Platz neben Valentin verzichtet.

Hope musste grinsen.

„Es ist eigentlich noch nicht Weihnachten, aber da heute Abend eh alle nach Hause fahren, verlegen wir es halt vor", fing Drake mit einer kleinen Rede an.

„Genau! Wir werden uns nicht den Regeln dieser komplizierten Gesellschaft unterwerfen!", lachte Jess, was seine Rede zunichtemachte.

Drake dankte es ihr, indem er sie in die Seite zwickte.

„Sei brav, sonst bekommst du dein Geschenk nicht", zog er sie auf.

„Pf", motzte sie und zog eine große Tüte mit Geschenken hervor.

„Ich fang an!", rief sie und verteilte auch schon die Geschenke.

Als Hope an der Reihe war, grinste sie breit.

„Probier es einfach aus. Ich finde es steht dir."

Und schon war der nächste dran.

Da sie sich darauf geeinigt hatten, jede Runde von Geschenken sofort zu öffnen, schaute Hope gleich begeistert nach, was Jess wohl damit gemeint hatte.

In dem quadratischen Paket war ... ein Schminkkoffer.

„Na, ich schein`s ja nötig zu haben!", lachte sie.

„Red keinen Quatsch, es sollte nur eine Anregung sein", beschwerte sich Jess, grinste aber breit.

„Na, als Künstler solltest du es hinkriegen dich so zu bemalen, dass es einigermaßen gut aussieht, oder nicht", machte sich Valentin über sie lustig.

„Spinner!", lachte sie und warf das Geschenkpapier nach ihm.

„Ich fand auch, dass es dir gestanden hat, als du geschminkt warst", meinte Anakin neben ihr.

„Na, dann werde ich es mal ausprobieren", versprach sie.

Die nächste Runde Geschenke wurde ausgeteilt.

Dante saß die ganze Zeit schweigend in seinem Sessel und beobachtete die Situation mit gelangweilter Miene und verschränkten Armen.

Hope konnte es nicht verhindern, das sie immer wieder zu ihm sah. Einmal trafen sich ihre Blicke und er lächelte leicht, sah dann aber wieder weg.

Als Drake mit den Geschenken dran war, freute sich Jess so über ihres, dass sie ihm die Arme um den Hals warf und ihn leidenschaftlich küsste.

„Du bist der beste!", rief sie und schmatzte ihm noch einen Kuss auf die Lippen.

Wieder flog ihr Blick zu Dante. Dieser starrte das Regal an der Wand an.

Schnell sah sie wieder zu den anderen.

Dabei fiel ihr Valentins wissender Blick sofort auf.

Sie sah weg.

Insgesamt bekam sie von Jess das Schminkset, von Lilli Kinogutscheine, von Anakin eine traumhaft schöne Kette mit kleinen Schmucksteinen und von Valentin ein Top.

Aus Leder. Ziemlich wenig Leder.

„Das werde ich bestimmt nie anziehen", stellte sie gleich klar.

„Das sagst du jetzt", grinste Valentin.

„Nicht nur jetzt", murmelte sie und sah den Fetzen entsetzt an. Wie konnte das noch als Kleidungsstück durchgehen?

„Wo hast du das denn her?", fragte Lilli entgeistert und starrte das Ding genauso entsetzt an, wie sie.

„In so einem Laden, in der Stadt, ich kann ihn dir gerne mal zeigen", bot er an.

Lilli lehnte dankend ab.

Verstehen konnte Hope das sehr gut.

Jetzt war sie an der Reihe. Grinsend zog sie die riesige Tasche zu sich und verteilte die Geschenke.

„Für dich hab ich auch was aus Leder", grinste sie Valentin an.

„Da ist fast genauso viel Stoff dran, wie an dem Top!", lachte Jess.

„Wenn nicht noch mehr", kicherte auch Anakin.

Valentin grinste.

„Danke, ich werde es allerdings tragen, wenn du nichts dagegen hast", meinte er und zog das Lederarmband an.

Sie hatte nicht im Geringsten etwas dagegen.

Jess rastete fast aus, als sie die neuste Staffel ihrer Lieblingsserie auspackte.

„Du bist verrückt! Die war doch schweineteuer!", schrie sie und fiel ihr um den Hals.

„Also ich hab in dem Laden kein Schwein gesehen", meinte sie nur.

Lilli konnte sich über ein neues Parfüm freuen und Anakin über den Buch Bestseller.

„Danke, ich werde heute noch damit anfangen es zu lesen", meinte er und hauchte ihr einen Kuss auf die Stirn.

Hope lächelte, wandte sich aber ab.

Sie musste es beenden, so schnell wie möglich.

Ihr Blick fiel auf Dante, der sie unter gesenkten Augenlidern beobachtete.

„Für dich hab ich auch was", lenkte sie die Situation wieder auf das Wesentliche.

„Ach ja?", erkundigte er sich ohne eine Miene zu verziehen.

Elender Miesepeter aber auch!

„Ja, ich dachte, du könntest es gebrauchen."

Sie konnte ihr breites Grinsen einfach nicht verbergen, als sie ihm die kleine Schachtel reichte.

Er, cool wie immer sah sie erst an und öffnete dann den Deckel. Seine Reaktion war interessant.

Erst stutzte er, dann zog er die Augenbrauen hoch, blinzelte und sah zu ihr.

„Ja, danke, das kann ich wirklich gebrauchen", sagte er todernst und hob die Rolle Klopapier in die Höhe.

Erst herrschte Totenstille, dann lachten alle laut los.

„Ich das dein Ernst?", lachte Jess auf Drakes Schoß, der neben seinem eigenen Lachen voll damit beschäftigt war, zu verhindern, dass sie von seinem Schoß fiel.

„Das ist die Story des Tages", brüllte Valentin vor Lachen.

„Ihr seid so fies!", meinte Lilli, konnte sich ein Grinsen aber auch nicht verkneifen.

Und Dante grinste ja selber, während er an dem ersten Blatt Klopapier herumfummelte.

„Nein, jetzt mal im Ernst, hier", löste Hope die Sache auf und reichte ihm noch ein Paket.

Er drehte es in den Händen.

„Lass mich raten, eine Zahnbürste?"

Sie schüttelte den Kopf.

„Sag nicht, ein Lippenstift!"

Lachend warf sie ein Kissen nach ihm.

„Nein, mach schon auf."

Was er dann auch tat.

Er schien überrascht.

„Wow, wo hast du das denn her?"

Er drehte ein kleines Set für Violinen Pflege in seinen Händen.

„Aus einem Laden, stell dir vor, die haben so viele, dass sie sie verkaufen!"

„Ach nee", murmelte er und studierte das Set genauer.

„Ich dachte, es ist ganz praktisch, für Reisen oder so", murmelte sie verlegen. Sie hatte nicht gedacht, dass es ihm so gut gefallen würde.

„Danke, das ist wirklich nett von dir", meinte er und sah ihr dabei tief in die Augen.

Verlegen sah sie zur Seite.

„Gern geschehen", murmelte sie.

Eine Weile war es still, dann sagte er wieder etwas.

„Hier, fang", meinte er und schon warf er etwas.

Gerade so fing sie die flache Schachtel auf, die er ihr zugeworfen hatte.

Verblüfft drehte sie sie in den Händen.

„D-Danke", stammelte sie.

Hope hatte nicht damit gerechnet, dass er ihr etwas schenken würde, zumal sie die einzige zu sein schien, die etwas von ihm bekam.

„Nun mach schon auf!", drängelte Jess von Drakes Schoß aus.

„Hetz mich nicht!"

Doch sie öffnete das Paket vorsichtig.

Es war in wunderschönes, schwarzes Glanzpapier eingewickelt, das mit matten Ornamenten versehen war.

Er hatte sich wirklich Mühe gegeben.

Etwas in ihrem Inneren rührte sich.

Vorsichtig zog sie den Klebestreifen auf und enthüllte ihr Geschenk.

Ihr stockte der Atem.

Das waren Tuschestifte! Sau teure, ultra gute Spezialtuschestifte!

Sie hatte sie so oft angesehen aber nie das Geld besessen, um sie zu kaufen.

„Oh mein Gott!", hauchte sie und hielt die Stifte ins Licht.

„Was und wir bekommen nichts?", fragte Valentin bedröppelt.

„Du hast nichts verdient", fertigte Dante ihn ab.

„Danke, Dante", unterbrach sie ihre kleine Kabbelei.

„Das bedeutet mir wirklich viel."

Er nickte nur einmal kurz und schien sich plötzlich etwas unwohl zu fühlen.

Genau dieselben Stifte hatte sie sich an ihrem Shopping-tag auch angesehen. Sie war sogar kurz davor gewesen, sie sich doch zu kaufen.

Das war der Tag gewesen, an dem sie sich das erste Mal beobachtet gefühlt hatte.

Hope sah auf die Stifte in ihren Händen und das Glücks-gefühl ebbte ab.

Jetzt wurde ihr so einiges klar.

„DU warst das!", rief sie aus, als sie die Erkenntnis traf.

Dante sah sie verwirrt an.

„Ich war was?"

Auch die anderen waren über ihren plötzlichen Stim-mungswandel erstaunt.

„Frag nicht so blöd! Damals in der Stadt. Ich hab die gan-ze Zeit das Gefühl gehabt, dass mich einer beobachtet. Das warst du!"

Bleiernes Schweigen machte sich breit.

Dante sah sie einfach nur an.

„Sag gefälligst was!", explodierte sie dann. Die Wut schaukelte sich immer höher.

Sie fühlte sich hintergangen und verraten.

Was fiel ihm ein, ihr hinterher zu schleichen?

Welches Recht nahm er sich heraus?

„Was soll ich denn dazu sagen?", erkundigte er sich.

In ihr brodelte es und sie hatte wirklich mit sich zu kämp-fen, um ihm keine zu knallen.

„Sie streiten ziemlich oft, oder?", hörte sie Lilli besorgt flüstern.

„Was sich liebt, das neckt sich", war Valentins Kommen-tar.

Das machte es nicht unbedingt besser.

Anakin neben ihr sagte gar nichts. Seine Miene war undeutbar.

„Also streitest du es nicht ab?", erkundigte sie sich wütend.

Er zeigte immer noch keine Reaktion. Immer noch saß er in seinem Sessel und sah sie nur an.

„Warum musst du immer alles kaputt machen? Kannst du nicht einmal wie jeder andere auch sein?", zischte sie und fing an ihre Sachen zusammenzusuchen.

Sie musste hier raus, ansonsten gab es noch ein Unglück.

„Wie alle anderen? Du hast wohl vergessen, was ich bin, was wir alle sind", fauchte er da und sprach endlich.

„Sag mir nicht, was du bist, dass hast du schon in meiner ersten Woche hier hervorragend zur Geltung gebracht!", fuhr sie zu ihm herum und nun standen sie Nase an Nase.

„Dann solltest du ja wissen, dass ich meine Natur nicht verberge. Sie hinter einem süßen Lächeln verstecke oder den hippen College Boy mime!", schoss er zurück.

„Ich, wir sind Raubtiere! Wir sind es und werden es immer sein, egal wie menschlich wir uns benehmen."

Seine Augen funkelten wütend. Es war nichts mehr von der Wärme und dem Spaß vom Morgen übrig. Er war nicht wiederzuerkennen.

Und seine Worte trafen sie hart.

Wieder war sie die Außenseiterin, die die nicht wie alle anderen war.

Erneut war sie allein. Tränen sammelten sich in ihren Augen.

Dantes wütender, stechender Blick kühlte sich etwas ab und er rang um Fassung.

Eine Träne kullerte ihre Wange hinunter.

„Danke, dass du mich daran erinnert hast", flüsterte sie, schnappte sich ihre Tasche und flüchtete.

Die anderen sahen ihr schuldbewusst hinterher.

Dante hatte recht mit jedem beschissenen Wort.

Und das machte es noch schlimmer.

Hope ging erst langsam, dann rannte sie.

Mit zitternden Fingern schloss sie ihre Tür auf, schmiss die Tasche von sich, blieb zitternd mit geballten Fäusten stehen.

Die Tränen rannen ihr unaufhörlich die Wangen hinunter.

Es waren ja nicht nur Dantes Worte, die sie so reagieren ließen.

Alle würden heute zu ihren Familien fahren, nur sie nicht.

Sie war allein.

Die letzten Dämme brachen und sie schluchzte haltlos in ihrem Flur, krümmte sich zu einer Kugel zusammen und weinte.

„War das wirklich nötig?", fragte Anakin nach einer Weile der Stille. Dante stand immer noch an derselben Stelle, an der er gestanden hatte, als Hope die Flucht ergriffen hatte.

„Es stimmt doch, oder?", flüsterte Jess leise.

„Wir sind Raubtiere. Wir trinken Blut oder werden zu Tieren. Wir *sind* gefährlich."

Erneutes Schweigen. Dante war wie gelähmt.

Wie hatte es so weit kommen können?

Warum stieß er sie immer von sich, wenn es zwischen ihnen gerade wieder gut lief?

Um sie zu schützen?

Er wusste es nicht.

„Wie soll es jetzt weitergehen?", warf Lilli nach einer Weile die Frage in die Runde, die jeder sich schon insgeheim selbst gestellt hatte.

„Ich würde sagen, wir lassen sie erst einmal in Ruhe. Aber vor unserer Abreise müssen wir das noch klären, in zwei Wochen ist es zu spät", meinte Anakin.

Warum war er ihr eigentlich nicht hinterher gerannt?

Er war doch sonst immer der fürsorgliche und nette Kerl.

Irgendetwas lag da auch im Argen.

„Wieso bist du ihr denn gefolgt?", wollte nun Valentin wissen. Ja, wie sollte er das nun erklären?

„Sie ... befindet sich in einer gewissen Situation", meinte er dann und hätte sich selbst in den Hintern treten können.

Gewisse Situation?

Klar, warum nicht?

Valentin schien nachzudenken. Er kannte Dante besser als alle anderen. Er war eine Art Freund für ihn.

„Ich weiß, dass du so etwas nicht ohne Grund machen würdest", meinte er dann langsam.

Lilli hörte auf.

„Meinst du sie ist in Gefahr?"

Jetzt horchten auch Jess und Anakin auf. Drake schien sich für den schweigenden Zuschauer entschieden zu haben.

Auch gut.

„So in der Art", murmelte er, bevor er sich auf dem Absatz umdrehte und nach draußen stapfte.

So sollte das alles definitiv nicht laufen.

Es sollte keiner wissen, dass Gabriel in der Nähe war, oder gar, wer er wirklich war.

„Dante, warte!", rief da jemand.

Genervt drehte er sich zu Blondie um, der ihm hinterher kam.

„Was willst du, Blondie?"

Anakin blieb vor ihm stehen und sah ihm fest in die Augen.

„Jeder weiß, dass die du Crain Zwillinge sehr verschieden sind. Einer davon soll sogar besondere Fähigkeiten haben", fing er an und seine Augen blitzten.

„Wenn es wirklich er ist, der es auf sie abgesehen hat, dann gnade dir Gott, wenn es ihm gelingt, Dante du Crain!"

Mit diesen Worten drehte sich Blondie wieder um und verschwand im Gebäude.

Überrascht sah er ihm nach.

Das war ja mal was ganz neues. Anakin mal nicht verständnisvoll und besonnen.

Interessant.

Seufzend kramte Dante sein Handy hervor und wählte eine Nummer, die er gewissenhaft vermieden hatte zu wählen.

Es klingelte drei Mal, dann wurde abgehoben.

„Hallo, ich bin`s", meldete er sich.

„Er ist hier. Ich brauche Unterstützung, *unauffällige* Unterstützung."

19

Hope saß auf ihrer Couch und starrte den Fernseher an.

Den Film sah sie sich nicht an.

Dafür flogen ihr zu viele Gedanken durch den Kopf.

Das erste was ihr eingefallen war, das Dante recht hatte.

Danach war ihr Lilli eingefallen. Sie war auch ein Mensch.

Sie hatten sie integriert. Sie nicht.

Na ja, heute Nacht würden sie eh abreisen. Und Hope hatte nicht vor, bis dahin auch nur einen Fuß vor ihre Tür zu setzen.

Sie brauchte jetzt Abstand.

Und vor allem wollte sie Dante nicht begegnen, dem Arsch.

Erneut stieg die Wut in ihr auf.

Ihr Handy klingelte.

Sie ignorierte es.

Sollten sie doch schmoren.

Noch weitere zwei Mal meldete sich ihr Handy und mindestens fünf SMS gingen ein.

Irgendwann hatte sie genug und schaltete es aus.

Allerdings wehrte die Ruhe nur kurz.

Und schon fing das Sturmklingeln an.

Gott, konnten sie sie nicht einfach in Ruhe lassen?

Sie wollte keine Ausflüchte hören.

Dante hatte recht. Sie würde nie dazugehören, hatte es noch nie.

Genervt schaltete sie den Fernseher aus und starrte an die Wand.

Das Klingeln blendete sie aus.

Als nach der danach einsetzenden Stille allerdings eine halbe Stunde später ein Schlüssel im Schloss gedreht wurde, hörte sie auf.

Woher zum Teufel hatten sie den Schlüssel?

Da hörte sie auch schon Schritte im Flur.

Allerdings nur von ein paar Füßen und nicht von sechs.

Gespannt sah sie zur Tür.

Verblüfft sah sie in braune Augen, die von einem leichten Lächeln gerahmt wurden.

„Ich dachte, ich schau mal, ob du noch lebst", meinte Drake.

Die Überraschung schien ihr wohl anzusehen zu sein, denn er legte den Schlüssel auf eine Kommode und setzte sich neben sie, dann erklärte er: „Ich dachte, ich hab von uns allen die objektivere Sicht über das Ganze."

Aha.

Unauffällig musterte sie ihn.

Braune, liebe Augen, kurzes schwarzes Haar und ein sportlicher Körper. Wenn er lachte, wusste Hope wirklich, warum Jess ihm verfallen war.

„Schöne Scheiße, was?", meinte Drake und spähte in eine halb leere Chipstüte auf ihrem Tisch.

Hope wedelte von ihr in seine Richtung und er bediente sich.

„Dante hat das nicht so gemeint, wie es ankam", meinte er dann, die Tüte im Schoß.

„Wie hat er es denn gemeint?", grummelte sie.

Drake hatte recht gehabt. Er hatte von allen am wenigsten mit der Sache zu tun.

Mit ihm konnte sie ganz offen reden. Er würde seine unparteiische Meinung darüber abgeben.

„Er wollte nicht, dass du dich ausgeschlossen oder als Außenseiter fühlst, denn das bist du bei Leibe wirklich nicht. Das müsste dir auch eigentlich klar sein, bei den ganzen Sachen, die ihr alle schon zusammen gemacht habt."

Da hatte er recht. Das alles konnten sie nicht einfach nur gespielt haben.

Drake wartete, bis Hope seine Worte überdacht hatte, bevor er fortfuhr.

„Dante wollte einfach nur, dass du nicht vergisst, dass *wir* anders sind. Dass wir auch gefährlich sein können.

Er wollte nur, dass du das im Hinterkopf behältst.

Er wollte dich schützen."

Den ersteren Teil verstand sie, den Letzteren nicht.

„Schützen? Wovor?"

Drake zermahlte eine Handvoll Chips, bevor er antwortete.

„Er hat nichts bestimmtes gesagt, aber sei einfach ein bisschen vorsichtiger", meinte er, bevor er die Tüte zerknüllte, quer durch den Raum in den Papierkorb warf und aufstand.

„Angeber", murmelte sie.

Er grinste, was seine Grübchen zeigte.

Ja, Jess war zu beneiden.

„Ich mach mich dann mal auf die Socken. Den Zweitschlüssel hab ich aus dem Sekretariat. Bring ihn einfach wieder zurück oder behalt ihn."

Zum Abschied hob er noch mal die Hand, bevor er die Tür leise hinter sich schloss.

Hope dachte noch einmal über das Geschehene nach und kam sich dumm vor.

Natürlich war sie ein Mitglied dieser Gruppe, wie könnte es auch anders sein?

Sie hatte überreagiert und schämte sich. Kindisch, anders konnte man ihr Verhalten nicht beschreiben.

Sie schob es vor sich her, die anderen noch einmal zu treffen und sich zu entschuldigen.

Doch der Zeiger der Uhr bewegte sich unaufhörlich weiter. Am Ende sah sie im Sekundentakt hin, was sie dann doch zum Nachgeben brachte.

Leise fluchend suchte sie ihre Jacke und machte sich auf den Weg.

Zögernd blieb sie an der Tür zum Gemeinschaftsraum stehen. Drinnen konnte sie die anderen reden hören.

Sie musste nur die Tür öffnen, aber gerade dies war ihr noch nie schwerer gefallen.

„Willst du auch reingehen oder bewunderst du die Maserung des Holzes?", erkundigte sich eine Stimme hinter ihr spöttisch.

Dante.

Sie wusste zwar jetzt, wie er es gemeint hatte, aber sauer war sie immer noch.

„Das geht dich gar nichts an", motzte sie und stieß die Tür auf.

Alle sahen sie an.

Und schon war ihre Wut pfutsch. Weg, nicht mehr da.

Peinliche Stille machte sich breit.

„Hope, es tut mir leid!", rief dann Lilli und fiel ihr um den Hals, dass sie fast umfiel.

Zögernd erwiderte sie die Umarmung.

„Du gehörst zu uns, wie alle anderen auch, ob abnormal oder nicht, verstanden?"

Hope nickte, mit Tränen in den Augen.

„Ja, verstanden", sagte sie und drückte Lilli nun fester.

„Wen nennst du hier abnormal?", erkundige sich Valentin da und zerstörte den Moment.

„Du Esel, kannst du nicht einmal die Klappe halten?", rief Jess aus, bevor sie sich der Umarmung anschloss.

„Und du bist auch ein Esel, dass du auf solche Gedanken kommst", brummte sie.

„Ich weiß", murmelte Hope bedrückt.

„Damit du das auch nicht vergisst, bekommst du eine der sehr seltenen und äußerst begehrten Umarmungen des Rudelchefs", meinte Valentin lässig und schälte sie erst aus der Umklammerung der Mädels, bevor er sie an sich drückte.

„Also behalt das in deinem Hasenhirn, ja?"

Sie nickte nur, weil sie ihrer Stimme nicht traute.

„Gleich haben wir nen ganzen Zoo zusammen", lachte Drake aus einem Sessel. Er zwinkerte ihr zu und sie lächelte.

Schließlich war Anakin an der Reihe. Er sah ihr einfach nur in die Augen und darin sah sie alles, was sie wissen musste.

„Kleines Eselchen mit Hasenhirn", zog er sie auf, bevor er ihr einen Kuss auf die Stirn drückte und sie fest in die Arme schloss.

„Ich weiß, ich war blöd, tut mir leid", entschuldigte sie sich.

Nachdem Anakin sie losgelassen hatte, schaute sie sich nach Dante um, aber der war nirgends zu sehen.

Idiot!

Er hätte sich doch wenigstens das eine Mal zusammenreißen können!

„Wann fahrt ihr?", erkundigte sich Hope, als sie die ganzen Koffer, die im Raum verteilt standen, sah.

„In einer halben Stunde. Wir hatten gerade beratschlagt, ob wir dich einfach kidnappen und mitnehmen", meinte Valentin und ließ sich wieder in seinen Sessel fallen.

„Wann fährst du denn?", wollte Lilli verwirrt wissen.

Ach ja, die anderen wussten es ja noch gar nicht.

„Ich fahr nicht. Meine Eltern sind unterwegs und schaffen es nicht nach Hause. Alleine ist auch doof, also bleib ich hier."

„Was? Wie geht denn so was?", rief Lilli erschrocken.

„Du kannst mit zu mir und Drake. Wir haben eine kleine Wohnung, da gehen wir nach dem ganzen Familientamtam hin", lud Jess sie gleich ein.

„Nee, ich will aber nicht euer Liebesglück stören!", lachte Hope und war von dem Angebot gerührt.

„Da bin ich dir sehr dankbar", meinte Drake und schmatzte Jess einen dicken Kuss auf die Wange.

„Spinner", lachte diese.

„Du könntest auch mit zu mir kommen", meinte Anakin.

Sie sah ihm in die Augen und suchte nach den richtigen Worten. Denn seine Anfrage war berechtigt, immerhin waren sie zusammen.

„Nee, lass mal, ich brauch mal ne Pause von all den Vampiren, Formwandlern und was hier sonst noch so rumschwirrt", brachte sie dann einfach raus.

Er lachte und ihr fiel ein Stein vom Herzen.

„Na dann. Tut mir leid, ich würde ja gerne bei dir bleiben, damit du nicht so alleine bist, aber zu Hause wird meine Anwesenheit verlangt."

Hope winkte ab.

„Kein Problem. Ich werde mich hier richtig schön ausbreiten und das machen, was ich sonst nie mache", beruhigte sie ihn.

„Was denn? Quer über drei Stühle schlafen, oder was?", lachte Drake und Jess knuffte ihn zur Strafe in die Seite.

„Nee, aber kann ich mal ausprobieren, wenn du es empfehlen kannst."

Da lachten alle.

„So alleine wirst du gar nicht sein. Ich hab gehört, dass Cloé auch hier bleibt. Soll nach ihrer kurzzeitigen Suspendierung nicht mehr so schön sein im heimischen Paradies", meinte Valentin.

Na ganz toll.

„Dante bleibt doch auch wieder, oder? Und die Engel größtenteils auch, wie ich es verstanden habe."

Lilli nickte.

„Ja, die Ghule sind zwar größtenteils weg, aber einige von ihnen dürften bleiben."

Aha, also doch nicht so ganz allein. Doch da hielt Hope kurz inne.

Einen Moment, wie war das? Dante würde auch hier bleiben?

Hatte sie denn gar kein Glück?

Am Ende verabschiedeten sie sich alle herzlich und sie konnte sogar noch eine dieser ultra seltenen und begehrten Umarmungen von Valentin ergattern. Es war zwar noch nicht so spät, aber sie war trotzdem verdammt müde. Gähnend schloss sie ihre Tür auf.

Natürlich ließ sie da erst einmal ihren Schlüssel fallen, was sonst.

Als sie ihn aufhob, fiel ihr ein kleines Päckchen ins Auge.

Verwirrt sah sie es an.

Ihre erste Idee war, dass es eine Bombe war. Doch soweit würde Cloé nicht gehen, das war selbst für sie zu viel.

Und zu auffällig.

Außerdem war das Päckchen sorgfältig verpackt.

Nach kurzem Zögern hob sie es auf und nahm es mit rein.

Drinnen legte sie es erst einmal auf den Tisch.

Hope war zwar neugierig, was es wohl war, aber sie wollte auch kein Risiko eingehen. Also räumte sie erst ihre Sachen weg und machte sich schlaffertig.

Als das Päckchen immer noch keinen Mucks von sich gegeben hatte und nach wie vor unschuldig auf ihrem Tisch lag, beschloss sie ihre Paranoia abzulegen und öffnete es.

Zum Vorschein kam eine kleine Schmuckschachtel.

So viel zu dem Thema Bombe.

Hope öffnete langsam den Deckel. Ein Zettel segelte zu Boden. Darauf standen nur Initialen.

D. C.

Hope wusste sofort, von wem das Päckchen war.

D. C. stand ganz klar für du Crain.

Dante.

In der Schachtel lag ein filigran gearbeitetes Armband aus Silber. Es war wunderschön und so fein, dass Hope Angst hatte, es zu zerbrechen, wenn sie es anfasste.

Wollte er sie damit beschwichtigen?

War er deswegen eben so schnell weg gewesen?

Sie war zwar gerührt von seiner Geste, aber eigentlich müsste er wissen, dass sie so etwas nicht für eine Versöhnung brauchte.

Na ja, aber schön war das Armband allemal.

Vorsichtig legte sie es an.

Es passte perfekt und schmiegte sich kühl an ihr Handgelenk.

Hope beschloss es zu behalten.

Vorsichtig legte sie es wieder in die Schachtel und legte sich dann endlich schlafen. Die Sonne färbte den Himmel schon rot.

Hope vermisste zwar die anderen, aber es war auch mal ganz schön, einfach nur für sich zu sein. Keine Erwartungen erfüllen zu müssen und sich einfach mal treiben zu lassen.

Die Schuluniform verbannte sie nach ganz hinten in ihren Kleiderschrank und Schlabberjeans und Strickjacken über ausgebleichten Shirts zogen ein.

Außerdem plünderte sie die Lebensmittelvorräte und erweiterte ihre Kochkünste.

Die anderen würden staunen, wenn sie wiederkamen.

Auch ihr Hobby kam nicht zu kurz.

Sie hatte sogar von ihrer Kunstlehrerin den Schlüssel zum Dachboden bekommen.

Dort sollten noch alte Leinwände lagern, die niemand mehr benutzte.

Das war fantastisch, denn richtig gute Leinwände waren teuer. Also beschloss sie an einem Tag, an dem es nicht mehr ganz so kalt war, sich diese Leinwände mal anzusehen.

Hope war froh, dass es nicht mehr so kalt war und der Schnee langsam schmolz. Sie liebte den Frühling. Wenn die Krokusse sprießen und die ersten Vögel wieder zu singen anfingen.

Der Mond war voll und rund, als sie aus dem Haus ging.

Sie hielt sich immer noch an die verdrehten Tages- und Nachtzeiten. Ihr war die erneute Umstellung einfach zu anstrengend.

Außerdem bekam es einfach etwas Besonderes, wenn man alltägliche Dinge nachts machte.

Nur dieses Rascheln im Wald war nach wie vor nervig und auch etwas unheimlich.

Ignorieren half da zwar etwas, aber nicht viel.

Heute war er wieder da und folgte ihr den ganzen Weg bis ins Schulgebäude. Hope spähte immer mal wieder aus den Augenwinkeln ins Gebüsch, aber niemand war da.

Also wirklich. Sie würde mal ein ernstes Wörtchen mit Valentin reden müssen.

Am Anfang war es ja noch ganz witzig gewesen, aber jetzt nervte es nur noch.

Sie war heilfroh, als sie im Schulgebäude verschwinden konnte.

Auf dem Weg nach oben hörte sie Violinenmusik und hielt kurz inne. Dante war hier.

Bisher hatte sie ihn nicht mehr gesehen und auch Cloé war sie erfolgreich aus dem Weg gegangen.

Sie berührte das Armband an ihrem Handgelenk.

Er war nicht so gemein, wie er sich gab.

Seufzend nahm sie die Stufen in Angriff und stand schon wenig später vor der Tür zum Dachboden.

Geister gab es aber nicht, oder?

Das würde sie ja gleich herausfinden.

Die Tür schwang auf gut geölten Scharnieren auf.

Also schon mal keine Geisterhausgeräusche, ein guter Anfang.

Über sich selbst lächelnd, trat sie in den Raum, der sich als riesengroß entpuppte, als sie das Licht anmachte.

Riesengroß und total überfüllt.

„Das ist ein Scherz, oder?", murmelte sie.

Leider nicht. Alles stand mit Kartons zugestellt oder die Sachen lagen lose verstreut.

Begrabene Regale mit einzelnen Unterrichtsfächern beschriftet ließen eine gewisse Grundordnung erhoffen.

Nachdem sich Hope einen groben Überblick über das ganze Chaos gemacht hatte, beschloss sie einfach ihr Glück in der Kunstabteilung zu versuchen.

Sie quetschte sich durch Lücken, schob Kartons zur Seite und wäre um ein Haar von einem Stoß Papier erschlagen worden.

Jetzt war ihr klar, warum die Lehrerin ihr nur den Schlüssel und nicht gleich die Leinwände gegeben hatte.

Gerade stand sie vor einem bedrohlich hohen und extrem schiefen Stapel Kartons, als sie ein Rascheln hörte.

Ihr Herz setzte aus und sie brach sofort in Schweiß aus.

Hier war kein Wald, aber es raschelte.

Mit rasendem Herzen drehte sie sich um.

Dante spielte sein Lieblingsstück.

Ihm war langweilig.

Er fuhr nur selten nach Hause, weil er es dort noch weniger aushielt, als hier.

Hier wurde man wenigstens mal über die Ferien in Ruhe gelassen, zu Hause nicht. Außerdem konnte er nicht gehen, weil Gabriel hier war.

Die Unterstützung war vor ein paar Tagen eingetroffen und verbarg sich größtenteils im Wald, jederzeit bereit, Gabriel zu erwischen oder ihm Informationen zu liefern.

Er war ganz in sein Spiel versunken, als das Licht anfing zu flackern, kurz ausging dann aber wieder unbeirrt weiter brannte.

Der Geruch von frischer Pfefferminze lag in der Luft.

Im Bruchteil einer Sekunde hatte er seine Violine zur Seite gelegt und die Fährte aufgenommen.

Dieses Mal würde er ihn schnappen und wenn es das Letzte war, was er tat.

Schnell schickte er eine Nachricht an seine Leute, damit sie wachsam waren und sich um das Gebäude verteilten, falls Gabriel ihm doch entkommen sollte.

Der Kerl war schwerer zu fangen, als ein Floh.

Jederzeit mit einem Angriff rechnend, folgte er dem Geruch. Sein Herz schlug schneller, seine Sinne waren geschärft.

Er war zu allem bereit.

Der Geruch wurde mit jedem Meter intensiver.

Da mischte er sich mit einem anderen.

Dante blieb wie erstarrt stehen, hoffte er würde sich irren.

Nein, unverkennbar Kirschen.

Er fluchte und rannte.

Also hatte er es wirklich auf sie abgesehen.

Er durfte nicht zu spät kommen.

Die Fährte führte ihn durchs Treppenhaus in den obersten Stock, den Dachboden.

Was in aller Welt hatte sie ausgerechnet hier verloren?

Seine Schritte wurden langsamer und er lauschte.

Dante konnte ihr Herz schlagen hören. Viel zu schnell.

Pfefferminze blockierte seine Nase.

Er war hier, bei ihr.

Mit bemessenen Schritten schlich er sich durch die Müllhalde, die die Schule doch tatsächlich Dachboden nannte.

Ein Rascheln ließ ihn nach links sehen. Dort war nichts.

Hopes Herz schlug noch schneller, sie schien es auch gehört zu haben, doch wo war sie?

Er sah sie nirgendswo.

Vorsichtig schlich er um einen Stapel Leinwände und sah sie endlich.

Sie stand mit dem Rücken zu ihm, ihr Herz raste, er konnte ihren Angstgeruch riechen.

Wieder ein Rascheln hinter ihm.

Sie drehte sich langsam um, sah ihn und schrie.

Er zuckte bei der Lautstärke zusammen.

Dante hatte keine Ahnung, dass sie so ein Organ hatte.

„Ich hab dir doch gesagt, wir sind Raubtiere, Kleines, extrem leise und so", grinste er, als sie sich etwas beruhigt hatte.

Ihr Herz raste immer noch, doch jetzt roch sie nach Wut und nicht nach Angst.

„Spinnst du eigentlich komplett?", schrie sie nach einer Minute der Starre.

Und schon wieder hatte er sie wütend gemacht.

Irgendwie lief es bei ihnen immer nur darauf hinaus.

„Nee, hab mein Spinnrad grad nicht dabei", motzte er.

Doch er sah Tränen in ihren Augen. Sie hatte wirklich Angst gehabt.

Aber nicht vor ihm. Doch das konnte er ihr nicht sagen.

„Du bist so ein riesen Arschloch", schrie sie und ohrfeigte ihn.

Die Stille, die darauf folgte, war bleiern.

Seine Hand zuckte zu seiner Wange, diese brannte.

Sie erwiderte seinen Blick mit weit aufgerissenen Augen.

Er spürte, wie seine Augen blitzten. Das Raubtier in ihm war immer noch aktiv und mochte es gar nicht geschlagen zu werden.

Ein Kribbeln in seinem Kiefer zeugte davon, dass seine Zähne sich nach draußen schoben.

Hope trat einen Schritt zurück.

Jetzt war die Angst wieder da, ein unerträglich süßer Geruch.

Hope starrte ihn immer noch an, wie eine Maus, die vor der Schlange sitzt und von ihren Augen hypnotisiert ist.

„I … ich …", stammelte sie.

Dante sah genau den Augenblick, indem sie sich umdrehen und weglaufen wollte.

So schnell, wie es nur ein Vampir vermochte, schnellte er nach vorne und hielt sie fest.

Sie schrie.

Dann schlug sie um sich.

Dante hielt ihre Handgelenke fest und ruckte an ihnen, damit sie ihn ansah.

Erneut schwammen Tränen in ihren Augen.

Sein Herz schlug einen anderen Rhythmus an und das Bedürfnis sie zu beschützen traf ihn wie ein Schlag.

Ihre Blicke verhakten sich.

Die Luft um sie herum lud sich auf.

Dante spürte, wie sich sein Herzschlag verlangsamte, seine Atmung ebenfalls langsamer wurde und sich seine Augen schärften.

Sie sah ihn einfach nur mit leicht geöffnetem Mund an.

Das Herabfallen eines weiteren Papierstapels zerstörte den Moment.

Hope blinzelte.

Dann fing sie an sich zu wehren.

Sein Griff war steinhart, nicht schmerzhaft aber eisern.

Hope wollte nur noch weg.

Verzweifelt riss sie an ihren Armen.

„Lass mich los, verdammt!"

Doch er ließ sie nicht. Ganz im Gegenteil, er zog sie noch ein Stück zu sich heran.

Ein Lächeln breitete sich langsam auf seinen Lippen aus.

„Du kämpfst wie ein Hamster", kicherte er dann.

Sie hielt inne.

Wie ein Hamster?

Unbeherrscht versuchte sie ihm eine zu kleben, aber er hielt sie unbeirrt fest.

„Was machst du überhaupt hier? Warum bist du nicht zu Hause?"

Sie ruckte noch einmal vergebens an ihren Händen.

„Das geht dich überhaupt nichts an!", giftete sie zurück.

„Was suchst du denn hier? Verfolgst du mich immer noch?"

Er seufzte resigniert und ließ schließlich ihre Arme los, blieb aber bereit sie jederzeit wieder zu packen.

Dante erwiderte nichts, sondern sah sie nur mit undurchdringlicher Miene an.

Jetzt seufzte sie.

„Ich weiß, wie du es gemeint hast. Aber du musst zugeben, dass deine Ausdrucksweise unglücklich war", sprach sie den Vorfall nach dem Ball an.

„Ich weiß", murmelte er und entspannte sich etwas, als er begriff, dass sie nicht abhauen würde.

Doch er blieb wachsam. Das sah sie.

Etwas stimmte nicht.

Gerade als ihr der Gedanke durch den Kopf geisterte, raschelte es erneut und der Geruch von Pfefferminze stieg auf.

Also war es nicht Dante gewesen, der sie eben so erschreckt hatte.

Und schon war die Panik wieder da.

„Hast du das gehört?", fragte sie Dante und sah sich besorgt um.

Er sagte nichts, erst als sie ihn ansah.

„War bestimmt ein Eichhörnchen oder so, wer weiß schon, was hier haust?", tat er die Sache ab.

Ein Eichhörnchen, das Pfefferminze fraß oder was?

Wollte er sie verarschen?!

„Ja klar, das glaubst du doch selber nicht."

Er schnaubte und sah über ihren Kopf durch den Raum.

„Was soll es denn sonst sein?", fragte er abwesend.

Hope fühlte sich beobachtet und wickelte sich enger in ihre Strickjacke.

„Keine Ahnung, aber irgendetwas ist hier. Das Rascheln verfolgt mich schon länger", meinte sie dann nur und sah ängstlich zur Seite.

Sie merkte nicht, dass das Gesagte Dante aufhorchen ließ.

„Länger? Inwiefern länger?", hackte er nach.

„Eine Weile, aber es ist ja nur ein Eichhörnchen", frotzelte sie. Der Kerl hatte doch eh keine Ahnung.

„Ich bin halt auch nur eins von diesen nervigen, hysterischen Weibern, die sich vor jedem Schatten in die Hose machen", sagte sie noch, bevor sie sich schwungvoll umdrehte und davon marschierte. Sollte er doch alleine mit dem Raschler hier sein, ihr egal.

„Hope, warte", rief er. Sie drehte sich gerade um, als sie das schleifende Geräusch eines umfallenden Kartonstapels hörte.

Sie wandte den Kopf wieder nach vorne und alles passierte gleichzeitig.

Der riesige, schiefe Stapel, der ihr vorhin schon aufgefallen war, hatte sich in Bewegung gesetzt und die Kartons bewegten sich alle auf sie zu.

Sie würden sie unter sich begraben!

Ihr blieb keine Zeit zum Ausweichen, nicht mal zum Schreien.

Hope spürte nur einen Windstoß, dann riss sie etwas zu Boden.

Jetzt schrie sie doch und kniff die Augen zusammen.

Sie hörte, wie die Kartons über ihr zusammenbrachen, ihren Inhalt überall verteilten.

Doch sie spürte nichts.

Langsam öffnete sie die Augen und sah in schwarze Tiefen.

„Oh", hauchte sie nur.

Dante lag auf ihr, schirmte ihren Körper ab.

Ein letzter Karton bewegte sich gerade und Blätter fielen über seinen Kopf neben ihr auf den Boden.

Seine Augen glühten. Er war ihr ganz nah.

Wie vor wenigen Minuten schon nahm er ihren Blick gefangen. Sie konnte nicht mehr denken, nicht mehr atmen.

Sie sah ihn einfach nur an.

Und er sah zurück.

„Du ziehst Unfälle echt magisch an", meinte er nach einer Weile. Seine Stimme schien in dem stillen Raum zu schallen.

„Ich weiß", murmelte sie atemlos und schaffte es sich von seinen Augen loszureißen.

Auch er bewegte sich nun und stieß die Kartons von seinem Rücken.

„Alles in Ordnung?", erkundigte er sich, nachdem sie sich aufgerappelt hatten.

Sie nickte nur geschockt.

Dante hatte sie gerettet.

„Was wolltest du überhaupt hier oben?"

Sie blinzelte mehrfach.

„Ich ... ich wollte Leinwände holen", murmelte sie dann.

„Meine Lehrerin hat mir den Schlüssel gegeben", ergänzte sie und hob wie zur Bestätigung den Schlüssel in die Höhe.

Dante lächelte.

„Die hab ich vorhin glaub ich gesehen", meinte er und wollte sich schon abwenden.

„Warte!", rief sie und hielt ihn am Arm fest.

„Was ist mit deinem Rücken? Bist du verletzt? Die ganzen Kartons haben dich getroffen, lass mal sehen!"

Hope war gerade dabei, sein Hemd anzuheben, als er fauchte und zu ihr herumfuhr.

„Mir geht es gut, keine Sorge", grollte er leise.

Doch seine Reaktion zeigte, dass es ihm eben nicht gut ging.

„Ich hol jetzt die blöden Leinwände und dann verschwinden wir von hier, bevor noch einer erschlagen wird."

Er drehte sich um und ging zu einem weiteren Stapel.

Als würde sie sich so leicht abwehren lassen!

Hope wartete, bis er beide Hände voll hatte, dann schlich sie sich zu ihm und riss sein Hemd hoch.

Sie keuchte erschrocken auf.

„Oh mein Gott, Dante!"

Er knurrte und fuhr zu ihr herum.

„Ich hab doch schon mal gesagt, du sollst das nicht sagen und mich dabei anschauen. Das kommt nur zu Verwechslungen!"

Doch er konnte das, was sie auf seinem Rücken gesehen hatte nicht einfach mit einem blöden Spruch wegwischen.

„Zeig mir deinen Rücken."

Er zog nur eine Augenbraue hoch.

„Kleines, wenn du mich oben ohne sehen willst, musst du es nur sagen", witzelte er.

„Das ist nicht witzig!", rief sie, zog an seinem Arm, damit er ihr seinen Rücken zeigte.

„Es ist nichts!", knurrte er und wollte sie davon abhalten, ihn anzufassen.

„Von wegen!"

Dante warf einen Blick in ihre Augen, zögerte kurz, drehte sich dann aber um und ließ sie sein Hemd anheben.

Sie zog scharf die Luft ein.

Sein ganzer Rücken war von tiefblauen, schon violetten und gar schwarzen Blutergüssen übersät.

„Du siehst aus, als hätte einer auf dir Rugby gespielt", wisperte sie und streckte vorsichtig die Hand aus.

Ganz leicht nur berührte sie einen der Blutergüsse und er verkrampfte sich sofort und sog die Luft scharf durch die Zähne ein.

„Nur wegen mir", murmelte sie.

Dante drehte sich wieder zu ihr um und zog ihr so sein Hemd aus den gefühllosen Fingern.

Als er in ihre Augen sah, sah er Tränen.

„Nur wegen mir", wiederholte sie.

Dante gab dem Impuls nach und legte die Hand an ihre Wange.

„Kleines, warum weinst du denn?"

Ihr liefen die Tränen die Wangen hinunter und ihr Blick war so traurig und betrübt, dass es ihm selbst nahe ging.

Dabei war der Schmerz gar nicht so schlimm. Da hatte er schon weitaus schlimmeres ausgehalten.

„Dein Rücken!", weinte sie leise.

Sie machte sich Vorwürfe, das sah er genau.

„Der heilt gleich, dann ist wieder alles in Ordnung", brummte er leise und wischte ihr eine Träne weg.

Um genau zu sein, war das Kribbeln der Heilung weitaus unangenehmer, als der Schmerz.

„Ja?", hackte sie nach und schon war sie nicht mehr so tief traurig.

Wegen ihm.

Das war auch noch nicht vorgekommen.

Diese kleine Reaktion ihrerseits auf seine Verletzung berührte ihn.

Sie war so zart und so zerbrechlich.

„Ja, alles schon wieder weg", beruhigte er sie und lächelte leicht.

Ihre Hand wanderte probeweise zu seinem Rücken. Unendlich sanft legte sie erst ihre Fingerspitzen darauf und dann ihre ganze Hand.

Er rührte sich nicht und sah ihr fest in die Augen.

„Alles in Ordnung", brummte er leise.

Jetzt lächelte sie auch etwas und es war, als würde die Sonne aufgehen.

„Danke", flüsterte sie.

Er strich ihr über den Kopf.

„Kein Problem."

Als sie ihre Hand wieder von seinem Rücken nahm, ging er noch einmal zu dem Stapel an der Seite zurück und hob die Leinwände auf, die er eben fallen gelassen hatte.

„Wo möchte die junge Dame die hier denn hin haben?", witzelte er dann, um die Situation etwas aufzulockern.

Sie lachte und wischte sich die letzte Träne weg.

„In den Kunstraum", meinte sie.

Er salutierte und machte sich auf den Weg.

Komisch, er schien immer genau zu wissen, was sie gerade brauchte, ging es Hope durch den Kopf, als sie die Tür zum Dachboden wieder verschloss.

Er war ein guter Freund, das war er wirklich.

20

Die Ferien waren viel zu schnell wieder vorbei.

Dante und sie hatten sich nur selten gesehen.

Doch jedes Mal war eine fast schon peinliche Stille entstanden.

Dafür fiel die Begrüßung der anderen umso herzlicher aus.

Lilli hüpfte ihr gleich in die Arme und Jess schmiss sich einfach drauf. Sie waren wie ein ausgehungertes Rudel Wölfe.

Die Jungs blieben da schon etwas cooler. Drake hob grüßend die Hand und grinste, Valentin spendierte ihr eine kurze Version von seinen angeblich so seltenen Umarmungen. Irgendwie schmiss er sie dafür ziemlich um sich, wenn man sie fragte.

Anakin zog sie seinerseits sanft in die Arme und küsste sie.

„Ich hab dich vermisst", murmelte er und drückte ihr noch einen federleichten Kuss auf die Stirn.

„Ich dich auch", murmelte sie.

Er lächelte leicht.

„Und was hast du so getrieben, während wir nicht da waren?", wollte Jess gleich wissen.

„Hast du Zazeck in den Kaffee gespuckt oder sonst irgendetwas Cooles gemacht?"

Lilli sah sie entsetzt an, Valentin lachte.

Drake legte Jess einen Arm um die Schultern und nahm Hope die Worte geradewegs aus dem Mund.

„Du kannst so … widerlich sein", meinte er.

Sie knuffte ihn in die Seite.

Er zwickte sie im Gegenzug.

Musste Liebe schön sein.

„Und? Hast du geübt?", neckte Jess sie, als sie ihre kleine Fehde mit Drake beendet hatte.

Hope lächelte.

„Wer weiß?", sagte sie und ließ Jess so auf dem Trockenen sitzen. Sie wollte nicht, dass einer der Jungs noch auf blöde Ideen kam.

Tatsächlich hatte Hope sich den Schminkkoffer ganz genau angesehen. Da er so facettenreich war, hatte sie sogar mal einen ganzen Tag damit verbracht, sich zu schminken, sich wieder abzuschminken und einen neuen Look auszuprobieren.

Es war ihr sogar recht gut gelungen, aber in der Öffentlichkeit würde sie nach wie vor ungeschminkt erscheinen.

Entweder man nahm sie so, wie sie war, oder nicht, das war ihr egal.

„Ich schick dir ein paar Fotos", besänftigte sie Jess dann doch. Diese strahlte.

„Braves Mädchen", lobte sie.

Hope verdrehte die Augen.

„Wie man hört, sollst du auch den Kochlöffel ordentlich geschwungen haben", meinte da Valentin.

Misstrauisch kniff Hope die Augen zusammen.

„Woher weißt du das?"

Lilli lachte.

„Das allzeit bereite Formwandlerinfotelefon", meinte sie nur.

Aha, ganz toll.

„Glück für euch, dass du es erwähnst. Ich habe gerade etwas gekocht und brauche noch bereitwillige Versuchskaninchen", lockte sie.

Alle waren begeistert, außer Jess, die meinte, sie wollte noch nicht so jung an einer Vergiftung sterben.

„Keiner zwingt dich", erklärte Hope gespielt beleidigt.

„War doch nur ein Scherz!", ruderte Jess schnell wieder zurück. Glück für sie.

Hope merkte, wie Jess Blick kurz über sie hinwegging und sich dann mit Lillis traf. Diese sah auch kurz in diese Richtung, dann nickte sie fast unmerklich.

„Dante, willst du gratis Essen?", rief Jess da auf einmal in einer Lautstärke, dass Hope erschrocken zusammenzuckte.

Verblüfft drehte sie sich um und sah tatsächlich in aufmerksame schwarze Augen.

Dante hatte die Hände in die Taschen gesteckt und schien gerade auf dem Weg zur Bibliothek zu sein.

Ihre Blicke trafen sich.

Hope wurde rot und sah zur Seite. Sie konnte ihn leise lächeln hören.

„Klar, wenn`s umsonst ist, immer", meinte er nach kurzem Zögern.

Komisch, dabei hatte sie fest mit einem nein gerechnet.

Als Hope wieder zu ihm sah, war sein Blick nach wie vor auf sie gerichtet.

Verlegen kratzte sie sich den Nacken.

„Na, dann lasst uns gehen!", rief Jess zum Aufbruch.

Alle marschierten los, nur sie und Dante blieben etwas unschlüssig stehen.

Das peinliche Schweigen wurde schließlich von Drake gebrochen, der noch einmal zurückkam, jedem einen Arm über die Schultern legte und sie mit sich schob.

„Ihr seid solche Trantüten", lachte er dabei vergnügt.

Hope sah stur geradeaus und weigerte sich ihn oder Dante anzusehen. Was war nur mit ihr los?

Sonst verhielt sie sich doch auch nicht so.

In ihrer Wohnung angekommen, wurde es auch nicht besser, da sie irgendwie genau zwischen Anakin und Dante geriet. Wunderbar.

Zum Glück lockerte Jess die ganze Lage etwas auf, indem sie die verrücktesten Storys aus ihrem Urlaub erzählte. Drake berichtigte sie häufig, da sie einfach zu fantasiereich war. Doch sie spürte Dante die ganze Zeit neben sich sitzen und rutschte nervös auf ihrem Stuhl herum. Und auch er schien angespannt zu sein.

Anakin flüsterte ihr etwas ins Ohr und sie lachte.

Er verkrampfte sich und schloss die Hände zu Fäusten.

Verdammt, ihr Geruch schwebte ihm genau in die Nase.

Das war ja an für sich kein Problem, wäre er nicht so hungrig gewesen!

Gerade war er auf dem Weg in die Verwaltung, um seinen Vorrat aufzustocken. Jeden Monat konnte man eine Kiste abgefüllten Blutes dort abholen.

Tja, er war nicht mehr dazu gekommen.

Das menschliche Essen verringerte seinen Hunger zwar, aber es reichte nicht.

Er hatte einfach auch in den letzten Tagen zu wenig getrunken.

Dante bemerkte Drakes fragenden Blick genau, sah ihn aber nur böse an, bis er wegsah.

Warum schienen immer alle zu wissen, was in ihm vorging?

In seinen Gedanken versunken, merkte er nicht, wie sich die anderen verabschiedeten. Dies schienen sie so plötzlich getan zu haben, dass er nur noch mitbekam, wie sich die Tür schloss. Verwirrt hob er den Kopf. Was war denn jetzt los?

„Sie sind gegangen, um ihre Koffer auszupacken", meinte Hope, die gerade die Teller abräumte.

Und wieder traf ihn ihr Geruch wie ein Schlag. Er schluckte und spürte, wie seine Fänge ausfuhren. Nicht gut.

Er stützte seinen Kopf so auf den Händen ab, dass sie seinen Mund bedeckten.

Einen Moment sah er Hope beim Abräumen zu, dann stand er auf und half ihr. Sie murmelte einen Dank.

Er quälte sich selbst, indem er die Luft tief einsog, als er hinter ihr stand und die Teller in die Spüle stellte.

Es wunderte ihn schon, dass Anakin auch gegangen war.

Im Ganzen kam ihm der plötzliche Aufbruch der anderen sehr seltsam vor.

„Sie haben irgendetwas vor", meinte auch Hope nach einer Weile.

Dante sah ihr beim Abwaschen zu, schwer bemüht, die Bestie in ihm im Zaum zu halten.

Er hörte ihr Herz schlagen und das Blut rauschte in seinen Ohren. Verdammt, er brauchte Blut!

Warum war er vorhin eigentlich mitgekommen?

Weil sie ihn so angesehen hatte.

Er hatte in ihre Augen gesehen und hatte sich nicht mehr losreißen können.

So wie jetzt.

Hope bewegte sich mit einer Anmut, die so natürlich und sinnlich wirkte, dass er sich nicht mehr abwenden konnte.

Genau den Moment suchten sich ihre Haare aus, um über ihre Schulter zu fallen und ihren Hals freizugeben.

Er knurrte leise und entblößte seine Fangzähne.

Das Verlangen fraß an ihm und er konnte praktisch schon ihr Blut auf seinen Lippen schmecken, wie es warm und würzig seine Kehle hinunter laufen würde.

Ein Grollen entrang sich seinen Stimmbändern.

Da drehte sich Hope um, sah ihn an und keuchte.

Ihre Augen weiteten sich, ihr Herz schlug schneller.

Er hielt es nicht aus.

Fauchend rannte er zur Tür und war schon wenige Sekunden später quer durchs Schulgelände gerast und stand nun keuchend gegen einen Baum gelehnt da.

Sein Herz raste.

„So sehr verlangt es dich nach ihr, kleiner Dante?", höhnte da eine Stimme hinter ihm.

Gabriel.

Hope war erleichtert, dass die Schule wieder angefangen hatte. Obwohl es ihr nach der Reaktion von Dante in ihrer Küche etwas mulmig war. Immerhin saß sie in der Schule direkt neben ihm. Doch er war wie immer gewesen, schweigsam und distanziert.

Was war nur mit ihm los gewesen?

Er hatte ganz so ausgesehen, als ob er sie gleich verschlingen würde. Starrer Blick und die Fänge entblößt.

Von einem Schlag auf den anderen hatte sie sich in ihrer eigenen Wohnung nicht mehr sicher gefühlt.

Doch er hatte sie nicht angefallen, sondern war gegangen.

Sie war heilfroh, dass er jetzt wieder genauso war, wie immer.

Leider war auch Zazeck genauso wie immer. Schon am ersten Schultag hatte er sie mit Hausaufgaben überhäuft.

Jetzt war sie auf der Suche nach einem stillen Örtchen, um diese ungestört zu erledigen.

Ihr fiel auch gleich ein passender Ort dafür ein.

Doch als sie um die Ecke des Schulgebäudes kam, saß Dante schon unter dem Baum und kritzelte seinerseits in einem Heft herum.

Sie blieb stehen.

Gerade als sie sich umdrehen und sich einen anderen Ort suchen wollte, sah er auf.

Er lächelte leicht und schon hatte sie sich wieder in seinem Blick verfangen.

„Du kannst ruhig hier bleiben, wenn du willst", meinte er nach einer Weile des Schweigens.

Sie lachte leise und ging zu ihm.

„Aber nur, wenn du heute schon etwas gegessen hast", scherzte sie.

Und da überzog eine leichte Röte seine Wangen.

Hope wäre fast gestolpert.

Das war auch noch nie passiert. Sie hatte mit einer hochgezogenen Augenbraue oder einem flapsigen Kommentar gerechnet, aber nicht damit, dass er rot wurde.

„Wieso, hast du Angst um dein Blut?", kam die flapsige Antwort doch noch. Sie schüttelte den Kopf. Sie kannte ihn einfach zu gut.

Nun stand sie allerdings vor einem neuen Problem. Sie hatte ihre Schuluniform an und wollte sich jetzt auf diesen Ast vor ihr setzen.

Doch dabei würde Dante ziemlich tiefe Einblicke bekommen.

Hope runzelte die Stirn und überlegte, wie sie halbwegs unfallfrei auf diesen Baum kommen könnte.

„Ich guck nicht hin", meinte Dante nur, den ihre Misere zu amüsieren schien.

Sie verdrehte die Augen und machte sich an den Aufstieg. Dabei hielt sie gleichzeitig ihren Rock mit einer Hand fest.

Das wiederum hatte zur Folge, dass sie fast vom Baum fiel.

Da legten sich starke Arme um sie und hoben sie auf den Ast. Sie keuchte erschrocken, aber da saß sie auch schon.

Dante zwinkerte ihr zu, legte ihr ihre Tasche auf den Schoß und setzte sich wieder unter ihr an den Baum.

Das war auch eine Möglichkeit.

Schweigend machten sie ihre Aufgaben. Es war kein bedrückendes Schweigen, sondern beruhigend.

Erstaunlich schnell waren die Aufgaben erledigt.

Gähnend streckte sie sich und steckte sich dann die Kopfhörer in die Ohren. Sie wollte eigentlich nur etwas entspannen und nicht eindösen.

Doch ihre Gedanken drifteten ab und sie schlief.

Es konnte kein sehr langer oder sehr tiefer Schlaf gewesen sein, aber er reichte aus, um sie unvorsichtig handeln zu lassen. Noch immer halb schlafend suchte sie eine bessere Position auf dem Baum, was ein Fehler war.

So verlor sie nämlich den Halt und fiel.

Sofort war sie wach und hatte die Augen weit aufgerissen.

Erstaunlicherweise war sie weich gelandet.

Doch ein Grunzen ließ sie zur Seite und in onyxfarbene Augen schauen.

„Im Wetterbericht stand gar nichts davon, dass es heute Mädchen regnen soll", brummte Dante grinsend, während er ihr eine Strähne aus der Stirn strich.

Ihre Blicke trafen sich. Seine leuchteten sanft und hielten sie fest.

Die Luft um sie herum lud sich auf und ihr Herz schlug schneller. Ihr Mund wurde trocken, ihre Hände kalt und feucht. Auch in Dante ging eine Veränderung vor, das sah sie genau. Seine Pupillen weiteten sich, seine Nasenflügel blähten sich.

Ihre Gesichter waren ganz dicht beieinander, ihre Nasen berührten sich fast.

Hypnotisiert folgte sie einer seiner Haarsträhnen, wie sie in seine Stirn fiel und dort hängen blieb. Alles schien in Zeitlupe zu geschehen. Waren seine Augen schon immer so tief gewesen?

Sein Geruch wehte ihr in die Nase. Leder und Ebenholz. Jetzt war sie es, die die Luft tief einsog. Seine Augen weiteten sich noch mehr.

Da ließ sie ein Blitzen in seinen Augen aufmerksam werden. Er neigte ganz leicht den Kopf und sie hob ihren ihrerseits an.

„Na, was haben wir denn da?", erklang eine Stimme und ließ sie beide hochfahren. Dante schnellte nach oben und fauchte.

Hope kam torkelnd auf die Beine.

Jess lachte bei ihrem Anblick.

„Voll erwischt!", freute sie sich.

Dante knurrte.

Was war denn mit dem los?

„Red nicht so einen Scheiß!", regte sich Hope auf.

„Ich hätte fast einen Herzinfarkt bekommen!"

Jess lachte noch immer und wehrte das Mäppchen ab, das sie nach ihr geworfen hatte.

„Ich wüsste die perfekte Person für eine Mund-zu-Mund-Beatmung!", machte sie sich weiter lustig.

„Jess!"

Dante sah Hope dabei zu, wie sie mit Jess schimpfte, während er verzweifelt versuchte, seine Gefühle wieder unter Kontrolle zu bringen.

Er hätte es nicht so weit kommen lassen sollen. Er hätte gehen sollen, als sie kam.

Jetzt hatte Gabriel noch einen Grund mehr sie zu verfolgen.

Verdammt, er hatte nicht nachgedacht!

Mit den Worten: „Ich muss los", machte er, dass er wegkam.

Nur wegen ihm war Gabriel hinter Hope her, nur weil Dante sie mochte.

Das hatte er ihm am Tag nach seinem Ausraster im Wald gesagt. Es war wieder ein Schattenfangen gewesen. Kaum hatte er gedacht, er hätte ihn geschnappt, war er verschwunden.

Er musste es zu Ende bringen, so schnell wie möglich!

„Was wolltest du denn jetzt?", fragte Hope genervt.

Jess spielte nur gedankenverloren an ihrem Block herum. Hope hatte es aufgegeben, ihr dessen Bedeutung klar zu machen.

„Ich wollte dir nur sagen, dass meine Prophezeiung in Erfüllung gegangen ist. Zazeck lässt jeden ein Referat halten."

Hope stöhnte auf.

Das konnte doch nicht wahr sein! Der Kerl hatte wirklich keine anderen Hobbys, als Schüler zu quälen.

„Er meinte, er bräuchte eine Notenbasis oder so was in der Art", murmelte Jess, während sie ein Bild besonders genau beäugte.

„Und die hat er mit drei Aufsätzen, zwei Tests und einer Prüfung nicht?", fragte Hope leise, im Geiste schon alle Themen durchgehend, über die sie halten könnte.

„Nee, der braucht noch mindestens drei Tests, fünf Referate und eine Prüfung mehr", sagte Jess knochentrocken.

Wahrscheinlich hatte sie damit sogar recht.

Hope seufzte.

„Was war das eigentlich mit Dante vorhin?", hackte sie nach. Das musste ja kommen.

„Was soll denn gewesen sein?", murmelte sie.

Jess seufzte.

„Ihr saht aus, als wolltet ihr euch gleich küssen. Um euch herum war die Luft elektrisch aufgeladen. Ich dachte schon, gleich krieg ich einen Schlag und das war`s dann."

Jaaa, klar.

So krass war es dann ja wohl doch nicht gewesen.

„Bei Anakin sahst du nie so aus", meinte Jess dann leise und sah über ihren Block zu ihr hin.

Da hatte sie recht. So etwas hatte sie noch nie gefühlt, nicht einmal mit Anakin.

„Du sagst doch immer, das Ding hier ist wie dein Tagebuch, oder?", fragte Jess nach einer Weile des nachdenklichen Schweigens.

Hope nickte.

„Dann sieh dir ihn mal genauer an. Welche Person taucht nie auf? Welche dafür immer?"

Wie meinte sie das denn?

Hope blätterte den Block durch und wusste sofort, was sie meinte.

Es war kein einziges Bild von Anakin zu sehen, nicht ein einziges.

Dafür war Dante oft zu sehen, meist nur seine Augen, die aus den Schatten auf sie sahen, aber immer er.

Jess schwieg.

„Ist es so auffällig?"

Sie nickte.

„Du bist immer ganz anders, wenn Dante in der Nähe ist. Die Luft scheint sich fast automatisch aufzuladen.

Ich würde eher sagen, du bist in ihn verliebt."

Das hatte sie nicht wissen wollen.

Hope hatte lediglich wissen wollen, ob es so offensichtlich war, dass sie Anakin nicht liebte.

Das was sie gesagt hatte, war kompletter Quatsch.

Sie und Dante stritten sich mehr, als das sie sich vertrugen. Er war die meiste Zeit kalt und abweisend zu ihr.

Wenn da auch nur ein Fünkchen Liebe zwischen ihnen sein sollte, war es verschwindend gering.

„Du redest einen Mist", meinte Hope und stand auf.

„Mach ich nicht!", beschwerte sich Jess.

„Doch, tust du."

Jess seufzte und erhob sich ebenfalls.

„Wohin gehst du?", wollte sie dann wissen.

„Zu Anakin."

Sie musste es ihm endlich sagen. Alles andere war einfach nur unfair ihm gegenüber.

Hope fand Anakin in der Bibliothek bei den Geschichtsbüchern. Wahrscheinlich hatte er auch schon die frohe Botschaft des anstehenden Referats erhalten.

Er hatte nur einen Blick in ihr entschlossenes Gesicht geworfen und dann sein Buch beiseitegelegt.

„Ich weiß genau, was du jetzt sagen willst", hatte er gemeint und traurig gelächelt.

Sie fühlte sich so verdammt schuldig. Das hatte er nicht verdient, nicht von ihr.

„Es tut mir leid", begann sie.

„Ich hätte es dir früher sagen sollen, aber ich konnte nicht, ich wollte dich einfach nicht ..."

Sie konnte den Satz nicht zu Ende bringen. Sie klang so erbärmlich, so feige.

„Nicht verletzen", beendete Anakin ihren Satz.

Seine wundervollen blauen Augen blickten sie an und ihr wurde klar, dass sie gar nichts mehr zu sagen brauchte.

Seufzend setzte sie sich.

„Ich wollte es wirklich", meinte sie leise und sah auf ihre Hände.

„Ich weiß", murmelte er und ergriff ihre Hand.

„Aber was nicht sein soll, soll halt nicht sein", lächelte er schon wieder.

Ihr war gar nicht zum Lächeln zu Mute, eher zum Weinen.

Das musste man ihr wohl ansehen, denn er nahm sie in die Arme.

„Ist schon gut, ich wusste von Anfang an, dass es nicht funktionieren würde. Aber wir haben es wenigstens versucht", tröstete er sie.

Hope löste sich etwas von ihm.

„Du bist mir nicht böse?"

„Wie könnte ich denn?"

Schweigen machte sich zwischen ihnen breit. Keiner wollte die nur allzu bekannten Worte aussprechen.

Würden sie Freunde bleiben?

„Also, ...", fing sie dann doch an, weil ihr die Stille unangenehm war.

Er lächelte und setzte sich auf seinen Stuhl zurück.

„Ja", sagte er nur.

Sie wusste, was er meinte und damit war die Sache vom Tisch. Sie würden Freunde bleiben.

„Hast du auch schon von Zazecks Folteraufgabe gehört?", erkundigte sich Anakin nach einer weiteren Minute des Schweigens.

„Ja, der quält gerne andere Leute", fing Hope den Faden auf und war erleichtert.

Sie hatte Angst gehabt, er würde wütend werden oder sie würde ihn verletzen.

„Da könntest du sogar recht haben", lachte Anakin.

Sie war froh, dass dem nicht so war.

Dante saß in seinem Lieblingssessel in der Bibliothek und spielte an seinem Handy herum, um wieder runter zu kommen. Gerade hatte er sich etwas beruhigt und seine Gefühle wieder etwas in den Griff bekommen, als er ihren Geruch auffing. Sie war hier, ganz in der Nähe.

Leise folgte er dem Geruch und sah sie hinter einem Regal neben Anakin sitzen.

Ihre Haltung verriet genau, welches Gespräch sie da gerade führte.

Es war aber auch allerhöchste Zeit gewesen.

Jeder Blinde mit Krückstock hätte sehen können, dass sie Blondie nicht liebte, sondern nur einen guten Freund in ihm sah.

Dante sah genau, dass er sie nur sehr ungern gehen ließ.

Etwas in ihm regte sich.

Er wusste nicht, was das bedeutete.

Dann war ihr Gespräch zu Ende und nach einer Weile des Schweigens redeten sie über belanglose Dinge.

Hope sah man die Erleichterung an.

Sie war einfach eine zu gute Seele.

Gerade, als er gehen wollte, kamen die anderen. Auch sie merkten sofort, was los war.

Als sie anfingen über Zazeck herzuziehen, wandte er sich ab und ging.

Ihre Trennung von Blondie hatte etwas in ihm wachgerufen, was er nicht verstand.

Er kannte solche Gefühle nicht.

Draußen angekommen, nahm er eine intensive Präsens im Wald war. Sofort schärften sich seine Sinne.

Es war Valentin.

Offenbar noch eine Beziehung die nicht so lief, wie gedacht.

Er seufzte. Warum musste Liebe so kompliziert sein?

Kaum hatte man sie jemandem geschenkt, wurde sie ausgenutzt, missbraucht oder zerrissen.

Es hatte doch keinen Sinn.

21

Ein nervtötendes Klingeln weckte sie mitten in der Nacht, was mitten am Tag war.

Genervt stemmte Hope sich auf die Ellbogen und wischte sich erst einmal die Haare aus dem Gesicht.

Ein Blick auf das Display ließ sie sofort hellwach hochfahren.

Ihre Mutter.

Verwirrt nahm sie den Anruf an. Seit wann rief ihre Mutter so oft an?

Sonst hörte sie schon mal Monate lang nichts von ihr oder ihrem Vater.

„Mom?", fragte sie deswegen einfach mal.

Diese lachte.

„Sag das nicht in so einem misstrauischen Ton. Wie geht es dir denn?"

Hope runzelte die Stirn und setzte sich gerade hin.

Irgendetwas stimmte da doch nicht!

„Ich wollte mich nur erkundigen, ob mein Weihnachtsgeschenk auf deinem Konto eingegangen ist", meinte sie dann.

Ihre Eltern schickten ihr generell immer nur Geld, da sie eh nie da waren. Und die Geschenke immer durch den Zoll zu kriegen, war einfach nur nervig. Außerdem konnte Hope sich so mit dem Geld auch das kaufen, was sie wirklich wollte.

„Ich hab noch nicht nachgeschaut."

Allerdings erkundigten sich ihre Eltern immer per SMS, ob das Geld angekommen war und nicht mit einem Anruf.

„Ach so, tu das dann bei Gelegenheit. Und sag schon, wie geht es dir? Ist deine neue Schule schön? Gibt es vielleicht ein paar heiße Jungs?"

Hope fiel die Kinnlade runter.

Ihre Mutter wollte generell nie, niemals wissen, wie es an einer Schule war und vor allem fragte sie unter gar keinen Umständen nach heißen Jungs.

„Mom, geht es dir gut?"

Sie lachte lebhaft.

Hatte sie vielleicht an einer giftigen Blume gerochen, oder was war los?

„Ja, warum fragst du? Ich wollte mich einfach mal mit meiner Tochter unterhalten, das darf ich doch, oder?"

„J-ja, klar darfst du das."

Hope stockte kurz.

„Aber ich muss noch einen Haufen Hausaufgaben machen", versuchte sie sich aus dieser bizarren Situation zu retten. Was war nur mit ihr los?

„Ach so, dann lass dich nicht stören und melde dich mal", verabschiedete sich ihre Mutter und hatte im nächsten Moment auch schon aufgelegt.

Entgeistert starrte Hope ihr Handy an, als wäre es für das komische Verhalten ihrer Mutter verantwortlich.

Gerade wollte sie ihr Telefon wieder auf ihren Nachttisch legen und weiter schlafen, als es erneut losging.

Sie hatte ein Déjà-vu. Wenn Dante sie jetzt anrief, war es wie beim letzten Mal, als ihre Mutter anrief.

Doch es war ihr Vater.

Warum rief er denn jetzt an? Er hätte doch eben mit ihr reden können, als ihre Mutter anrief.

Verwirrt nahm sie ab.

„Hallo, mein Schatz, wie geht es dir?", begrüßte er sie.

„Ganz gut", meinte sie mit zusammengezogenen Augenbrauen.

Was ging denn hier ab?

Hatten die beiden etwas genommen oder wollten sie sie nur veräppeln?

„Das ist schön zu hören. Hast du dir von meinem Geld schon etwas Schönes gekauft? Es tut mir wirklich leid, dass ich nicht zu dir kommen konnte."

„Äh, ich hatte noch keine Zeit", erwiderte Hope und suchte verzweifelt die versteckte Kamera.

Was war nur mit ihnen los?

„Dad sag mal, verteilen die da, wo ihr seid, so kleine bunte Pillen? Die solltet ihr lieber nicht nehmen", scherzte sie halbherzig.

Er schwieg und sie glaubte ihn unterdrückt fluchen zu hören.

„Also hat deine Mutter dich schon angerufen?"

„Ja?"

Was sollte die Frage denn jetzt? Er war doch bei ihr.

„Ist alles okay Dad? Ich meine mit euch beiden?"

Er seufzte. Ganz schlechtes Zeichen. Ihr Vater seufzte nie, unter keinen Umständen.

„Sie hat es dir noch nicht gesagt, was?", sagte er wie zu sich selbst. Hope bekam ein komisches Gefühl im Bauch.

„Was gesagt?"

Ihr Vater schwieg.

„Deine Mutter und ich ..., wir haben uns getrennt", sagte er dann leise.

Hope war geschockt. Sie starrte auf das Handy in ihren gefühllosen Händen.

Jetzt ergab alles einen Sinn. Die beiden hatten immer nur in der Einzahl geredet, nicht „ihr" Geld, sondern „mein" Geld.

Sie war so blöd!

„Wie lange?", fragte sie nach einer Weile des Schweigens.

Ihr Vater seufzte, schwieg, gab ihr dann aber doch eine Antwort.

„Einen Monat", meinte er leise.

Einen Monat.

Seit einem verdammten Monat hatten sich die beiden schon getrennt und ihr nichts gesagt.

„Ich muss jetzt Schluss machen, ich hab noch viel zu tun, Hausaufgaben und so", murmelte sie.

„Schatz, es ist nicht deine Schuld, das musst du mir glauben", fing ihr Vater an, aber sie legte auf.

Ihre Hand zitterte, als sie das Handy beiseitelegte.

Eigentlich hätte man davon ausgehen können, dass ihr die ganze Sache nicht sonderlich viel ausmachen würde.

Immerhin sah sie ihre Eltern meist nur dreimal im Jahr.

Doch diese dreimal waren etwas Besonderes, etwas worauf sie sich jedes Mal freute.

Das einzige, was ihr in den anderen Schulen die Kraft gegeben hatte, weiter zu machen, wenn sie gemobbt oder gehänselt wurde.

Zusammen hatten sie so viel Spaß gehabt.

Da fiel die erste Träne auf ihr Knie und eine weitere folgte.

Das konnten sie doch einfach nicht machen!

Schluchzend schlug sie sich die Hand vor den Mund.

Ihr Köper war in Aufruhr, sie musste doch irgendetwas tun können!

Kopflos schnappte sie sich ihre Jacke und rannte hinaus in die Sonne.

Doch noch nicht einmal die konnte sie trösten.

Jetzt war sie ganz allein.

Ihr einziger Rückzugsort, ihre Familie war zerbrochen, verschwunden.

Sie hörte ihr Handy bimmeln, als die Tür hinter ihr zufiel.

Sollten sie doch anrufen, so viel sie wollten.

Hope wusste genau, was sie vorhatten. Sie wollten sie auf ihre Seite ziehen.

Das war das Allerletzte!

Sie war ihre Tochter und kein verdammter Knochen, um den man sich schlug!

Mit tränenüberströmtem Gesicht rannte sie so lange, bis sie an einer Hausecke keuchend zu stehen kam.

Weinend sank sie in die Knie, lehnte sich gegen die Wand.

Die Sonne wanderte über den Himmel und versank schließlich.

Die ganze Zeit über konnte Hope an nichts anders denken, als an die Tatsache, dass sie alleine war, ganz allein.

Sich nähernde Schritte ließen sie aufsehen und trafen auf schwarze Tiefen.

Dante sah sie entgeistert an und schien an seinen Augen zu zweifeln.

Sie war nicht ganz allein, sie hatte noch ihn und die anderen.

Erneut flossen die Tränen. Einem Impuls folgend rappelte sie sich auf und klammerte sich an ihn.

Hope brauchte jetzt einfach jemanden, der sie festhielt.

Anakin fiel aus offensichtlichen Gründen aus, mit Valentin war sie nicht so dicke, Jess und Lilli waren nicht da und Drake war eh eine Spezies für sich.

Sie hatte gerade nur ihn. Deswegen schloss sie die Arme fest um seine Taille und vergrub ihr nasses Gesicht an seiner Brust.

Sie spürte, wie er sich versteifte, ganz starr und unbeweglich wurde.

Dann legte sich eine Hand auf ihr Haar und ein Arm um ihren Rücken. Sacht hielt er sie.

Das gab ihr den Rest und sie weinte nur noch mehr.

„Schh, ist ja alles in Ordnung", brummte er leise.

Sie atmete tief ein und roch Leder und Pfefferminze.

Er strich ihr leicht über das Haar.

Sie wurde etwas ruhiger.

Als sie nicht mehr von Schluchzern geschüttelt wurde, streckte er sie auf Armeslänge weg und sah ihr in die verquollenen Augen.

„Geh in meine Wohnung, die Tür ist offen, ich komme gleich nach", meinte er, nachdem er ihr Gesicht genau studiert hatte.

Langsam nickte sie.

Seine Mundwinkel hoben sich leicht und dann war er weg.

Hope ging in seine Wohnung, wie er es ihr gesagt hatte.

Unschlüssig ließ sie sich auf seinem Sofa nieder und wartete auf seine Ankunft.

Dabei fing sie wieder an zu weinen.

Nach einer Ewigkeit, so kam es ihr jedenfalls vor, öffnete sich die Tür und Dante stand vor ihr. Er stutze und blieb abrupt stehen.

Er warf nur einen Blick auf ihre zusammengerollte Gestalt und die roten Augen und nahm sie in den Arm.

Alles brach sich Bahn und quoll über.

Er hielt sie, murmelte ihr beruhigende Dinge ins Ohr und war einfach für sie da.

„Was ist denn passiert?", fragte er nach einer Weile.

Hope murmelte etwas Unverständliches, aber Dante konnte so etwas wie Scheiden oder Scheidung verstehen und da wusste er alles.

Den Kopf in den Nacken gelegt, sah er an die Decke, während Hope in seinen Armen einen Nervenzusammenbruch erlitt.

Dann, nach einiger Zeit wurde sie etwas ruhiger, krampfte sich nicht mehr allzu fest in sein Shirt und ihre Schultern hörten auch allmählich auf zu zittern.

Ihre Arme entspannten sich und ihr Kopf sackte gegen seinen Arm.

Sie war eingeschlafen.

Schweigend strich er ihr eine Strähne aus dem feuchten Gesicht.

„Warum kommst du ausgerechnet zu mir, Kleines?"

22

Die Nachricht hatte sich rasend schnell verbreitet.

Nachdem sie in Dantes Armen eingeschlafen war, war sie in ihrem Bett aufgewacht.

Am nächsten Tag hatten es alle gewusst.

Sie glaubte nicht, dass er gepetzt hatte.

Doch irgendwie war es durchgesickert. Vielleicht hatte sie jemand bei ihrem Klammerangriff gesehen.

Wie dem auch sei, jetzt verfolgten sie mitleidige Blicke.

Jetzt war sie das Scheidungskind.

Zudem kam, dass ihre Trennung von Anakin Cloé keinen Grund mehr gab, besonders nett zu ihr zu sein.

Zurzeit beschränkte sie sich darauf, schöne Geschichten über ihren Familienurlaub mit ihren Eltern zu erzählen.

Dass diese erfunden waren, wusste jeder. Immerhin waren ihre Eltern nicht sehr begeistert gewesen, als sie erfahren hatten, dass sie kurzfristig von der Schule geflogen war.

Ihr Klassenlehrer, Mr. Smith, suchte das Gespräch mit ihr.

Hope sagte, dass alles in Ordnung war und sie sowieso keine so enge Bindung zu ihren Eltern gehabt hatte.

Man sah ihm die Zweifel an, insbesondere, da er auch ein Vampir war, musste er ihre wahren Gefühle spüren.

Jess und die anderen waren ihr da eine größere Hilfe. Sie hatten sie nur einmal in den Arm genommen und waren ansonsten total normal zu ihr.

Valentin hatte ihr eine Hand auf den Kopf gelegt und gesagt, sie könnte immer zu ihm kommen.

Sie waren alle total lieb und süß zu ihr.

Zazeck hingegen hatte ihre rotgeränderten Augen nur mit einer hochgezogenen Augenbraue zur Kenntnis genommen und war wie auch sonst mit seinem Unterricht fortgefahren.

Aber was hatte sie auch anderes erwartet?

Selbst ihr heiß geliebter Kunstunterricht konnte sie nicht aufheitern.

Momentan begannen sie ein neues Thema, Porträt.

Dazu waren erst einmal einige Stunden Theorie nötig.

Hope wusste schon alles, was es dazu zu wissen gab und konnte sich deswegen nicht ablenken.

Wie es schien, hatten sich ihre Freunde zu einer Rundumfürsorge entwickelt. Immer war jemand da. Sie hatte eigentlich gar nicht die Gelegenheit, sich allein zu fühlen.

Doch nachts hatte sie genug Zeit.

Ihre Eltern riefen mittlerweile im Stundentakt an. Einmal hatten sie sogar bei der Rektorin angerufen, doch Hope hatte gesagt, sie wolle sie nicht sprechen.

Sie brauchte jetzt Ruhe und Zeit, um sich ihrer Situation klar zu werden.

Gerade suchten sie zusammen Materialien in der Bibliothek für ihre Geschichtsreferate. Man musste zum Glück nur eine Viertelstunde halten.

Trotzdem musste man über alles Bescheid wissen und saumäßig viel Anschauungsmaterial mitbringen.

Hope hatte sich entschlossen ein Plakat zu malen und noch ein paar Zeichnungen zu verteilen. Dazu Moderatorenkarten, ein Infoplakat, Stichwortkarten und verschiedene Folien wollte sie auch noch machen.

Also mehr als genug Arbeit, um sich abzulenken.

„Gib mir mal die Schere", brummte Jess in Drakes Richtung. Dieser schien sich wegen der Referate gar keine

Sorgen zu machen. Mit auf den Tisch gelegten, verschränkten Beinen saß er da und spielte mit einem Gummiband herum.

Er unterbrach das Spiel seiner einseitigen Gummibandgitarre und reichte ihr die Schere.

Jess war gerade dabei, eine Art Tempel zu bauen, auch wenn es eher einem Pappklumpen glich.

Hope hütete sich, das Ding auch nur anzusehen.

Jess war nicht in der allerbesten Stimmung.

Fluchend schnitt sie an ihrem Gebilde herum.

„Eigentlich könntest du das doch machen. Du bist doch hier die handwerklich Begabte", murrte sie nach einer Weile, schmiss ihre Figur von sich und verschränkte beleidigt die Arme vor der Brust.

Drake fing ihre Figur auf und stellte sie unbeschädigt wieder neben ihr hin.

Hope grinste.

„Ich kann malen, aber beim Basteln stell ich mich genauso blöd an, wie du."

Jess schnaubte und lehnte sich in ihrem Stuhl zurück.

„Sagt sich so leicht", meinte sie.

Drake ließ sein Gummiband Gummiband sein und zog ihre Figur zu sich heran.

„So schwer kann das doch nicht sein", meinte er und fing an, an dem Gebilde herumzufummeln.

„Tu dir keinen Zwang an", ermunterte Jess ihn schlecht gelaunt und zog ihre Notizen und ein Buch zu sich heran.

Seufzend schlug sie es auf und fing an zu lesen.

Doch schon nach wenigen Minuten warf sie auch das Buch von sich.

„Verdammter Zazeck!", fluchte sie.

Drake grunzte neben ihr und war ganz in seine Arbeit vertieft und tatsächlich sah die Figur schon fast aus wie ein Tempel.

Nach weiteren fünf Minuten stellte er einen perfekten antiken Tempel vor Jess hin. Diese sah ihn erst mürrisch an, doch dann schnappte sie sich die Figur und drehte sie in alle Richtungen.

„Wie hast du das hinbekommen?", wollte sie dann wissen.

Drake zuckte mit den Schultern.

„Wer`s kann, der kann`s", war alles, was er dazu sagte.

Jess schlug ihn leicht auf den Arm, gab ihm aber einen Kuss, als er sich zu ihr beugte.

Hope sah sich um. Im Aufenthaltsraum war es so leise, wie noch nie. Fast alle saßen an irgendwelchen Arbeiten. Anscheinend hatte Zazeck allen Klassen ein Referat aufgebrummt.

Sogar Dante sah sie in einer Ecke mit einem Buch sitzen.

Anakin war nirgends zu sehen. Er war vor einigen Minuten vor Cloé geflüchtet und noch nicht wieder aufgetaucht.

Armer Kerl.

Sie schmiss sich an ihn rann, als gäbe es keinen Morgen mehr.

Der Tag der Präsentation rückte immer näher und Hope schuftete meist noch, bis die Sonne aufging.

Das einzige Mittel, das sie noch einigermaßen wach hielt, war Kaffee, sehr, sehr starker Kaffee.

Am Morgen oder eher Abend des Prüfungstages vergewisserte sich Hope dreimal, ob sie auch alles dabei hatte, was sie brauchte.

Durch ihren erhöhten Kaffeekonsum musste sie ständig auf die Toilette. Deswegen ging sie vor der Geschichtsstunde noch einmal aufs Klo.

Sie wusch sich gerade die Hände, als die Tür aufging und Cloé vor ihr stand.

Sie verdrehte die Augen. Die hatte ihr zu ihrem Glück noch gefehlt.

Heute war eh nicht ihr bester Tag. Endlich hatte sie nachgegeben und einen Anruf ihrer Eltern angenommen.

Das war ein Fehler gewesen, denn jetzt kam alles wieder hoch und sie fühlte sich schon wieder klein und unbedeutend.

Zu ihrer Verwunderung sagte Cloé kein Wort, sondern drehte sich um und verschwand wieder.

Hope stutzte.

Hatte sie ihren sarkastischen Spruch des Tages vergessen oder was?

Doch Hope wusste genau, was sie vorhatte, als sie das Klicken des Schlüssels hörte, der den Riegel der Tür vorschob.

Diese falsche Schlange hatte sie eingeschlossen!

Panisch rannte Hope zur Tür und rüttelte an der Klinke. Nichts.

Draußen konnte sie Cloé schadenfroh lachen hören.

„Ich denke Zazeck wird nicht begeistert sein, wenn du zu spät kommst", höhnte sie.

„Lass mich gefälligst raus du blöde Ziege!", schrie Hope, doch da hörte sie schon, wie sich ihre Schritte entfernten.

Hope rüttelte und stieß gegen die Tür aber sie blieb geschlossen.

Es klingelte und die Geschichtsstunde begann.

Dante sah, wie Jess sich ungeduldig nach Hope umsah, doch sie war nirgends zu sehen.

Auch er machte sich allmählich Sorgen.

Zazeck stand schon vorne an seinem Pult und rief die Klasse zur Ruhe.

Die Minuten verrannen aber keine Spur von Hope.

Jess rutschte unruhig auf ihrem Stuhl herum und sah immer wieder zur Tür.

Fragend hob sie eine Augenbraue und sah ihn an. Er zuckte die Schultern.

Er hatte keine Ahnung, wo Hope sein könnte.

„Vielleicht ist ihr was passiert", meinte Jess zu Drake.

„Und was sollen wir jetzt machen? Der Unterricht hat schon begonnen", erwiderte er genauso leise, wie sie.

„Dann fangen wir an", verkündete Zazeck.

„Aber Hope ist noch nicht da!", rief da Jess.

Zazeck hob lediglich den Kopf, sah sich um und fuhr mit seinem Unterricht fort.

Auf Jess erneuten Widerspruch reagierte er so:

„Der Unterricht hat bereits begonnen. Das muss sie mit sich ausmachen."

Auch andere aus der Klasse verlangten, dass sie noch warteten, aber Zazeck blieb stur.

„Als erste Mrs. Peace bitte."

Hope lehnte an der Tür und sah sekündlich auf die Uhr. Das durfte doch nicht wahr sein. Irgendwie musste sie doch hier raus kommen!

Welcher Idiot hatte denn den Schlüssel stecken gelassen?

Die Minuten verrannen und mit ihnen ihre Hoffnung.

Sie hatte gerufen, gegen die Tür getrommelt und versucht aus einem der Fenster zu klettern.

Alles vergebens.

Hope seufzte und lehnte den Kopf auf die Knie. Ihre einzige Chance bestand darin, zu hoffen, dass jemand mal aufs Klo musste.

Da näherten sich Schritte.

Sofort schoss Hope nach oben und hämmerte gegen die Tür.

„Hallo! Ist da jemand? Ich bin hier eingesperrt!"

Die Schritte kamen näher.

Ihr Herz raste.

Jetzt würde sie endlich hier rauskommen!

Sie hätte fast vor Freude geschrien, als sich der Schlüssel im Schloss drehte und die Tür aufging.

Vor ihr stand der brünette Nephilem, den sie schon bei Mika gesehen hatte. Ella, soweit sie sich erinnerte.

Sie sah sie fragend an, aber dafür hatte sie jetzt keine Zeit.

„Vielen, vielen Dank. Du hast mich gerettet!", brachte sie noch heraus, bevor sie losrannte.

Keuchend kam sie ins Klassenzimmer gestürmt.

Einer der Schüler war gerade dabei, sein Referat aufzubauen.

„Entschuldigung für die Verspätung", brachte sie zwischen zwei Atemzügen heraus.

Alle sahen sie an. Manche geschockt, andere neugierig.

Zazeck sah eher wütend aus.

„Setzen MacLee", schnauzte er sie an.

„Sie halten nächste Woche eine Stunde lang ihr Referat, dann lernen sie hoffentlich endlich die Uhr", setzte er hinzu.

Was?

„Aber, … aber", fing sie an doch er schnitt ihr das Wort ab.

„Keine Widerrede."

„Aber sie hat mich eingesperrt!", explodierte es aus ihr und sie zeigte anklagend auf Cloé. Diese tat ganz unschuldig, obwohl sie eben noch breit gegrinst hatte.

„Schieben sie ihr Versagen nicht auf andere. Seien sie lieber froh, dass ich sie überhaupt noch halten lasse!", motzte Zazeck und trieb den Schüler an der Tafel an, sich zu beeilen.

Wie betäubt ließ Hope sich auf ihren Stuhl fallen.

Sie konnte Dantes Blick auf sich spüren.

Dann drückte er ihr aufmunternd die Hand.

„Das wird schon", meinte er leise.

Hope hörte ihm gar nicht zu. In ihren Ohren rauschte es.

Sie kam sich verraten und hintergangen vor.

Cloés hochnäsiges Grinsen machte es nicht besser.

Sie kochte innerlich.

Dann fing das Referat des Schülers an.

Hope schaltete einfach ab und starrte vor sich hin.

Am Ende der Stunde war sie nicht mehr wütend, sondern resigniert.

Na ja, wie hätte es auch anders sein sollen?

In ihrem Leben lief doch eh alles schief, was nur schief gehen konnte.

Jess und Anakin kamen nach der Stunde sofort zu ihr, doch sie wehrte sie ab.

„Ich muss jetzt allein sein."

Dante blieb still und sah ihr nur nach, als sie aus dem Raum eilte.

Sie hasste es vor jemandem zu weinen. Deswegen ging sie, musste gehen.

Hope ging zu einem Gebäudeabschnitt, der nur selten von Schülern benutzt wurde. Dort kletterte sie aus einem Fenster in einen kleinen von Gebäuden gesäumten Garten.

Vor dem Fenster war ein schmaler Steinweg gelegt worden. Langsam ließ sie sich an der Wand hinuntergleiten.

Sie weinte nicht, weil Zazeck so unfair reagiert hatte. Sie weinte, weil das alles jetzt zusammenkam.

Cloés Sticheleien, die Trennung von Anakin, die er ihr offenbar doch übel nahm und schließlich die Scheidung ihrer Eltern.

Hope ließ sich gehen und all ihre Gefühle brachen sich Bahn. Sich nähernde Schritte ließen sie aufsehen. Da kam jemand um die Ecke! Verdammt. Sonst war hier keine Menschenseele.

Sie wandte sich zur anderen Seite und wollte weggehen, doch da kam auch jemand.

Sie wollte nicht, dass man sie weinen sah.

Verzweifelt drehte sie sich zum Fenster um.

Erschrocken zuckte sie zurück, als Dantes wissender Blick den ihren traf.

„Du machst Sachen", murmelte er, bevor er seinen Arm ausstreckte und ihr eine verirrte Strähne hinters Ohr strich.

Er hatte sich aus dem Fenster gelehnt, die Arme auf den Rahmen gestützt. Wie lange war er schon hier?

Woher wusste er, wo sie war?

Wahrscheinlich war er ihr gefolgt.

Dante sah erst nach links, dann nach rechts, erfasste die Situation und legte ihr unvermittelt eine Hand in den Nacken.

Er zog ihren Kopf zu sich ran, sodass Hope überrascht einen Schritt auf ihn zu machen musste.

Er drückte ihren Kopf an seine Schulter, blieb selbst unbewegt.

Sein Geruch stieg ihr in die Nase und ihre Augen schlossen sich wie von selbst und sie entspannte sich.

So verbarg er ihr Gesicht und somit auch ihre Tränen, ging es ihr auf.

Hope konnte die beiden Störenfriede an ihnen vorbei gehen hören.

Nach einigen Sekunden löste Dante seine Hand wieder aus ihrem Nacken.

Schüchtern richtete sie sich auf.

„Schöne Mädchen sollten nicht weinen, Kleines", meinte er nur, bevor er ging.

Verdattert blieb sie zurück und sah ihm nach.

Schnell wischte sie sich die Tränen weg und stieg durch das Fenster wieder ins Gebäude.

Vorsichtshalber sah sie noch einmal nach draußen, um sicherzugehen, dass sie niemand gesehen hatte.

Erstarrt blieb sie stehen, als sie Anakin unter einem Baum im Garten stehen sah.

Er stand stocksteif da und hatte sichtlich Mühe, sich zu beherrschen.

Er war stinksauer.

Hope hatte gewusst, dass er nicht so damit einverstanden war, die Beziehung zu beenden, wie er getan hatte!

Und jetzt hatte er sie so zusammen mit Dante gesehen!

Verdammter Mist aber auch!

Gerade wollte sie etwas sagen, denn sie war sicher, dass er sie mit seinen Sinnen auch so hören würde, da drehte er sich um und ging mit großen Schritten davon.

Ganz toll, jetzt hatte sie ihn auch noch gegen sich aufgebracht.

Heute lief aber auch alles schief.

Auch im Schlaf wurde es nicht besser. Sie träumte.

Hope spürte, dass jemand bei ihr war, sie beobachtete.

Sie konnte den stechenden Blick auf sich spüren.

Ein Windhauch fuhr ihr über das Gesicht.

Erschauernd drehte sie sich auf die Seite.

Sie spürte, wie sich die Matratze neben ihr senkte, als sich jemand neben sie legte.

Pfefferminze schwebte ihr in die Nase.

Eine kühle Hand strich ihr über die Wange.

Mit klopfendem Herzen richtete Hope sich auf.

Ihr Herz raste und ihr brach der Angstschweiß aus.

Jemand war hier gewesen, das spürte sie.

Genauso, wie sie gespürt hatte, dass sich die Matratze bewegt hatte.

Das konnte kein Traum gewesen sein.

Ängstlich sah sie sich in ihrem Zimmer um.

Alles war wie immer. Die Fenster fest verschlossen.

Es war ein Traum. Zwar ein sehr lebhafter Traum, aber doch nur ein Traum.

Langsam beruhigte sich ihr Puls wieder und sie sank in die Kissen.

Nur ein Traum.

Und schon war sie wieder eingeschlafen.

Ein schwarzer Schatten senkte sich über sie und eine bleiche, feingliedrige Hand strich ihr eine Strähne ihres Haars aus dem Gesicht.

„Kleine Hope, die Hoffnung ist vergänglich", wisperte die Gestalt, bevor sie genauso leise verschwand, wie sie aufgetaucht war.

Hope drehte sich im Schlaf auf den Bauch und bekam von all dem nichts mit.

Nur der Geruch nach frischer Pfefferminze blieb.

23

Dante spielte mit seinem Stift herum.

Der Matheunterricht war genauso öde, wie immer. Dazu kamen noch die ständigen bösen Blicke von Blondie.

Diese waren eher nervig, als tödlich.

Seine Unterstützung auf der Suche nach Gabriel hatte endlich Erfolge zu verbuchen. Sie hatten eine kleine Kammer in einem alten Teil der Schule gefunden, die offenbar von ihm bewohnt wurde.

Jetzt mussten sie nur noch warten, bis er dorthin zurückkehrte.

Dante war über die Unterstützung sehr erleichtert. Jetzt brauchte er sich nur noch auf Hope zu konzentrieren.

Gabriel würde immer irgendwo in ihrer Nähe sein.

Und so konnte er sie besser beschützen. Doch diese ewige Warterei brachte ihn auf die Palme.

Er seufzte und warf Hope einen Blick zu.

Sie sah gar nicht gut aus. Genau genommen sah sie so aus, als hätte sie mindestens eine Woche nicht mehr geschlafen und wäre einen Marathon gelaufen.

Die Sache mit ihren Eltern machte ihr mehr zu schaffen, als sie zugab.

Als Mr. Smith sie dann aufrief, um die Lösung der Aufgabe zu sagen, zuckte ihr Kopf nach oben und es war offensichtlich, dass sie nicht wusste, worum es eigentlich ging.

Seufzend kritzelte er das Ergebnis auf seinen Heftrand und schob es ihr unauffällig zu.

Er tippte mit seinem Stift kurz darauf.

Ihre Augen flogen zu den Zahlen.

„Fünfundzwanzig?", ihre Antwort klang eher wie eine Frage.

Mr. Smith seufzte.

„Und wie ist der Weg zu der Lösung, Dante?", fragte er als nächstes.

Dante lächelte leicht. Voll erwischt.

„Ich hab keine Ahnung", stellte er sich dumm.

Die Klasse lachte.

Ihr Lehrer seufzte erneut.

„Anakin, weißt du es?", fragte er dann resigniert. Blondie war ein Mathegenie. Also war es zu 99,99 Prozent sicher, dass er die Antwort wusste.

Und natürlich wusste er sie.

Hope lenkte seine Aufmerksamkeit wieder auf sich, indem sie seufzte und sich an den Kopf fasste.

Sie war noch blasser als vorhin und ihre Lippen hatten kaum noch Farbe.

Sie sah so aus, als würde sie gleich zusammenklappen.

Hope fühlte sich hundeelend. Seit ihrem komischen Traum vor drei Tagen konnte sie nicht mehr schlafen, da sie sich nicht mehr so sicher war, ob dies wirklich nur ein Traum gewesen war.

Zudem hatte sie genug mit Zazecks Referat zu tun. Material für eine ganze Stunde Präsentation zusammenzustellen war schwieriger, als gedacht.

Das Cloé jedes mal über sie herfiel, wenn sie sie traf, machte die Sache nicht leichter.

Sie blieb zwar bei ihren blöden Kommentaren, aber die waren genauso schmerzhaft, als wenn sie sie geschlagen hätte.

Die anderen konnten auch nichts dagegen tun, da sie meist nicht da oder Cloé es vollkommen egal war, ob sie dabei waren oder nicht.

Selbst vor Valentin hatte sie keinen Respekt.

Und er war schon ziemlich eindrucksvoll, wenn er sich in seiner vollen Größe vor einem aufbaute und den Gestaltwandler raushängen ließ.

Zwischen ihm und Lilli war auch etwas vorgefallen, das merkte sie sofort.

Lilli war immer recht angespannt, wenn er in ein Zimmer kam oder sie ergriff die Flucht.

Hope hatte sich fest vorgenommen, sie danach zu fragen.

Doch jetzt musste sie erst einmal diese Stunde über sich ergehen lassen.

Die Masse an Nachrichten, die ihre Eltern ihr geschickt hatten, hatten ihr heute früh den Appetit verdorben, was sich jetzt bemerkbar machte.

Ihr war schwindelig und zudem hatte sie höllische Kopfschmerzen.

Schlecht war ihr auch, obwohl ihr Magen deutlich nach Nahrung verlangte.

Sie beugte sich leicht nach vorne und schlang die Arme um sich.

Hope fühlte sich krank und wahrscheinlich hatte sie auch Fieber. Das würde ihren brennenden Kopf erklären.

Als sich das Klassenzimmer zu drehen anfing, beschloss sie, dass es genug war und meldete sich.

Sie fragte Mr. Smith, ob sie kurz nach draußen gehen könne.

Ihr Lehrer warf nur einen Blick in ihr Gesicht und wusste sofort, dass die Frage nicht unberechtigt war.

Dante verfolgte angespannt, wie Hope sich langsam erhob und schwankend stand.

„Soll dich jemand begl ....“

Mr. Smith kam nicht mehr dazu, seinen Satz auszusprechen, da verdrehte Hope auch schon die Augen und sank zu Boden.

Dante handelte sofort und fing sie auf.

Ihr Kopf kullerte an seine Schulter und blieb dort liegen.

Sofort scharrten sich alle um sie.

Jess legte ihr vorsichtig eine Hand auf die Stirn.

„Sie hat Fieber, sehr hohes Fieber!“, rief sie aus.

„Sie mutet sich zu viel zu“, meinte ein eher schweigsamer Junge.

„An wem das wohl liegt“, fauchte Dante und sah Cloé böse an. Diese zuckte bei seinem Blick erschrocken zusammen und sah schnell weg.

Ihr Lehrer bahnte sich einen Weg durch die Schülermasse und sah auf sie hinunter.

„Ich werde noch einmal mit Mr. Zazeck reden. Vielleicht verschiebt er ihre Präsentation ja, bis es ihr besser geht.“

Jess schnaubte aufgebracht.

„Sie glauben auch noch an Wunder“, knurrte sie leise.

Drake legte ihr beruhigend eine Hand auf die Schulter.

„Ist doch so“, herrschte sie ihn an und er drückte ihre Schulter etwas.

Sie verdrehte die Augen, schwieg aber.

„Am besten wir bringen sie zur Krankenschwester“, meinte Anakin.

Sein Blick lag nach wie vor auf Hope. Er hatte etwas besitzergreifendes, das gefiel Dante überhaupt nicht.

„Gib sie mir, dann erledige ich das", wandte er sich nun an ihn und sah ihm fest und fast schon herausfordernd in die Augen.

„Vergiss es Blondie. Du hattest deine Chance, jetzt bin ich dran", knurrte er leise und wich mit Hope in den Armen einen Schritt zurück.

Er wusste genau, dass er gerade Anspruch auf sie erhoben hatte und wusste ebenfalls, was das bedeutete.

Blondies Augen blitzten wütend auf und auch Dante spürte die Wut in sich hochkochen.

Ein Seufzer ließ ihn kurz zu Drake blicken.

Der lächelte leicht gequält.

„Dann werde ich das mal übernehmen, bevor wir morgen noch hier stehen", meinte er locker und hatte ihm Hope schneller aus den Armen genommen, als er blinzeln konnte.

Verdattert sahen er und Blondie ihm nach.

„Der reinste Hahnenkampf", machte Jess sich über sie lustig, sah Drake aber besorgt nach.

Dante sah sie böse an und sie zwinkerte ihm frech zu.

Die Klasse war in Aufruhr und Mr. Smith musste sie wieder zur Ordnung rufen.

„Ich werde noch einmal mit Mr. Zazeck sprechen", wiederholte er sich.

„Jetzt setzt euch, es wird ihr schon bald wieder besser gehen, sie ist ein starkes Mädchen."

„Das muss sie auch sein", murmelte Dante und sah noch einmal zur Tür, bevor er sich wieder setzte.

Hope wachte nur langsam auf und fühlte sich, als wäre ein Traktor über sie gefahren, mehrfach.

Stöhnend rieb sie sich die Stirn und setzte sich auf.

Dabei fiel ihr ein nasser Lappen in den Schoß.

Sofort drehte sich wieder alles und schwarze Punkte tanzten vor ihren Augen.

„Ganz langsam, Dornröschen, ich will nicht schon wieder den Helden spielen müssen", ertönte es rechts von ihr.

Verwirrt sah sie in diese Richtung.

Da saß Drake auf einem Stuhl, die Nase nur leicht aus seinem Buch erhoben.

Wo war sie?

„Krankenstation", meinte Drake, während er sich erhob und sein Buch unter den Arm klemmte.

Oh, jetzt wo er es sagte, kam ihr die Einrichtung bekannt vor.

Da ging auch schon die Tür auf und eine nett aussehende junge Frau in weißem Kittel kam hereingeschneit.

„Bleib liegen, dein Kreislauf ist noch nicht so weit", sagte sie gleich, als sie ihre Patientin schon sitzend vorfand.

Hope legte sich prompt wieder hin.

Drake lachte.

„Ich geh dann mal. Jess hat deine Sachen in deine Wohnung gebracht, falls du sie suchen solltest."

Und schon war er wieder verschwunden.

„Ich hab dich erst einmal an den Tropf gehängt, damit dein Blutzuckerspiegel etwas ansteigt", meinte die Ärztin, während sie an dem Beutel herumfummelte.

„Und jetzt sagst du mir mal, warum du seit Tagen weder etwas gegessen, noch geschlafen hast", sagte sie ernst und sah sie über ihre filigrane Brille streng an.

Das konnte ja heiter werden.

„Es war wie im Film", meinte Jess euphorisch, wenige Stunden später in ihrer Wohnung.

Hope seufzte. Sie wollte gar nicht wissen, was sich Dante und Anakin wieder geleistet hatten.

Sie wollte nur noch schlafen.

„Zazeck hat übrigens deinen Vortrag um zwei Wochen nach hinten gesetzt. Also ruh dich erst mal aus", ging Lilli dazwischen.

Ein Glück.

„So, du isst das jetzt und trinkst das und dann geht es ab in die Heia!", befahl Jess und legte ihr eine Flasche mit ihrem Lieblingssaft und ein Tablett mit Essen auf den Schoß.

„Ja, Mama", witzelte Hope, bevor ihr die Worte so richtig bewusst wurden.

Beklommenes Schweigen machte sich breit.

„Sie haben sie angerufen, aber es liegt bei dir, ob sie kommen sollen oder nicht", sagte Lilli dann leise.

„Schon in Ordnung", murmelte Hope und stocherte lustlos in ihrem Essen herum.

„Nicht spielen, essen", kommentierte Jess ihre Tat.

Genervt verdrehte Hope die Augen, schob sich eine Gabel voll Essen in den Mund und sah sie resigniert an.

„Braves Kind", meinte Jess.

„Ich habe gehört, du wolltest gerne mal den Boden küssen", schreckte sie eine Stimme hinter sich auf. Sie saß gerade im Kunstunterricht.

Hope wandte den Kopf und sah in moosgrüne Augen.

Valentin.

Sie seufzte.

„Fromwandlerinfotelefon?"

Er lachte.

„Kann man so sagen", meinte er und setzte sich vor sie.

„Dann fang mal an und wehe es sieht nicht gut aus, bei dir habe ich sehr hohe Ansprüche."

Sie stutzte.

Valentin seufzte.

„Wir sollen Pärchen bilden und unser Gegenüber porträtieren. Ich hab mir schon gedacht, dass du das bei deiner Besichtigung des Mondes nicht mitbekommen hast."

Er hatte recht. Sie hatte aus dem Fenster gesehen und den Mond angeschaut. Das passierte ihr in letzter Zeit häufiger, dass sie einfach abschaltete und nichts mehr um sich herum wahrnahm.

„Entschuldigung", murmelte sie.

Er seufzte und nahm ihr den Pinsel aus der Hand, den sie gerade ins Wasser getaucht hatte, um zu beginnen.

Sie sah in seine ernsten Augen.

„Nimm das Leben nicht so schwer. Es gibt selbst an den dunkelsten Orten Licht", meinte er nur und reichte ihr den Pinsel.

Sie lächelte leicht und fing an zu malen.

Hope entschied sich die Basis auf der Farbe Grün aufzubauen, da seine Augen so wunderschön grün waren.

Langsam nahm das Bild Gestalt an und sie verlor sich in ihrer Tätigkeit.

All ihre aufgewühlten Gefühle rutschten in die Ferne und nur noch das Bild zählte.

Sie entspannte sich seit langem wieder und vertiefte sich in ihre Arbeit.

„Mach meine Nase nicht so groß!", meinte Valentin nach einer Weile.

Sie zog herausfordernd eine Augenbraue hoch und machte eine provozierende Geste mit dem Pinsel.

„Hope!", warnte er sie.

Sie lachte, ließ seine Nase aber so, wie sie war.

Es tat gut mal wieder unbefangen zu scherzen und sich einfach fallen zu lassen.

Valentin war dafür irgendwie genau der Richtige.

Als sie fertig war, besah er sich ihr Werk mit einer Augenbraue skeptisch nach oben gezogen.

„Ich würde sagen … es ist perfekt!", meinte er dann grinsend und reichte ihr das Bild.

„Dann bist du nächste Stunde dran und wehe es ist nicht halb so gut wie meins", drohte sie scherzhaft.

Er stöhnte gequält und fuhr sich durch die Haare.

„Das ist ja mal gar kein Druck."

Mitfühlend legte sie ihm eine Hand auf die Schulter.

„Du kriegst das schon hin, immerhin bist du doch schon ein großer Junge", sagte sie ganz ernst.

Er lachte.

„Ich zeig dir gleich mal, wie groß ich schon bin", witzelte er.

Hope merkte sofort, dass sich seine ganze Körperhaltung verkrampfte, als die Klassenzimmertür geöffnet wurde.

Verwundert sah sie zur Tür und sah Jess und Lilli darin stehen und freudig winken.

Auch Lilli schien angespannt zu sein und sah stur an Valentin vorbei.

Was da wohl vorgefallen war?

Es klingelte genau in dem Moment, in dem auch ihre Lehrerin die beiden entdeckte.

„Na, dann kommt mal rein", lachte sie. Hope spürte ihren besorgten Blick auf sich.

„Wir wollten dich zum Shoppen abholen. Heute ist Freitag und dein Referat musst du erst in zwei Wochen halten.

Keine Ausreden, keine Chance", sprudelte es aus Jess heraus.

„Na dann werde ich die Damen mal alleine lassen", verabschiedete sich Valentin mit einer kleinen Verbeugung. Er sah Lilli an aber sie wandte sich ab und sah aus dem Fenster.

Er knurrte leise, ging aber.

„Und du kommst auch mit, euren Beziehungsstress hält man ja im Kopf nicht aus", witzelte Jess in Lillis Richtung.

„Wir haben keinen Beziehungsstress!", fuhr Lilli sie an.

Jess und sie sahen sie geschockt an.

Lilli, ihre kleine, zerbrechliche Lilli hatte sie angeschrien.

Die Lilli, die sich nicht mal getraut hatte einen Jungen zum Ball zu fragen.

Lilli sah von Jess zu ihr und wurde rot.

„Es tut mir leid, können wir einfach gehen?", murmelte sie und war auch schon aus der Tür.

Jess bildete mit den Lippen die Worte: Krieg im Paradies, bevor sie ihr folgte.

Anscheinend war das mit Valentin etwas ernstes.

Hope war eigentlich gar nicht nach einkaufen. Die Sonne würde erst in ein paar Stunden aufgehen, was wollten sie so lange machen?

„Wir gehen erst einmal richtig gut essen. Ich hab da einen ganz speziellen Laden in der Hinterhand. Lass dich überraschen!", flötete sie gut gelaunt.

Aha.

Hope war zwar eher danach, sich in ihre Arbeit zu vergraben oder Trübsal zu blasen aber das interessierte hier ja keinen.

Gerade wollten sie durch das Schultor gehen, da kam ein Sportwagen mit quietschenden Reifen knapp vor ihnen zum Stehen. Lilli und sie sprangen erschrocken zurück.

Jess lachte nur.

Hope bekam große Augen, als sie sah, wer da aus dem Gefährt stieg. Drake.

Er hatte ein Auto?!

Und dann auch noch so einen teuren Schlitten?

Unfair!

„Lass die Schüler leben, Sportsfreund!", wies eine der Wachen vor dem Tor ihn grinsend zurecht.

Hope wusste jetzt auch, wofür sie da waren. Damit keine Menschen hier hereinkamen und ihr Geheimnis entdeckten.

Meist ein langweiliger Job, da sich hierher nie einer verlief, aber es sollte auch schon vorgekommen sein, dass hier mal einer reinwollte, weil er dachte, es wäre ein Museum.

Drake salutierte grinsend und hielt Jess dann die Beifahrertür auf.

„Mein kleiner Gentleman", flötete sie und gab ihm einen Kuss, bevor sie einstieg.

Hope und Lilli sahen sich entgeistert an, stiegen dann aber auch ein.

„Du hast ein Auto?", erkundigte sich Lilli kaum das sie saßen.

„Ja, kleine Aufmerksamkeit meines Vaters", lachte er.

„Jetzt weiß ich, was du an ihm findest", lachte sie.

Jess lachte mit.

„Ja, die Tatsache, dass er ein Auto hat, hat mir mit der Entscheidung doch schon sehr geholfen", grinste sie.

„Pass auf, was du sagst. Ich hab über die Ferien einen Schleudersitz eingebaut", warnte er.

Jess schlug ihm lachend auf den Arm.

„Klar, das hätte ich mitbekommen, Spinner."

Hope schielte zu Lilli, die angesichts des Liebesglücks der beiden betrübt aus dem Fenster sah.

Hope selbst war auch nicht in der besten Stimmung.

Dazu kam, dass Drake in einer Geschwindigkeit fuhr, dass man um sein Leben besorgt sein musste.

„Wenn dich einer blitzt, lach ich dich aus", freute sich Jess.

Die hatte aber auch sonst keine Probleme.

Hope hatte mittlerweile die starke Befürchtung, dass sie in einer Depression steckte.

Irgendwie war alles einfach nur noch anstrengend. Sie hatte an fast nichts Freude und ihr Leben war verdammt grau und trostlos geworden.

Die anderen gaben sich wirklich Mühe und manchmal klappte es ja auch so wie in Kunst heute, aber meistens war es ihr sogar zu viel, so zu tun, als hätte sie Spaß.

Nach einer halben Ewigkeit waren sie endlich in der Stadt angekommen. Die Sonne war mittlerweile aufgegangen und die beiden Vampire hatten sich ihre Sonnenbrillen aufgesetzt und ihre Mützen tief in die Stirn gezogen.

Das musste auch echt nervig sein.

Und sie taten es nur für sie und Lilli.

Hope beschloss wenigstens so zu tun, als hätte sie Spaß.

Das war sie ihnen schuldig.

Ihr erster Halt war in einem kleinen Café, das versteckt in einem Häuserblock so unauffällig war, dass Hope einfach daran vorbeigegangen wäre.

Das wäre ein fataler Fehler gewesen, denn das Frühstück, das hier angeboten wurde, war göttlich.

Lilli wurde bei dem Anblick von Rühreiern, Speck und frischem Omelett auch munterer und stopfte sich voll bis zum Rand.

Nach ihrem Fressgelage trennten sie sich von Drake, da er meinte, er wolle die Damen nicht stören, wäre aber dazu bereit, nachher die Taschen zum Auto zu tragen.

Jess hatte gelacht, ihm noch einen Abschiedskuss gegeben und dann ihren Schal wieder über die Nase gezogen.

„Wie macht ihr das eigentlich im Sommer?", fragte Hope sie.

Jess stöhnte.

„Da wird es ganz schön kompliziert. Meist warten wir auf Regentage oder ziehen eine dünne Jacke und eine Schildkappe an.

Da ist mir der Winter definitiv lieber, als bei dreißig Grad im Schatten mit Jacke herumzurennen", meinte sie mit leidendem Gesicht.

Da konnte Hope sie voll verstehen.

„Aber jetzt ist Winter, also lasst uns reinhauen!"

Und schon war sie wieder gut drauf. Jess schien gar keine Zeit für schlechte Laune zu haben.

Und reinhauen konnten sie wirklich. Hope hatte mal nachgesehen, was ihre Eltern ihr überwiesen hatten und wäre fast vom Stuhl gefallen.

Davon konnte sie gute zwei Jahre leben.

Also wollten ihre Eltern sie tatsächlich für ihre Seite kaufen.

Doch bevor Hope wieder in ihre Depri verfallen konnte, zog Jess sie am Arm mit sich. Mit Lilli ging sie genauso vor.

„So und jetzt haben wir Spaß, ansonsten werde ich stink-sauer, verstanden?", befahl sie im Kommandoton.

Lilli und sie nickten ergeben.

Hatten sie denn eine andere Wahl?

Und so schleppte Jess sie von einem Geschäft ins nächste.

Hope musste leider gestehen, dass sie genauso viel kaufte, wie Jess.

Also viel zu viel.

Lilli hielt sich da etwas mehr zurück, schlug aber auch zu, als würde es um ihr Leben gehen.

Tatsächlich vergaß Hope komplett, zu welchem Anlass sie diesen Marathon überhaupt veranstalteten.

Sie lachte, scherzte und kicherte wie immer, wenn sie mit Jess und Lilli zusammen shoppen ging.

Am Ende ihres kleinen Ausfluges kauften sie sich noch einen Kaffee und warteten auf Drake, der ziemlich viel zu tragen hatte.

Sie saßen vor einer Apotheke auf einer Bank und unterhielten sich. Hope sah sich die Menschen die an ihnen vorbei gingen an.

Es waren viele junge Mädchen mit ihren Eltern, die alle Abschlussballkleider kaufen wollten.

Das versetzte ihr einen Stich. Mit ihren Eltern würde sie nie mehr etwas zusammen unternehmen können. Immer nur getrennt, entweder mit ihrer Mutter oder mit ihrem Vater.

Das bewies schon der Kampf um ihre Gunst, den sie veranstalteten. Hope bekam Kopfschmerzen.

Sie sah zu der Apotheke und entschloss sich Aspirin zu kaufen.

Als sie dann aber vor dem Regal mit den Schmerzmitteln stand, sah sie noch eine andere Verpackung.

Kurz zögerte sie, griff dann aber zu und ging zur Kasse.

Wieder draußen bei den anderen sah sie Drake schon entsetzt auf ihre Taschen starren.

Schnell spülte sie eine Tablette hinunter und ging dann zu ihnen.

„Ich weiß, dass ich gesagt habe, ich werde euer Zeug tragen, aber da dachte ich, jeder hat zwei, höchstens drei Taschen, nicht zehn!", jammerte er.

„Ach komm, du bist doch ein starker Mann!", säuselte Jess.

„Wir helfen dir auch", bot Lilli an.

So kam es, dass Drake nur die schweren Taschen nahm und sie jeweils die vielen kleinen, sehr leichten Taschen.

„Wie geht es deinem Kopf?", erkundigte Lilli sich auf dem Weg zum Auto.

„Schon besser, die Tablette wirkt schnell", log sie.

Ganz im Gegenteil, die Tablette wirkte überhaupt nicht. In ein, zwei Stunden würde sie vielleicht noch eine hinunterjagen und hoffen, dass diese dann wirkte.

Sie hatten ziemlich Mühe, die ganzen Sachen in Drakes kleinen Sportwagen zu quetschen, aber mit Anlauf und viel Kraft, gelang es ihnen dann doch.

„Und jetzt auf nach Hause!", johlte Jess.

„Erinnere mich daran, ihr nie wieder Kaffee zu kaufen", flüsterte Hope Lilli zu. Diese kicherte und nickte.

Der Tag hatte so schön angefangen.

Dann kam Cloé.

Und mit ihr ihre Beschimpfungen.

Hope wusste nicht mehr, was genau sie gesagt hatte oder was sie gemacht hatte. Sie wusste nur noch, dass es ihr wehgetan hatte, so verdammt weh.

Es war ein gänzlich ungünstiger Moment gewesen.

Denn nur Minuten nach dem Telefonat mit ihren Eltern war sie Cloé in die Arme gerannt.

Dieses mal waren beide am Telefon. Sie hatten eine Konferenzschaltung eingerichtet oder wie man das nannte. Wie dem auch sei, sie hatten sich mehr miteinander gestritten, als mit ihr zu reden.

Es war schrecklich, die beiden so zu hören. Sie hatten so getan, als wären all die Jahre unerträglich gewesen, eine einzige Tortur, nicht nennenswert.

Hope war den Tränen nahe gewesen und hatte irgendwann aufgelegt, als sie es nicht mehr ertragen hatte.

Sie bezweifelte, dass sie es überhaupt bemerkt hatten.

Hope war tränenblind aus dem Haus gestürmt, um zu Jess oder Lilli zu gehen und sich bei ihnen auszuweinen.

Doch Cloé war ihnen zuvor gekommen.

Hatte sich ihr einfach in den Weg gestellt und sie beschimpft. Höhnisch auf sie hinunter gesehen und ihr vor die Füße gespuckt.

Als hätte sie sich nicht schon elend und klein genug gefühlt.

Irgendetwas war dabei in ihrem Kopf durchgeknallt. Irgendeine Sicherung war gesprungen.

Hope hatte nur noch das starke Bedürfnis verspürt, sofort abzuhauen.

Sie hatte sich daran erinnert, dass Drake gesagt hatte, dass es an der östlichen Seite der Schule einen Parkplatz mit den Lehrerautos aber auch einigen Schulautos für die Schüler gab.

Irgendwie hatte sie es geschafft, in der Verwaltung einen Schlüssel zu bekommen.

Nun saß sie am Steuer eines kleinen, grauen VW Golfs und zitterte vor angestauten Gefühlen.

Die Wachen hatten das Tor gerade weit genug geöffnet, da trat sie aufs Gas.

Mit quietschenden Reifen war sie losgerast.

Im Rückspiegel hatte sie einen Mann mit einem Headset gesehen, der ihr hinterher sah und hektisch in das Gerät sprach.

Doch dafür hatte sie jetzt keine Zeit. Sie musste einfach weg. Wohin war ihr egal.

Auf ihrem Weg wurde sie mindestens einmal geblitzt, doch auch das war egal.

Heiße Tränen liefen ihr über das Gesicht.

Mit fast zweihundert Sachen raste sie einen Feldweg entlang. Doch sie musste schneller werden, schneller weg kommen.

Sie trat das Gaspedal durch.

In ihrem Kopf herrschte Leere.

Ein Wunder, dass sie überhaupt auf der Straße blieb, so sehr weinte sie.

Gerade wischte sie sich mit der Hand die Tränen weg, als etwas grünes aus einer Seitenstraße auftauchte.

Ein Traktor!

Fluchend riss Hope das Lenkrad herum, versuchte ihm auszuweichen.

Ihr Herz raste, in ihren Ohren hörte sie das Blut rauschen.

Die Heckseite ihres Wagens brach aus, sie verlor die Kontrolle. Der Wagen drehte sich, schlitterte.

Sie versuchte gegenzulenken.

Dann kam der Baum.

Sie hörte es nur noch krachen, dann Stille.

Dante unterbrach sein Spiel, weil sein Handy klingelte.
Er hatte nach Hopes Schwächeanfall extra einen seiner Männer abgestellt, der nach ihr sehen und ihr Cloé vom Hals halten sollte.
Wahrscheinlich rief er an, weil er sich die kleine Schlampe geschnappt hatte und nun nicht wusste, was er mit ihr machen sollte.
„Ja?", meldete er sich.
„Sir, wir haben ein Problem. Die Zielperson ist gerade mit einem Schulwagen aus dem Gebäude gerast, was sind die nächsten Schritte?"
Moment mal, was?!
Dante erstarrte.
„Sag das noch mal", forderte er den Mann auf.
„Zielperson hat das Gelände verlassen …", fing er an.
Unwirsch unterbrach er ihn, schon halb aus der Tür raus.
„Ich erledige das", knurrte er nur und rannte zu Drake.
„Gib mir deinen Autoschlüssel, sofort!", forderte er ihn auf.
Er musste wohl das zornige Glühen in seinen Augen gesehen haben und die Furcht, die dahinter lag, denn er warf ihm den Schlüssel zu, ohne ein Wort zu sagen.
Dante rannte, wie er in seinem ganzen Leben noch nicht gerannt war und raste die Straße entlang.
Er hatte keine Ahnung, wo Hope war, aber er würde sie finden, das musste er.
Irgendetwas sagte ihm, dass etwas passiert war, etwas Schlimmes.

Hope kam nur langsam wieder zu sich. Ihr Kopf dröhnte und etwas Feuchtes war ihr ins Auge gelaufen.

Stöhnend richtet sie ihren Kopf von dem Airbag auf, der ihren Kopf soweit geschützt hatte. Ein heißer Schmerz schoss ihr vom Nacken die Wirbelsäule entlang.

Mit zitternden Fingern strich sie sich die Haare aus der Stirn. Etwas Feuchtes klebte daran.

Hope brauchte einen Moment, bis sie begriff, dass es Blut war, ihr Blut.

Sie versuchte sich zu bewegen, da schoss ihr ein stechender Schmerz ins linke Bein. Sie stöhnte.

Das Glas der Windschutzscheibe war zerbrochen, die Vorderseite komplett zertrümmert.

So wie sie es sah, war sie eingeklemmt.

Überall lag Glas.

Sie fing an zu zittern. Ihr war kalt, so verdammt kalt.

Sie stand unter Schock.

Ohne ihren Rücken allzu viel zu beanspruchen, versuchte sie sich umzusehen, aber es ging nicht.

Ihr Bein fühlte sich gar nicht gut an, ihr Kopf auch nicht.

Stöhnend sank sie wieder in den Sitz.

Kurz dämmerte sie weg, dann hörte sie jemanden ihren Namen rufen.

Immer lauter.

Sie blinzelte, konnte das Bild aber nicht scharf stellen.

Dann fiel ein Schatten auf sie. Sie konnte jemanden fluchen hören, als nächstes quietschte und ächzte Metall.

Sie schrie auf, als es ihr Bein bewegte.

Erneut Gefluche, dann wurde das Metall langsamer und vorsichtiger bewegt.

Sie weinte.

Nach einer halben Ewigkeit, in der sie immer wieder das Bewusstsein verlor, war sie frei und konnte den blauen Himmel über sich sehen.

Ein Gesicht schob sich vor ihre Augen. Schwarze Augen sahen in ihre. Sorgenvoll und mit so viel Kummer, dass die Tränen nur noch schneller flossen.

„Dante", murmelte sie.

Hope fühlte sich so schwach und war müde, so müde.

„Schhh, alles wird gut, alles wird wieder gut", murmelte er und strich ihr die Haare aus dem Gesicht.

„Du blutest", murmelte er mehr zu sich, als zu ihr.

Dann hob er sie hoch. Sie stöhnte erneut, als ihr ein heißer Schmerz das Bein hochschoss.

Ihre Augen fielen zu. Sie hörte nur noch ihren eigenen Herzschlag, so laut.

„Nicht einschlafen. Hope, du musst wach bleiben", flehte er sie an.

Hope bemühte sich und blinzelte mehrfach.

„So ist es gut, Kleines, nicht einschlafen."

Unendlich sanft setzte er sie in einen Wagen, schloss die Tür und war einen Wimpernschlag schon am Steuer.

Er schnallte sie an und brauste dann los.

Immer wieder sah er während der Fahrt zu ihr, schüttelte sie leicht, wenn sie doch wegdämmerte.

Irgendwann konnte sie die Augen nicht mehr offen halten.

Sie hörte ihn fluchen und der Motor brummte noch lauter, als er Gas gab.

Irgendwann hielt der Wagen, ihre Tür wurde aufgerissen, sie hinausgehoben.

Sie hörte Leute aufkeuchen, manche schrien ihren Namen.

Ihr Kopf rollte gen Himmel und sie sah das Blau.
Dann wurde alles schwarz und still.

24

Ein rhythmisches Piepen weckte sie. Sie stöhnte, nicht aus Schmerzen, sondern weil es einfach aus ihr heraus kam.

Flatternd öffneten sich ihre Augen.

Das helle Licht blendete sie und so schloss sie sie wieder.

Als sich ein Schatten über sie beugte, öffnete sie sie allerdings wieder.

Schwarze Augen.

„Gott sei Dank", konnte sie Dante wispern hören.

Er sah übermüdet aus, ging es ihr durch den Kopf.

Seine Augen waren von schwarzen Schatten umrahmt und sein Kinn war von Bartstoppeln bedeckt.

Sie hob langsam die Hand an seine Wange, um sie zu berühren.

In seinen Augen sammelten sich Tränen. Verwundert sah sie ihnen zu, wie sie seine Wangen hinunterliefen.

Er legte seine Hand auf ihre und drückte sie.

„D...Dante", murmelte sie. Ihr Hals war staubtrocken.

Er lächelte leicht.

„Ruh dich aus", meinte er leise und legte ihre Hand wieder neben ihr auf die Bettdecke.

Als wäre es ein Befehl gewesen, schlief sie wieder ein.

Als sie sie wieder öffnete, war er nicht mehr da, dafür Jess und die anderen.

„Mach so etwas nie wieder!", weinte Jess und drückte zaghaft ihre Hand.

„Hatte ich nicht vor", murmelte sie heißer.

Ein Rundumblick eröffnete ihr, dass Drake hinter Jess stand und ihr eine Hand auf die Schulter gelegt hatte, Anakin stand neben ihnen und sah sie traurig an. Valentin und Lilli standen etwas abseits, aber sie hatte Tränen in den Augen und Valentin stand dich hinter ihr, ihre Hand in seiner.

Also hatten sie sich wieder vertragen.

Etwas weiter hinten im Raum konnte sie auch Mika erkennen, der mit der Ärztin sprach. Als ihr Blick auf ihn fiel, lächelte er aufmunternd.

Dann schlossen sich ihre Augen wieder und alles wurde schwarz.

Beim nächsten Mal war sie dann komplett wach. Allerdings war sie da allein.

„Deine Freunde sind eben erst gegangen", ertönte eine Stimme neben ihr. Es war die Ärztin, die sie schon behandelt hatte, als sie zusammengeklappt war.

Sie fummelte schon wieder an einem Tropf herum.

„Ich überlege, ob ich dir ein dauerhaftes Zimmer einrichten sollte", scherzte sie, sah dabei aber so ernst aus, dass Hope nicht lachen konnte.

„Ich habe die Schmerzmittel etwas zurückgesetzt. Dein Bein wird sich etwas bemerkbar machen, aber das dürfte nicht allzu schlimm werden."

Sie seufzte.

„Insgesamt hast du eine Menge Blut verloren, ein gebrochenes Bein und eine sehr schwere Gehirnerschütterung", fasste sie zusammen.

„Du hast drei Tage geschlafen und dein Freund ist dir keinen Augenblick von der Seite gewichen, selbst als die Sonne aufging", fügte sie noch hinzu.

Freund? Redete sie von Dante?

„So, jetzt sagst du mir mal, was dich dazu gebracht hat, wie eine Verrückte durch die Gegend zu rasen und so einen Unfall zu bauen", wandte sie sich jetzt direkt an sie.

Hope sah beschämt zu Boden.

Ein Klopfen an der Tür ersparte ihr die Antwort.

Mr. Smith, ihr Klassenlehrer streckte den Kopf herein.

„Störe ich?"

Die Ärztin seufzte.

„Aber nur kurz", meinte sie und verschwand.

Mr. Smith rückte sich den Stuhl, auf dem vorhin schon Jess gesessen hatte, zurecht und setzte sich neben sie.

„Die hier sind von der ganzen Klasse und das ist von Mrs. Ducan", sagte er und stellte einen großen Blumenstrauß, eine Packung Schokolade und eine Karte auf das Tischchen neben ihrem Bett.

„Danke", murmelte sie.

Er lächelte aufmunternd und sah sich um.

„Hat ganz schön was von Krankenhaus", scherzte er dann, wurde aber wieder ernst.

„Du hast uns allen einen ganz schönen Schrecken eingejagt, als Dante mit dir auf den Armen hier ankam", meinte er dann.

Sie sah beschämt auf ihre Hände. Das Piepen wurde etwas schneller.

„Es tut mir leid, auch wegen dem Auto", murmelte sie.

Er lächelte sie an, als sie ihm vorsichtig einen Blick zuwarf.

„Ich denke, du hattest deine Gründe und die Schule ist versichert, keine Sorge", meinte er und sah sich noch einmal um.

„Deine Freunde haben mir erzählt, was los ist und ich habe mit der Rektorin gesprochen."

Er räusperte sich.

„Cloé wurde auf eine andere Schule versetzt, die dieses „Programm", wie wir es nennen, nicht anbietet. Vielleicht wird dir das etwas helfen", meinte er.

Sie nickte.

„Deine Ärztin hat gesagt, dass du die nächsten Wochen viel liegen musst und dich schonen solltest.

Morgen kannst du wieder in deine Wohnung, aber du solltest es langsam angehen."

Sie nickte nur. Sie schaffte es einfach nicht, ihm in die Augen zu sehen, nach dem sie allen so eine Angst gemacht hatte.

„Wie haben deine Eltern benachrichtigt. Aber es liegt nach wie vor bei dir, ob sie kommen sollen oder nicht."

Sie schüttelte den Kopf.

„Lieber nicht", murmelte sie leise.

Mr. Smith drückte ihr aufmunternd die Hand und stand auf.

„Es wird besser gehen, glaub mir. Ruh dich noch etwas aus."

Und schon schloss er leise die Tür.

Hope wusste genau, was passieren würde, wenn ihre Eltern kämen. Sie würden sich nur wieder streiten und zanken.

Es würde nie wieder wie früher sein.

In der folgenden Nacht spürte sie zarte Finger auf ihren Wangenknochen und eine Stimme wisperte: „So zerbrechlich."

Doch als sie die Augen öffnete, war niemand da. Nur der Vorhang wehte durch einen Luftzug und ließ die Sonne hineinscheinen.

Sie hatte geträumt, schon wieder.

Am nächsten Tag untersuchte die Ärztin sie noch einmal gründlich, bevor sie wieder in ihre Wohnung gehen konnte. Aber sie solle viel liegen und sich nicht allzu sehr anstrengen.

Als sie auf Krücken die Krankenstation verließ, traf sie auf Anakin, der an der Wand lehnte und aufsah, als sie kam.

„Na, Frau Gipsfuß, geht`s?", witzelte er, während er zu ihr ging.

Sie grinste.

„Soll das eine Anspielung auf meine Fahrkünste oder auf mein Bein sein?", erkundigte sie sich.

Ein Lächeln spielte um seine Augen und dieses mal berührte es auch seine Augen.

Das hatte sie vermisst, ihn einfach mal wieder richtig lächeln zu sehen.

„Vielleicht beides, ich helfe dir", meinte er und schon hatte er ihr die Blumen und die Schokolade abgenommen.

Ja, mit Krücken und Gepäck voranzukommen, war nicht ganz so einfach.

Schweigend gingen sie nebeneinander her.

„Ich warne dich schon mal vor, Jess hat einen Überfall auf dich vor. Zum Teil auch aus Rache, weil du ihr so einen Schrecken eingejagt hast", meinte er nach einer Weile.

Sie schwieg und sah auf ihre Krücken.

„Als Dante dich da durch das Schultor getragen hat, ist mir fast das Herz stehen geblieben, alle waren schockiert.

Da war so viel Blut", murmelte er.

„Es tut mir leid", sagte sie leise und traute sich nicht, ihn anzusehen.

„Hauptsache, dir geht es jetzt wieder gut", lächelte er sie aufmunternd an.

„Ja, da hast du recht", lächelte sie zurück.

Also war es wirklich Dante, der sie gefunden hatte. Hope war sich da nicht so sicher, da sie immer wieder weggedämmert war.

„Wie ich höre, darfst du erst einmal nicht zum Unterricht", führte er ihr Gespräch weiter.

„Ja, die Kopfverletzung ist nicht ohne", nickte sie.

Sie hatte eine riesige Kompresse mitten auf der Stirn kleben, als wäre der Gips nicht schon auffällig genug gewesen.

Die Ärztin hatte es ziemlich gut gemeint.

Wundervoll.

„Woher wusste Dante, dass ich in Schwierigkeiten war?", fragte Hope, da sie sich sein Handeln nicht erklären konnte.

„Ich habe keine Ahnung. Er kam in den Gemeinschaftsraum gestürzt und hat Drakes Autoschlüssel verlangt. Dann war er auch schon weg. Du hättest seine Augen sehen sollen. So einen Ausdruck habe ich bei ihm noch nie gesehen.

Das nächste, was ich von ihm sah, war, wie er dich blutüberströmt auf den Armen hatte und nach der Ärztin gebrüllt hat.

Ich dachte, du wärst tot", schloss er leise, die letzten Worte noch flüsternd.

„Unkraut vergeht nicht, so schnell beiß ich schon nicht ins Gras", versuchte sie ihn aufzuheitern, mit mäßigem Erfolg.

„Dieser Mika soll Heilkräfte haben, aber bei dir hat es nicht funktioniert. Alle dachten, das war es".

Das erklärte auch, warum er am Tag zuvor bei ihr gewesen war, als sie aufwachte.

Hope blieb bei Anakins Worten stehen und wartete, bis er sie ansah.

„Anakin, ich bin nicht tot, okay? Mir geht es gut. Denk nicht mehr daran, ja?"

Er nickte und lächelte.

„Dann werde ich dir mal helfen das Grünzeug ins Wasser zu kriegen", scherzte er, kaum dass sie in ihrer Wohnung angekommen waren.

Es klingelte, als er wieder aus dem Bad kam, ein großes Glas mit Wasser in der Hand, in dem die Blumen standen.

„Stell sie einfach auf den Tisch", wies sie ihn an, bevor sie die Tür öffnete.

Wie er sie schon gewarnt hatte, stand Jess vor ihr, hinter ihr Drake, Lilli und Valentin.

„Ich könnte dich erschießen!", rief Jess aus und fiel ihr so schwungvoll um den Hals, dass sie fast umgefallen wäre.

Blöder Gips aber auch!

„Stattdessen kriegst du den hier, aber auch nur, weil ich keine Flinte habe", meinte sie mit Tränen in den Augen und überreichte ihr einen Kuchen, der über und über mit Schokolade bedeckt war.

„Danke", murmelte sie.

Dann trat Jess ein, begrüßte Anakin und verschwand in der Küche.

Auch Drake, Lilli und Valentin drückten sie fest an sich.

Hope hatte ein schlechtes Gewissen, weil sie allen solche Sorgen gemacht hatte.

Sie und ihr Gipsbein an den Esstisch zu bekommen war auch noch eine Herausforderung, aber irgendwann saß sie mit dem Bein auf einen separaten Stuhl gelehnt da und konnte den Kuchen genießen.

„Du hast echt ein Talent", lobte sie, als sie schon ihr zweites Stück verdrückte.

„Danke, alles von meiner Oma, die konnte es noch besser", meinte Jess.

Sie blieben nur kurz und verabschiedeten sich bald wieder, damit sie sich ausruhen konnte.

Ihr Kopf pochte wieder und ihr Bein schmerzte auch.

Seufzend schmiss sie eine Schmerztablette ein und legte sich auf das Sofa.

Hope vermisste Dante. Er war bei ihr gewesen, als sie das erste mal aufgewacht war, aber seitdem hatte sie ihn nicht mehr gesehen.

Während sie über den Grund dafür nachgrübelte, fing die Schmerztablette an zu wirken und ließ sie einschlafen.

Hope saß in der Bibliothek, ihr Bein hochgelegt und arbeitete Buch um Buch durch.

Es waren noch drei Tage bis zu ihrem Referat. Man hatte ihr zwar gesagt, sie müsse den Termin nicht einhalten, aber sie wollte es endlich hinter sich bringen.

Ansonsten hätte sie sich nur noch weiter in ihre Depressionen hineingesteigert. Ihre Eltern ließen ihr einfach keine Ruhe. Immer wieder riefen sie an, stritten sich dann doch nur wieder oder wollten sie mit teuren Geschenken auf ihre Seite ziehen, um das alleinige Sorgerecht zu bekommen.

Hope erkannte sie gar nicht mehr wieder.

Nichts war von dem liebevollen, herzlichen Paar geblieben, das sie als ihre Eltern kannte.

Die Medikamentenpackung, die sie während ihrer Shoppingtour gekauft hatte, war halb leer.

Doch es ging ihr dadurch nicht besser.

Also verkroch sie sich in ihre Arbeit.

Ihre Freunde versuchten es ihr auszureden, aber sie musste sich beschäftigen.

Ihr Bein ging ihr schon mehr als genug auf den Keks.

Jedes Mal, wenn sie ein Buch aus einem Regal holen wollte, dass etwas höher stand, fiel sie deswegen fast um, weil die das Gleichgewicht verlor oder jemand musste ihr helfen.

Ihre Mitschüler taten das zwar gerne und jeder schien bemüht zu sein, ihr zu helfen, aber es war ihr peinlich und sie fühlte sich unwohl, wenn fremde Schüler ihr halfen.

Hope hasste es so im Mittelpunkt zu stehen.

Und das nur, weil Zazeck keine Internetquellen akzeptierte.

Seufzend fuhr sie sich durch die Haare und sah sich ihre Notizen an. Hope war schon sehr weit gekommen. Es fehlte nur noch ein Gliederungspunkt, dann war sie fertig. Die Visualisierung stand schon.

„Was machst du denn hier?!", riss sie eine Stimme aus ihren Gedanken.

Hope sah auf, direkt in Dantes Gesicht.

„Du sollst dich doch ausruhen", fuhr er sie an, während er sich näherte und auf ihre Unterlagen sah.

„Das weiß ich", meinte sie nur.

Was war denn mit dem?

„Dann tu es auch, mit einer Kopfverletzung ist nicht zu spaßen", fuhr er sie an.

„Mach ich doch, mein Bein ist oben oder nicht?"

Er schnaubte.

„Und was ist das?"

Dante wies auf ihre Notizen.

„Das weißt du ganz genau", wich sie seiner Frage aus und begann ihre Sachen in ihre Tasche zu stopfen.

„Du hast doch nicht etwa vor, den blöden Vortrag zu halten?!", pflaumte er sie an.

„Oh doch, was dagegen?", motzte sie ihrerseits.

Er verschränkte die Arme vor der Brust und sah sie argwöhnisch an.

„Oh ja, dass habe ich."

Sie hievte ihren geschundenen Körper in die Höhe und angelte nach ihren Krücken.

„Dann spar`s dir", zischte sie und machte sich an den Rückweg zu ihrer Wohnung.

Er kam ihr hinterher.

„Was soll das denn? Du hattest erst einen schweren Unfall, nachdem du fast drei Tage im Koma gelegen hast", entfuhr es ihm.

Was dachte sie sich nur dabei? Sie musste ihrem Körper Ruhe gönnen, Zeit um sich zu erholen.

„Das war kein Koma, ich war nur bewusstlos", fuhr sie ihn an und hinkte durch die Tür.

„Außerdem geht dich das gar nichts an, immerhin hast du dich ja die ganze Zeit danach nicht mehr blicken lassen!", spie sie ihm entgegen.

Das ließ ihn stutzen. War sie … enttäuscht?

„Bist du deswegen so sauer Kleines?", erkundigte er sich lächelnd.

Sie schnaubte nur und setzte ihren Weg störrisch fort.

„Trotzdem gehörst du ins Bett", tadelte er sie.

Sie blieb so unvermittelt stehen, dass er fast an ihr vorbei gegangen wäre.

„Sag mal, du hast auch echt einen Knall, oder? Entscheide dich endlich! Entweder du ignorierst mich oder du bist nett zu mir. Aber dein ewiges hin und her ertrage ich nicht länger!", fuhr sie ihn an.

Er schwieg und sah sie einfach nur an.

„Weißt du was? Sei einfach nicht mehr nett zu mir, das ist besser für dich und auch für mich!", entfuhr es ihr.

Sie sah, wie sich Dantes Brauen zusammenzogen und sich seine ganze Ausstrahlung veränderte.

„Wie du willst", zischte er und war im nächsten Moment verschwunden.

Was zur Hölle war sein Problem?

Das war immerhin ihr Körper und damit konnte sie machen, was sie wollte, verdammt!

Wütend hinkte sie in ihre Wohnung und knallte die Tür zu.

Männer waren das Letzte!

Hope verschob ihre Arbeitszeiten deswegen auf die sonnigen Stunden des Tages.

Trotzdem lief sie Dante noch viel zu oft über den Weg.

Und er hielt sein Versprechen.

Er war nicht im Ansatz nett zu ihr. Er ließ es nicht beim bloßen Ignorieren. Dante war gemein.

Wenn er sah, dass sie ein Buch von weiter oben haben wollte, half er ihr nicht. Damit kam sie klar, aber das er es einfach noch weiter nach oben stellte, was natürlich reiner Zufall war, ärgerte sie über alle Maßen.

Aber sie hatte es ja so gewollt.

Heute war es besonders schlimm gewesen. Sie hatte ihre Tasche fallen gelassen und ihr kompletter Inhalt hatte sich auf dem Flur verteilt. Er war einfach weggegangen.

Es hatte wehgetan.

Einer von den Ghulen hatte ihr schließlich geholfen.

Für den Rest des Tages hatte Hope sich in ihrer Wohnung verkrochen und geweint.

Als endlich die Sonne aufging, war sie völlig fertig und müde bis zum Umfallen.

Doch am nächsten Tag war das Referat. Und sie musste noch einige Details ausarbeiten.

Seufzend sammelte sie ihre Krücken ein und machte sich erst einmal auf den Weg zum Kaffeeautomaten.

Eine Schmerztablette und einer ihrer kleinen Freunde und es ging ihr schon etwas besser.

Gerade ihren zweiten Kaffee trinkend, ließ sie eine tiefe Stimme aufsehen.

Mit Herumwirbeln war nichts mehr. Da spielte ihr Bein nicht mit.

„Ihr habt euch schon wieder gestritten, was?", fragte Valentin und lehnte sich lässig gegen den Automaten.

„Woher weißt du das?", fragte sie und vergrub ihre Nase in ihrem Becher.

„Ich weiß so einiges. Außerdem hab ich dich auf dem Flur gesehen."

Ganz toll.

Ihr Glück hatte sie echt verlassen.

„Du hältst also morgen den Vortrag?"

Sie nickte und wartete auf den Widerspruch.

Doch Valentin nickte nur.

„Dann viel Erfolg. Kann ich noch bei irgendwas helfen?", erkundigte er sich.

„Klar", sprang sie gleich auf.

Wenigstens einer, der sie unterstützte.

Nach dem Desaster mit Dante hatte sie den anderen erst gar nichts davon erzählt.

So kam es, dass Valentin ihr half, alle restlichen Fehler auszumerzen und ihren Vortrag zu perfektionieren.

Erst einige Stunden vor der Abenddämmerung waren sie fertig.

Hope kroch völlig entkräftet in ihr Bett und stellte sich den Wecker. Sie hatte vor, nur zur Geschichtsstunde zu kommen. Der Rest war egal. Danach würde sie sich ausruhen und wieder ganz gesund werden.

Doch erst musste sie es schaffen.

Als ihr Wecker klingelte, fühlte sie sich gar nicht gut. Sie war einer Panikattacke nahe und ihr Herz raste.

Zudem schmerzte ihr Bein entsetzlich und ihr Kopf dröhnte.

Trotz alldem raffte sie sich zusammen und zog sich an.

Nach einigen Tabletten verflog der Schmerz und ihre Gefühle stimmten sich wieder ein.

Sie war bereit.

Als sie allerdings das Klassenzimmer betrat, erwartete sie blankes Entsetzen.

„Was machst du hier? Du gehörst ins Bett!", rief Jess und kam zu ihr gestürzt.

„Mir geht es gut", versicherte sie ihr und hinkte nach vorne, um ihre Sachen aufzubauen.

„Red keinen Scheiß, du bist blass wie ein Bettlacken!"

Sie verdrehte die Augen.

„Du übertreibst."

Jess schnaufte und wetterte weiter, wurde aber schließlich von Drake zurückgehalten.

„Dante, sag auch mal was!", rief sie dann.

Dieser sah sie unter seinen langen Wimpern an, nahm ihre erschreckende Blässe, die tiefen Augenringe und ihre verkrampfte Hand wahr, die sich am Lehrertisch festklammerte.

„Es ist ihre Entscheidung", sagte er kalt und wandte sich ab. Sie hatte es so gewollt sagte er sich immer wieder, aber das beruhigte sein Herz nicht.

„Hope, lass es, bitte", bat nun auch Anakin und prompt schwieg sein Herz, das ihm sagte, er solle sie sich schnappen und einfach zur Ärztin schleppen.

Sie hatte Blondie, sie brauchte ihn nicht.

Zazeck selbst hielt kurz inne, als er sie vorne bereit und fertig für das Referat stehen sah.

Er sagte nichts, sondern setzte sich und gab ihr ein Zeichen, dass sie anfangen konnte.

Also fing sie an.

Sie hatte die Krücken zur Seite gelegt und belastete ihr Bein voll, da sie ansonsten zu langsam gewesen wäre.

Hope schob den Schmerz in die hinterste Ecke ihres Kopfes und konzentrierte sich nur auf ihr Referat.

Doch der Schmerz wurde immer schlimmer und ihr brach der Schweiß aus.

Zudem spielte ihr Kreislauf verrückt. Schwarze Punkte tanzten vor ihren Augen, als sie gerade mal die Hälfte hinter sich hatte.

Doch sie zwang sich weiter zu machen erklärte, erzählte, zeigte und veranschaulichte.

Hope bemerkte das aufgeregte Murmeln ihrer Freunde sehr wohl, verfrachtete es aber auch nach ganz hinten in ihren Kopf.

Die letzten fünf Minuten hielt sie den Vortrag fast blind, so schwindelig war ihr. Der Schmerz in ihrem Bein wurde unerträglich, doch sie stand und würde stehen bleiben.

Als sie endlich die Worte: „Das war mein Vortrag, gibt es noch Fragen?", aussprechen konnte, fiel ihr ein riesiger Stein vom Herzen. Es gab keine Fragen und auch Zazeck schien nichts unklar gewesen zu sein.

Sie hielt sich krampfhaft am Pult fest und blinzelte die Schwärze weg, die sich über sie legen wollte.

Ihr war schlecht, ihr Kopf pochte und ihr Bein tat weh, so verdammt weh!

Hope biss sich auf die Lippe und versuchte Zazecks Worten zu folgen.

Als die wenigen Worte fielen, die sie hören wollte, konnte sie nicht mehr. Ihre Augen schlossen sich und sie fiel.

Aber die eins war ihr sicher.

Sie spürte noch, wie sie zwei starke Arme auffingen, dann war alles weg. Doch sie lächelte. Sie hatte es geschafft!

Jetzt war alles egal.

25

„Ich binde dich an dieses Bett, ich schwöre es!", empfin-
gen sie die Worte, als sie wieder aufwachte.
Ihre Ärztin war sauer.
„Was fällt dir ein, einfach zur Schule zu gehen und dann
auch noch eine ganze Stunde zu stehen?!
Wie soll es dir denn besser gehen, wenn du deinen Kör-
per so beanspruchst?"
Langsam beruhigte sie sich wieder.
„Wie fühlst du dich?", erkundigte sie sich dann.
„Mir ist schlecht", murmelte sie.
Da regte sich die Ärztin wieder auf. Hope fiel auf, dass sie
ihren Namen gar nicht kannte.
„Woran das wohl liegt? Wie zum Teufel bist du an die
Aufputschmittel gekommen?"
Hope sah zur Seite.
„Apotheke", murmelt sie.
Die Ärztin lachte traurig auf und ließ sich auf einen Stuhl
neben ihr fallen.
„So werde ich nicht alt", murmelte sie.
Dann stand sie wieder auf.
„Du wirst die nächste Woche hier bleiben, kein Besuch,
kein Handy, kein Fernsehen. Du brauchst Ruhe, absolute
Ruhe! Dein Kopf ist noch nicht gesund. Die Gehirner-
schütterung war verdammt schwer", fluchte sie und re-
dete sich schon wieder in Rage.
„Isabell, es reicht. Sie hat es verstanden", schaltete sich
da Mr. Smith ein, der gerade zur Tür reinkam.
Isabell hieß sie also.
Diese schnaubte aufgebracht und ging aus dem Raum.
„Fünf Minuten", rief sie über die Schulter.

Mr. Smith seufzte und sah sie an.

„Da hast du aber ganz schön was angestellt, so ist sie sonst nie drauf", murmelte er.

Er räusperte sich.

„Allmählich könntest du hier auch einziehen", versuchte er die Situation aufzulockern.

Doch er wurde schnell wieder ernst.

„Nur ich und Isabell wissen von den Tabletten. Ich werde es keinem sagen, wenn du sie wegwirfst und so etwas nie mehr auch nur anschaust!"

Sie nickte.

„Ich weiß, es war falsch, aber ich konnte es nicht anders ertragen, ich war ...“

Sie brach ab. Es war sinnlos es zu erklären.

„Müde", beendete Mr. Smith ihren Satz.

Überrascht sah sie auf. Er lächelte.

„Ich bin auch ein Scheidungskind, ich weiß wie das ist. Es zieht einem den Boden unter den Füßen weg."

Sie nickte. Er hatte ja so recht!

„Aber man muss wieder aufstehen. Du bist nicht daran schuld, was für Entscheidungen deine Eltern treffen."

Das wusste sie, aber irgendeinen Grund musste es doch geben.

„Die nächsten Wochen werden sie sich noch bekriegen, aber dann wird es besser, versprochen", sagte er und drückte aufmunternd ihre Hand.

„Mr. Zazeck hat sich auch Sorgen um dich gemacht", begann er dann.

„Ich denke ab jetzt wird es besser mit ihm gehen, deine Stärke hat ihn beeindruckt."

„Die fünf Minuten sind um!", rief da Isabell.

Mr. Smith lächelte.

„Ich gehe jetzt lieber, bevor sie mich hier rausschmeißt", lachte er, drückte noch einmal ihre Hand und war dann verschwunden.

Hope schloss die Augen und entspannte.

Sie hatte es geschafft, eine eins.

Ab jetzt würde es besser werden.

Tatsächlich wurde sie fast zwei Wochen komplett isoliert. Aufgaben durfte sie noch machen, aber sonst auch nichts. Hope schlief fiel und las mindestens genauso viel.

Ihr ging es schnell besser und sogar ihr Gips wurde vorzeitig entfernt, da ihr Knochen sehr schnell heilte.

Ihr Kopf war wieder komplett genesen und ihr Bein würde auch keine Probleme machen.

Ihre Freunde begrüßten sie nach den beiden Wochen nur kopfschüttelnd und Valentin sagte, er hätte ihr nicht geholfen, hätte er das gewusst.

Danach war das Thema abgeschlossen.

Es war alles wieder so, wie vor dem Unfall. Sie lachten zusammen, lästerten über die Lehrer und hatten einfach nur Spaß. Da das Jahr sowieso in ein paar Wochen vorbei sein würde, ließen die Lehrer die Zügel locker und sie konnten eigentlich tun und lassen, was sie wollten.

Nur Dante war nach wie vor gemein zu ihr.

Mr. Smith entspannte diese Lage etwas, indem er den Sitzplan mal wieder änderte, wodurch sie ganz per Zufall neben Jess landete.

„Ich habe euch ja schon angekündigt, dass wenn sich manche nicht mehr melden", er sah eine Gruppe Schüler an, die schüchtern die Köpfe senkten, „und andere nicht aufhören mit ihren Partnern zu reden", die Angesprochenen grinsten nur, „das ich euch umsetze", hatte er die

Lösung gehabt. Jetzt saß sie eine Reihe vor Dante neben Jess.

Zu Anakins Pech musste man allerdings sagen, dass er ebenfalls nach hinten gerutscht war, einen Platz neben Dante. Beide schienen nicht sehr begeistert zu sein.

Hope war zwar aus ihren Depressionen herausgekommen, aber dafür machten ihr ihre Träume zu schaffen.

Immer wieder träumte sie, dass sie jemand beobachtete, sich neben sie legte.

Sie konnte nicht mehr schlafen.

Es fühlte sich einfach zu real an.

Sie überlegte schon, ob sie Jess oder Lilli fragen sollte, ob sie bei ihnen schlafen konnte.

Doch das würde etwas zu weit gehen. Immerhin waren es ja nur Träume.

Dante hasste die neue Sitzordnung. Jetzt saß Blondie fast auf seinem Schoß!

Außerdem musste er immer Hope ansehen, da sie direkt vor ihm saß.

So war es noch schwieriger, sie zu ignorieren.

Und er hasste sich selber dafür.

Doch sie hatte es so gewollt.

Das wiederholte er immer wieder, bis er es selbst glaubte.

Heute war es besonders schlimm, da es ihr schon wieder nicht gut zu gehen schien. Sie hatte schon wieder tiefe Ringe unter den Augen und war blass.

Er sah genau, dass sie schon den ganzen Tag Probleme hatte, wach zu bleiben.

Doch er hätte nicht geglaubt, dass sie einschlafen würde, einfach so, bum und weg war sie.

Er blinzelte mehrfach, doch sie schlief, tief und fest.

Jess neben ihr versuchte sie wieder aufzuwecken und stieß sie unauffällig mit dem Ellbogen an, aber sie ratzte weiter.

Er seufzte. Das durfte doch einfach nicht wahr sein!

Dante beschloss Jess zu helfen und warf Papierkügelchen nach ihr. Nach und nach vergrößerte er sie immer etwas, doch sie bekam davon gar nichts mit.

Auch Anakin versuchte sie zu wecken und fischte mit dem Fuß nach ihrem Stuhl, um dagegen zu treten, damit sie aufwachte, doch er kam nicht ran.

Als Dante dann schließlich ein ganzes Blockblatt zusammenknüllte und nach ihr warf und sie immer noch nicht reagierte, wurde es ihm zu dumm.

Als der Lehrer gerade etwas an die Tafel schrieb, es war ein Wunder, dass er noch nicht bemerkt hatte, dass sie schlief, warf er einfach seinen Block.

Erschrocken zuckte sie zusammen und richtete sich auf.

Die ganze Klasse kicherte unterdrückt, da natürlich schnell alle mitbekommen hatten, was los war.

Ihr Lehrer nicht. Also drehte er sich um und sah sie mit einer fragend hochgezogenen Augenbraue an, drehte sich allerdings wieder um, als er nichts Verdächtiges entdecken konnte.

Jess reichte ihm seinen Block wieder nach hinten.

„So geht es auch", murmelte sie und grinste.

Tja, er war halt von der radikalen Art.

Den Rest des Tages blieb sie zum Glück wach.

Wage bekam er mit, dass sie Jess erzählte, sie hätte Albträume, aber er hätte es nicht beschwören können.

Seine Männer hatten Gabriel immer noch nicht gefunden und er war auch nicht mehr in sein Versteck zurückgekehrt.

Dante machte sich Sorgen, dass er vielleicht für ihre Albträume verantwortlich war. Er musste ihn so schnell wie möglich finden.

Als er einige Tage später mal wieder auf seinem Rundgang durch die Schule war, kam er an ihrer kleinen Gruppe vorbei. Als sich ihre Blicke trafen, schaute er gleichgültig zur Seite.

Sie hatte es so gewollt.

Schnell eilte er weiter. Doch jemand folgte ihm.

„Was willst du?"

„Mit dir reden!", rief die kleine Lilli, dass kleine, zarte Ding wütend.

Seine Lippen zuckten. Wenn sie sich aufregte, war sie geradezu süß.

„Worüber denn?", fragte er, ohne stehen zu bleiben.

„Das weißt du verdammt gut!", schnauzte sie und hielt ihn am Arm fest.

„Warum bist du so fies zu Hope?"

Er sah in ihre anklagenden Augen und blieb schließlich stehen.

„Ich brauche mich nicht vor dir zu rechtfertigen", sagte er schließlich.

Sie schnaubte.

„Du bist ein verdammter Feigling Dante du Crain!", wies sie ihn zurecht.

Man hatte ihn schon vieles genannt, aber noch nie einen Feigling.

„Sie wollte es doch selbst so. Sie hat gesagt, ich solle nicht mehr nett zu ihr sein, also bin ich es nicht, zufrieden?", schnauzte er schließlich und setzte sich wieder in Bewegung.

Lilli folgte ihm.

„Aber das hat sie doch nicht so gemeint. Bleib gefälligst stehen, wenn ich mit dir rede!"

Seufzend blieb er stehen und drehte sich zu ihr um.

„Warum sollte sie es dann sagen, wenn sie es nicht so meint?"

Lilli verdrehte die Augen.

„Weil sie dich liebt, du Esel!"

Er stutzte. Was?

Weil sie ihn liebte? Wo hatte Lilli das denn her?

„Sie will sich nicht mehr mit dir streiten und genauso wenig ihre Gefühle für dich eingestehen. Deswegen sollst du gemein zu ihr sein, damit sie dich hassen kann und nicht zu ihren Gefühlen stehen muss", erklärte sie ihm.

Sie wollte ihn hassen?

Man sah ihm wohl den Unglauben an, denn Lilli lächelte und erklärte es ihm.

„Sie hasst dich nicht, aber sie leidet. Rede mit ihr, bitte", bat sie, wartete sein widerstrebendes Nicken ab und ging ohne ein weiteres Wort.

Lilli tat zwar immer süß und schüchtern, aber sie war genauso stark und selbstsicher, wie alle anderen auch.

Nachdenklich sah er ihr nach.

Hope war zum Pavillon gegangen, weil sie dort niemanden vermutete. Sie musste dringend irgendetwas gegen diese Träume tun, ansonsten würde sie noch verrückt! Heute war sie fast schon wieder eingeschlafen.

Seufzend ließ sie sich auf eine Bank fallen und schloss die Augen. Kaum hatte sich ein Problem gelöst, tauchte ein anderes auf.

Es war zum Verzweifeln.

Sie merkte nicht, wie sie eindöste.

Sie wachte einfach mit dem Kopf in Dantes Schoß auf. Wie von der Tarantel gestochen sprang sie auf, nachdem sie sich orientiert hatte.

„Was machst du hier?", wollte sie wissen und strich ihr Haar glatt.

Seine Augen waren unverwandt auf sie gerichtet.

„Ich will mit dir reden", meinte er und sah einem Vogel zu, der in den wenigen Resten des Schnees herumhüpfte.

„Ach, auf einmal? Bist du nicht zu sehr damit beschäftigt, widerlich zu mir zu sein?"

Er lachte!

Wütend sprang sie auf und wollte das Weite suchen, doch er hielt sie fest.

„Lass mich los!", verlangte sie heftig.

„Sicher, aber erst wenn du mir sagst, was du wirklich mit diesem Satz „sei gefälligst nicht nett zu mir" bezwecken wolltest."

Hope riss an ihrem Arm.

„Bezwecken? Hast du jetzt komplett den Verstand verloren?"

Er lachte.

„Wer weiß?", schnurrte er schon fast und zog sie näher zu sich heran.

„Lass mich los, verdammt!"

Doch Dante ergriff auch noch ihre andere Hand.

Wut staute sich in ihr auf. Was fiel ihm ein?

Dante zog sie noch näher zu sich heran.

„Sag mir, was du wirklich für mich empfindest Kleines", forderte er sie leise auf und sah ihr tief in die Augen.

Hope riss an ihren Armen.

„Lass mich los du verdammter Vampir!", knurrte sie und wand sich in seinem Griff.

„Sie mir in die Augen Kleines", murmelte er und drehte ihr Gesicht mit einer Hand zu sich.

Sie riss ihren Kopf zurück.

„Dante, lass mich!"

Doch er rückte ihr immer näher auf die Pelle, hielt immer noch ihre Hände fest.

Die Wut türmte sich in ihr auf und mit ihr ein seltsames Gefühl. Es durchflutete sie und gab ihr Kraft.

Als Dante den Kopf neigte und sich seine Lippen ihren näherten, brannte ihr eine Sicherung durch.

Man hörte es klatschen und sein Kopf flog zur Seite.

Entgeistert sah er sie wieder an.

Geschockt sah sie, dass ein feuerroter Abdruck seine Wange zierte.

Doch er hielt nach wie vor ihre Hände fest. Wie konnte das sein?

Erneut riss sie an ihren Händen und dieses Mal ließ er sie los. Geschockt sahen sie sich in die Augen.

Hope drehte sich mit wild pochendem Herzen um und rannte weg.

Was war das gewesen? Wie konnte das sein?

Sie begriff es nicht.

Mit keuchendem Atem kam sie an ihrer Wohnung an. Ihre Hände zitterten, als sie die Tür aufschloss.

Was zur Hölle war das gewesen?

Dante fasste sich an die Wange.

Telekinese.

Es gab keine andere Erklärung. Also hatte er recht gehabt.

„Sie ist es wirklich", erklang Valentins Stimme hinter ihm aus den Bäumen.

„Ja", antwortete er und sah ihr nach.

„Das darf auf keinen Fall herauskommen", warnte Valentin.

„Ich weiß."

Wenn es doch herauskäme, wäre sie verloren.

„Wir müssen es wenigstens ihr sagen", meinte er nach kurzer Zeit des Schweigens.

„Dann auch den anderen, sie werden sowieso merken, dass etwas nicht stimmt."

Dante nickte.

„Aber sonst keinem, nicht mal den Lehrern."

Valentin nickte.

„Machen wir es so."

Hope saß an ihrem Küchentisch und starrte ihre Hand an.

Was war das gewesen?

Wie hatte sie Dante schlagen können, obwohl er ihre Hände festhielt?

Dieser Druck, der sich in ihr aufgebaut hatte, diese Kraft.

Woher war sie gekommen?

So etwas hatte sie noch nie erlebt.

Sie kannte den Begriff für dieses Phänomen.

Telekinese.

Doch das gab es nur in Filmen oder Büchern, nicht in der reellen Welt.

Na ja, Vampire, Engel und Ghule sollte es ja auch nicht geben.

Doch sie war ein Mensch, verdammt!

Sie war normal.

Oder sollte es sein.

Jetzt war sie sich da nicht mehr so sicher.

Sie wusste nicht, wie sie mit dieser Situation umgehen sollte.

Hope hatte sich so an die anderen und ihre „Besonderheiten" gewöhnt, wäre es so schlimm, ebenfalls anders zu sein?

Sie wusste es nicht.

„Sie ist was?!"

Jess sprang von ihrem Stuhl auf und sah ihn fassungslos an, als wäre er höchstpersönlich daran schuld.

Anakin sah ihn nur berechnend an.

Lilli schien verwirrt zu sein.

Drake allerdings schien es gar nichts auszumachen und er schien sich sogar zu freuen.

„Aber wie kann das sein?", fragte nun Lilli.

„Ihre Eltern", führte Valentin aus.

„Rolf und Anika", schaltete sich Anakin ein.

„Sie hatten ein Kind?"

„Es sieht ganz so aus."

Schweigen machte sich breit.

„Sie weiß es noch nicht, nehme ich an?", erkundigte sich Anakin und brach das Schweigen.

Valentin schüttelte den Kopf.

„Ich denke nicht, dass sie damit ein Problem haben wird. Immerhin hat sie uns."

Ja, das hatte sie, aber was würde sein, wenn sie es doch schlimm fand? Was würde aus ihrer Freundschaft werden?

Dantes Herz krampfte sich zusammen. Was würde aus ihm werden?

„Das ist aber nicht das einzige, was du uns verheimlicht hast", fuhr Anakin zwischen seine Gedanken.

Er sah auf und fixierte ihn.

„Was meinst du?", fragte er grollend.

Warum musste Blondie sich immer in seine Angelegenheiten einmischen?

„Was hat es mit Hopes Verfolger auf sich?"

Dante schnaubte.

War ja klar, dass das kommen musste.

Doch das war eine private Angelegenheit, das ging niemanden etwas an.

„Ich weiß nicht, was du meinst."

Blitzschnell war Anakin quer durch den Raum gefegt und hatte ihn beim Kragen gepackt.

„Sie liebt mich vielleicht nicht, aber trotzdem ist sie mir nicht egal. Deswegen wirst du mir jetzt sagen, wer sie bedroht!", grollte er und seine sonst so netten Augen blitzten gefährlich.

„Sieh an, jetzt zeigst du dein wahres Gesicht", spottete er.

Anakin grollte tief in der Brust.

„Dante, was meint er?", wollte nun auch Valentin wissen.

Ein Blick in die Runde zeigte, dass ihn alle fragend ansahen.

Er seufzte und stieß Anakin von sich.

Jetzt wo die Katze schon mal aus dem Sack war, konnte er ihnen auch gleich alles sagen.

„Gabriel ist wieder da", sagte er nur.

Geschockte Stille trat ein.

„Doch nicht etwa *der* Gabriel?", wisperte Jess.

Er nickte nur.

Oh, doch. Genau der.

„Verdammt!", fluchte Drake.

„Ich habe ihn aufgespürt, doch jetzt ist er verschwunden. Er kann jederzeit angreifen, vielleicht noch heute Nacht."

Alle sahen Dante an und dachten das Gleiche.

Was würde Gabriel tun?

26

Hope schlurfte in den Aufenthaltsraum.

Verzweifelt hatte sie nach einer Antwort auf all ihre Fragen gesucht, aber keine einzige gefunden.

Sie hatte beschlossen, es einfach auf sich beruhen zu lassen.

Diese Kraft, wie sie sie nannte war nicht noch einmal aufgetaucht. Also würde sie einfach so tun, als wäre das alles gar nicht passiert.

Kaum, dass sie den Aufenthaltsraum betrat, wusste sie sofort, dass etwas nicht stimmte.

Niemand war da, außer Lilli, Drake, Valentin, Jess und Anakin.

„Was ist los?", fragte sie misstrauisch.

„Nichts, wir wollen nur mit dir reden", sagte Jess mit einem nervösen Lächeln und wies auf den Stuhl vor ihr.

Alle misstrauisch im Blick behaltend setzte sie sich.

Was kam jetzt?

„Wir müssen dir etwas sagen, über dich", fing Lilli nach tiefem Schweigen schließlich an.

Über sie? Was wollten sie über sie wissen, was sie nicht selbst schon längst wusste?

Erneut herrschte Schweigen.

„Das hält man ja im Kopf nicht aus", ertönte da Dantes Stimme. Erschrocken wandte Hope sich nach rechts, wo er lässig an die Wand gelehnt stand.

„Was willst du denn hier?"

Auf ihn konnte sie im Moment wirklich am meisten verzichten. Sie war immer noch sauer auf ihn.

„Wisst ihr was? Rückt raus mit der Sprache oder ich gehe. Ich habe noch andere Sachen zu tun, als bei euren

Spielchen die Blöde zu spielen", motzte sie, stand auf und marschierte zur Tür.

Sie streckte schon die Hand nach der Klinke aus, doch da stand auf einmal jemand vor ihr.

Wütend funkelte sie Dante an.

„Lass mich durch, gerade du solltest mir besser aus dem Weg gehen", motzte sie und versuchte ihn aus dem Weg zu schieben. Ohne Erfolg.

„Ja und genau darüber wollen wir reden, Kleines", brummte er und strich ihr eine Haarsträhne hinters Ohr.

„Lass das."

Sie wich einen Schritt vor ihm zurück.

„Wieso? Hast du Angst vor mir?", zog er sie auf.

„Wieso sollte ich?"

Hinter ihnen wollte Jess eingreifen, doch Drake legte ihr eine Hand auf den Arm und nickte in ihre Richtung.

Zwischen ihnen baute sich wieder diese Spannung auf.

Hope sah Dante unverwandt in die Augen und er ihr.

Der Moment war intensiv und tief.

„Warum kannst du mich nicht einfach in Ruhe lassen?", wisperte sie.

Seine Lider senkten sich leicht, doch sein Blick war nach wie vor stark und ununterbrochen.

„Aus demselben Grund, aus dem du mich nicht hassen kannst", murmelte er und senkte den Kopf. Ihre Lippen trafen sich und es traf sie wie ein Schlag.

Es war intensiv und … gut.

So etwas hatte sie noch nie gespürt. In ihrem Kopf hörte sie seine Familienmelodie, ihre Melodie.

Sie sah in seine Augen und sah seine Gefühle, alles. Es überschwemmte sie.

„Nein!"

Sie riss sich los. Mit ihrer Hand holte sie aus und schlug ihn. Er lächelte.

Hope wollte einen Schritt zurückmachen, doch er hielt ihre Hände fest, hatte es schon die ganze Zeit getan.

„W ... Wie?"

Sie verstand es nicht.

Das Verdrängen hatte nichts gebracht.

„Weil du wie wir bist. Du bist beides, Vampir und Formwandler", sagte Dante und drückte ihre Hände.

„Was?"

Wie sollte das gehen?

Hilfe suchend schaute sie zu den anderen. Diese sahen sie ernst an.

Es stimmte.

Doch wie?

„Deine Eltern sind das berühmteste Pärchen in unserer Welt. Ein Formwandler und ein Vampir.

Vom Gesetz verboten und doch zusammen", erklärte Valentin.

„Sie wurden gejagt. Eine Verbindung zwischen zwei Rassen ist verboten, darauf steht die Höchststrafe", ergänzte Dante.

„Doch sie haben sich für die Liebe entschieden."

Drake drückte Jess Hand und die beiden sahen sich verliebt an.

Sie verurteilten ihre Eltern nicht. Das wollten sie ihr damit zeigen, es ihr leichter machen.

„Keiner wusste, dass aus dieser Verbindung ein Kind hervorging", machte Valentin weiter.

Sie.

Sie war dieses Kind.

Jetzt ergab auch alles einen Sinn, warum sie immer so viel reisten, nie länger als zwei Monate an einem Ort blieben.

Damit sie nicht geschnappt wurden, damit sie in Ruhe leben konnten.

Damit sie in Sicherheit war.

Deswegen hatten sie sich fast nie gemeldet, damit man keine Beziehung zu ihr herstellen konnte.

Oh Gott!

Sie hatte alles falsch gemacht. Sie hätte mehr mit ihren Eltern reden müssen.

Tränen schossen ihr in die Augen.

„Ich, ... ich muss ...“

Ihr fehlten die Worte. Doch sie musste jetzt alleine sein, musste erst einmal alles ordnen.

Dante drückte noch einmal ihre Hände.

„Wir sind für dich da“, murmelte er und ließ sie dann los.

Hope sah noch einmal zurück, bevor sie ging.

Dante sah ihr nach.

Es war verständlich, dass sie jetzt Zeit für sich brauchte, um das alles zu verdauen.

Und doch hatte er Angst um sie. Gabriel konnte überall sein.

Am liebsten würde er ihr gleich hinterher gehen.

„Du hast vielleicht gewonnen, aber ich werde nicht aufgeben“, raunte Anakin ihm zu, bevor er an ihm vorbei aus dem Haus ging.

Dante wusste, was er damit gemeint hatte. Er würde ihm Hope überlassen, fürs erste.

Er konnte nicht verhindern, dass er lächelte.

„Na, dann lasst uns mal einen Plan aushecken, um den lieben Gabriel zu treffen", tönte Drake.

Ja, es war immer besser, wenn man einen Plan hatte. Vielleicht hätte er die anderen doch früher einweihen sollen.

„So wie ich das sehe, hast du schon Männer hier", meinte Valentin.

War ja klar, dass ihm das aufgefallen war.

„Ja, ein Dutzend im Wald und noch mal ein halbes auf dem restlichen Schulgelände. Dazu mittlerweile zwei, die auf Hope aufpassen."

„Was will der denn von ihr?", schaltete sich nun auch Lilli ein.

„Er will sie wegen mir. Er wollte schon immer das, was mir am meisten bedeutet."

Und das war sie, das hatte er nun auch erkannt.

Schon am ersten Tag, als sie aus dem Taxi gestiegen war, hatte sie ihn fasziniert. Sie hatte etwas in ihm angeschlagen, was er noch nie gespürt hatte.

Dieses Mal würde er kämpfen. Gabriel würde sie nicht einfach so bekommen. Nicht sie.

Hope wusste nicht, wo sie hingehen sollte. In ihrer Wohnung würden sie sie zuerst suchen. Zu ihrem Baum konnte sie auch nicht, genauso wenig zum Pavillon.

Doch zum See dahinter!

Dort war wirklich nie jemand. Anakin selbst hatte gesagt, dass niemand so genau wusste, was dahinter war.

Genau!

Sie musste jetzt einfach alleine sein. So wie sie Dante kannte, würde er ihr eh gleich hinterher stürzen.

Da fiel ihr sein Kuss wieder ein.

Sie schüttelte den Kopf.

Er konnte nichts für sie empfinden.

Dafür war er immer zu kalt zu ihr, zu abweisend.

Doch er konnte auch anders, nett und fürsorglich sein.

Verdammt, sie wollte das nicht.

Sie befand sich permanent in einem Gefühlschaos seit sie hier war.

Hope brauchte Ruhe, um über alles nachzudenken.

Ihre Füße trugen sie wie von allein zu dem Pavillon, dann immer weiter.

Wie Anakin schon vermutet hatte, befand sich hier tatsächlich ein See. Er war noch zugefroren aber in wenigen Wochen würde das Eis schmelzen.

Es würde herrlich aussehen.

Dieser Ort hatte eine ungemein beruhigende Wirkung auf sie.

Hope entspannte sich und ließ sich auf eine Bank, die rund um den See verteilt standen, sinken.

Das erste, was sie machen würde war, ihre Eltern anzurufen und sich endlich richtig und ausführlich mit ihnen auszusprechen.

Sie war ein Halbling, halb Vampir, halb Formwandler!

Das war nun wirklich nicht normal.

Doch es machte ihr nichts aus, denn tief in ihrem Inneren hatte sie immer gewusst, dass sie anders war, anders dachte.

Jetzt wusste sie, warum das so war.

Es war kein Schock, es war ... eine Erleichterung.

Ja, sie war erleichtert.

Und wer weiß?

Vielleicht entwickelte sie ja noch ganz andere Fähigkeiten.

Die Telekinese war schon mal cool.

Auch wenn sie noch nicht wusste, wie sie sie einsetzen konnte. Aber das würde sie lernen.

Blieb noch das Problem mit Dante.

Hope berührte ihre Lippen.

Es war nicht wie bei Anakin gewesen, sie hatte etwas gefühlt, sie war gefangen gewesen.

Ihr Herz hatte gerast.

Sie wusste genau, was das bedeutete.

Doch sie konnte sich nicht denken, dass er das gleiche für sie empfand.

Immerhin hatten sie sich mehr gestritten, als das sie etwas anderes getan hatten.

Ihre Lage war verzwickt, immerhin konnte sie ihn ja nicht einfach fragen.

Doch seine Augen, sie hatten so intensiv und stark geleuchtet.

Sie verschränkte die Arme vor der Brust.

Eine knifflige Sache.

27

„Du hast es gleich geschafft!", rief Lilli begeistert. Sie waren in Lillis Wohnung und verbesserten Hopes telekinetische Fähigkeiten.

Mittlerweile konnte sie schon Blätter und Stifte anheben, nur mit schweren Dingen lief es noch nicht sonderlich gut.

„Nur noch ein kleines Stück!", feuerte auch Jess sie an.

Doch da entglitt ihr ihre neue übernatürliche Kraft und die Kommode knallte wieder auf den Boden.

„Aber nahe dran war es", lobte Jess.

Sie hatten eine Markierung an die Wand gemacht und Hopes Aufgabe war es nun, diverse Gegenstände auf diese Höhe anzuheben, mit ihrer Kraft, versteht sich.

„Das eröffnet einem ganz neue Möglichkeiten!", rief Jess.

„Welche denn? Spicker durch die Klasse fliegen lassen?", fragte Lilli sarkastisch von ihrem Sofa aus.

„Das ist die Idee!", rief Jess begeistert.

Hope schlug sich vor die Stirn. Die hatten echt sonst keine Probleme.

„Was machst du jetzt wegen Dante?", erkundigte sich Lilli. Sie seufzte. Ja, was sollte sie jetzt mit Dante machen.

„Ich weiß nicht", meinte sie schließlich.

Er war schon wieder so komisch. Irgendwie schien er immer in Eile zu sein und hatte so einen komischen Gesichtsausdruck.

Aber die anderen Jungs waren auch immer auf dem Sprung.

Hope hatte ja den Verdacht, dass Lilli und Jess etwas wussten, aber sie würden es ihr ja eh nicht verraten.

„Seid ihr denn jetzt zusammen oder nicht?"

Gute Frage, sie hatte keine Ahnung.

Sie wusste ja nicht einmal, was er für sie empfand.

Doch Hope hatte das Gefühl, das sie sich verliebt hatte.

Vielleicht noch nicht komplett, aber es hatte angefangen.

Wenn die Welt gerecht wäre, müsste Dante sie genauso abservieren, wie Hope es mit Anakin getan hatte.

Allerdings war Hope sich nicht sicher, ob sie noch einen Schlag verkraften konnte.

Vielleicht hatte sie sich ihre Gefühle deswegen so lange nicht eingestanden.

Sie wollte nicht schon wieder verletzt werden.

„Bei dir ist er immer ganz anders. Nicht so wortkarg und schroff, wie sonst", meinte Lilli.

Da hatte sie recht. Er war immer nett zu ihr gewesen, hatte ihr geholfen.

„Außer ihr habt euch mal wieder in den Haaren gehabt", lachte Jess.

Stimmt.

„Ich denke ja, er war nur so blöd zu dir, weil er sich so von dir distanzieren konnte und seine Gefühle nicht beachten musste."

Das war auch eine Theorie.

„Themenwechsel", verlangte Hope nach einigen Minuten der Stille.

Jess lachte.

„Von mir aus. Habt ihr schon die neue Frisur von Sofie gesehen? Ein Traum!", fing sie an zu schwärmen, wie auf Knopfdruck.

„Du meinst den Ombré, der sich von oben blond bis unten schwarz verfärbt? Ja, der ist so schön!", schwärmte nun auch Lilli.

Wirklich?

Das hatte sie noch gar nicht gesehen.

Also fingen sie mit den üblichen Mädchenthemen an.

So vergingen die Stunden. Da morgen Samstag war, beschlossen Jess und sie einfach bei Lilli zu übernachten.

Am Ende sahen sie bis zum Anbruch der Nacht fern.

Um die Spannung zu erhöhen und damit sich der Vampir in ihrer Runde nicht beschwerte, hatten sie alle Vorhänge zugezogen.

Es war richtig schön und entspannend.

Am nächsten Wochenende würde sie in die Stadt fahren und sich mit ihren Eltern treffen.

Dann würde sich alles klären. Ihre Eltern würden sich zwar scheiden lassen, aber sie würden trotzdem eine Familie bleiben, dafür würde sie schon sorgen.

Es war mitten in der Nacht, also Mittag, als Hope aufwachte. Jess und Lilli schliefen noch und schnarchten leise.

Sie lächelte, streckte sich und mopste etwas zu Essen.

Dann schrieb sie einen Zettel und schlich sich leise aus der Wohnung. Sie wollte die beiden nicht wecken.

Mal wieder, wie so oft in den letzten Tagen, ging sie zu dem See.

Hier war es so ruhig und friedlich.

Hier konnte sie ganz entspannen und sich fallen lassen.

In den nächsten Ferien würde sie hier campen.

Doch ihr Friede wurde schnell gestört.

Der Raschler war wieder da. Das durfte doch nicht wahr sein!

„Langsam ist das nicht mehr witzig!"

Das Rascheln stoppte kurz, bevor es näher zu kommen schien. Ach, würde sie jetzt endlich erfahren, wer hinter diesem Geraschel steckte?

Gespannt sah sie zu, wie ein Schatten zwischen den Bäumen auftauchte.

Dann wurde eine Gestalt sichtbar.

Eine große Gestalt kam aus dem Wald, komplett in schwarz gekleidet.

Der Mann hob den Kopf und grinste sie an.

„Ich hatte nicht vor witzig zu sein", meinte er.

Sie starrte ihn nur mit offenem Mund an.

„Dante? Was machst du denn hier?", rief sie dann.

Dante hatte eine heiße Spur. Es war sehr wahrscheinlich, dass Gabriel heute angreifen würde. Eine große Menge an Blut war aus der Verwaltung gestohlen worden.

Er stärkte sich für den Kampf.

Valentin, Anakin, Drake und er hatten sich aufgeteilt und suchten das Schulgelände ab.

Sie hatten sich einen Überwachungsplan erstellt und nun war Anakin bei den Schulgebäuden, Drake bei den Sportplätzen, Valentin im Wald und er bei dem Schulgebäude und der Bibliothek.

Es knackte in seinem Ohr.

„Bei mir ist alles klar", erklang Valentins Stimme.

Sie hatten sich alle Headsets besorgt, um immer in Funkkontakt zu stehen.

„Bei mir auch", kam Drakes Durchsage.

„Dito", meldete sich auch Anakin.

Er hatte sich als guten Mitstreiter herausgestellt und Dante vertraute ihm genauso, wie den anderen, auch wenn er ihn immer noch nicht mochte.

„Die Mädels sind zusammen bei Lilli", gab Drake durch.

Wahrscheinlich hatte Jess ihm eine SMS geschickt.

Sie hatten sie beauftragt, auf Hope aufzupassen. Und Lillis Wohnung war am weitesten von dem ehemaligen Versteck Gabriels entfernt, falls er doch dorthin zurückkehren würde.

Dante kam gerade um eine Ecke, als es in seinem Headset knackte aber keine Antwort kam.

„Was ist los?"

Es knackte nur wieder.

„Wer ist das?", fragte Anakin.

„Valentin", sagte Drake.

Mist, was war passiert?

„Alles in Ordnung, mir geht es gut aber ich glaube, er ist hier", konnte er schließlich Valentin leise flüstern hören.

„Wo? Wo bist du genau?"

Erneutes Knacken.

„Hinter dem Pavillon im Wald, ich rieche Pfefferminze, kein Zweifel, das ist er. Ich …"

Ein Störgeräusch unterbrach ihn. Das nächste und letzte was man von ihm hörte, waren die Geräusche eines Kampfes.

„Er ist hier. Anakin, du gehst zu Valentin und hilfst ihm, du bist am nächsten an ihm dran, Drake und ich kommen vom Pavillon aus.

Dante wäre fast aus seiner Haut gefahren, als sein Handy klingelte.

„Ja?"

„Hope ist weg!", rief Jess ihm ins Ohr.

Sein Herz blieb stehen. Das durfte nicht wahr sein, das konnte nicht sein.

„Wie weg? Sie ist doch bei euch?"

Jess wurde offenbar das Handy aus der Hand genommen.

„Sie ist vor uns aufgewacht und gegangen, ich weiß nicht, wohin. Wir müssen sie suchen."

Dante knurrte und marschierte los.

„Ich hab jetzt keine Zeit für so etwas, Valentin wird gerade angegriffen!", fluchte er.

„Was?!"

Lilli klang panisch.

Oh, verdammt! Er hatte vergessen, mit wem er sprach.

„Ganz ruhig, es geht ihm gut", fing er an, doch da hörte er sie schon rennen.

„Wo ist er?"

Dante schwieg.

„Sag es mir!", schrie sie und er konnte ihre Panik hören.

„Im Wald, Lilli hör zu ...", da hatte sie schon aufgelegt.

Also gut, Planänderung.

„Drake? Wir haben ein Problem. Hope ist weg und Lilli auf dem Weg zu Valentin. Ich will, dass du sie da wegbringst. Ich suche Hope."

Es knackte, dann: „Roger."

Als die Verbindung wieder still wurde, konzentrierte sich Dante.

Er aktivierte seine Kräfte.

Fast sofort konnte er besser riechen, hören und sehen. Doch das reichte noch nicht. Er musste alles geben.

Seine Fänge wuchsen, sein Herz pumpte. Seine Hände formten sich zu Klauen und seine Augen glühten.

Er witterte und hatte sofort ihren Geruch in der Nase.

Hope.

Er rannte. Diesen Weg kannte er, er führte zum Pavillon.

Doch dort war sie nicht. Aber ihr Geruch war hier, intensiv und frisch.

Er knurrte. Auch der Geruch von Pfefferminze lag in der Luft.

Gabriel.

Er hatte Valentin überwältigt. Doch er würde sich nie kampflos geschlagen geben. Man konnte nur hoffen, dass es ihm gut ging.

Dante schnüffelte und bewegte sich weiter, ging den Weg bis nach hinten. Ein See kam in Sicht.

Ein Blick und er hatte die Situation erfasst.

Brüllend schrie er seinen Namen und stürzte sich auf Gabriel.

Er konnte Hope schreien hören.

Gabriel war auf den Angriff nicht gefasst gewesen.

Er wurde zurückgeschleudert und prallte gegen einen Baum.

„Hope, du musst hier weg!", rief er. Dante konnte ihre Angst riechen, aber auch ihre Verwirrung.

„D ... Dante?", stotterte sie.

„Warum..?"

Ja, warum gab es in zweimal?

„Zwillinge", spottete Gabriel, während er Blut ausspuckte.

„Gar nicht mal schlecht großer Bruder. Ich hab dich nicht kommen sehen", höhnte er.

Mit einem Schlag hatte auch er seine Kräfte aktiviert und sie starrten sich beide aus glühenden Augen an, die nicht ähnlicher hätten sein können.

„Schön dich zu sehen, Bruder. Es ist eine Weile her."

Oh ja, das war es, aber er würde hier und heute dafür sorgen, dass es ihre letzte Begegnung sein würde.

Brüllend stürzte er sich auf Gabriel.

Der Kampf hatte begonnen.

28

Hope konnte ihnen nur mit offenem Mund zusehen. Wie konnte das sein? Eben stand Dante noch direkt vor ihr und dann kam er neben ihr aus dem Wald geschossen und attackierte den Dante vor ihr.

Gabriel hatte er gesagt.

Zwillinge.

Doch er hatte es nie erzählt, keiner hatte es ihr gesagt.

Warum kämpften die beiden?

Sie verstand es nicht.

Etwas Rotes spritzte und Hope sah, dass es Blut war.

„Hört auf!", rief sie.

Was machten die beiden denn?

„Dante!"

Doch sie kämpften verbissen, schlugen und traten, verbissen sich in Gliedmaßen und rissen Fleisch heraus.

„Nein! Hört auf!"

Was sollte das?

Hope spürte, wie ihre Macht wieder anstieg.

Verzweifelt konzentrierte sie sich auf einen der beiden Dantes und fesselte ihn mit ihrer Kraft. Es war nicht leicht, er wehrte sich.

Doch schließlich nach einiger Anstrengung hatte sie beide gefesselt und sie konnten sich nicht mehr bewegen.

„Sieh an, wer da geübt hat", höhnte einer der beiden Dantes.

Sie sah ihn sich genauer an.

Ihr Herz raste und der Schweiß brach ihr aus.

Beide kämpften gegen sie. Sie würde es nicht lange aushalten. Hope spürte schon, wie sie sie verlor.

„Was soll das?", fragte sie verwirrt.

„Er ist mein Bruder, wonach sieht es wohl aus?", knurrte einer von ihnen.

Dies war Dante, das sah sie nicht nur, das spürte sie auch. Sein Haar war etwas kürzer als das von Gabriel oder wie er hieß.

Jedenfalls hatte Dante vorhin diesen Namen gerufen.

„Du musst sofort von hier verschwinden!", drängte Dante erneut.

„Warum? Erklär es mir. Warum bekämpft ihr euch?"

Dante sah zur Seite.

Was war zwischen ihnen vorgefallen, dass sie sich so zu hassen schienen?

Etwas Gutes hatte ihre Fesselaktion. Ihre Wunden heilten allmählich.

Gabriel lachte und lenkte ihre Aufmerksamkeit wieder auf ihn.

„Das willst du nicht sagen, was? Hast du Angst, dass sie dich nicht mehr mag, wenn sie weiß, was für ein Verräter du bist?", höhnte er.

Verräter? Dante?

Wovon sprach er?

„Ich habe dich nicht verraten! Ich war da!", wehrte sich Dante und riss noch mehr an ihrer Kraft, die ihn hielt.

„Warst du nicht, du hast mich verraten, deinen eigenen Bruder, deinen Zwilling!", schrie Gabriel und seine Fänge wuchsen noch mehr, seine Klauen krümmten sich.

Auch Dante veränderte sich.

Hope lief es eiskalt den Rücken hinunter. Die beiden sahen aus wie Tiere, wie Monster.

Von ihren Krallen und Fängen tropfte Blut, ihre Kleidung war zerfetzt.

„An wen verraten?", versuchte Hope die beiden weiter am Reden zu halten. Es musste doch irgendjemand mitbekommen, was hier abging. Die anderen mussten doch nach ihnen suchen.

Irgendjemand musste ihr helfen!

Lange würde sie die beiden nicht mehr halten können und dann würden sie sich gegenseitig umbringen, soviel stand fest.

Schweiß lief ihr in die Augen und sie blinzelte ihn weg.

„Es war vor fünf Jahren, als er mich verraten hat. Wir waren zwölf", fing Gabriel an.

Dante knurrte warnend, unterbrach ihn aber nicht.

„Wir spielten auf einer Wiese, der Krieg war voll im Gange. Wir dachten er wäre weit weg, dabei war er nahe, so verdammt nahe", fuhr Gabriel fort.

Krieg, davon hatte sie gelesen. Vor wenigen Jahren noch hatte es einen erbitterten Krieg zwischen Vampiren und Hexen gegeben. Auch Formwandler waren beteiligt gewesen. Es war schrecklich. Hope hatte das Buch nicht zu Ende lesen können, so furchtbar war es gewesen.

„Sie haben mich geschnappt, mich gefoltert. Er wusste, wo ich war, hörte mich schreien, doch er kam nicht. Er hat mich zurückgelassen!", schrie Gabriel.

Geschockt sah Hope Dante an. In seiner Miene lag so viel Schmerz. Er hatte es nicht getan, egal wie sicher Gabriel sich war, Dante hätte dies nicht getan.

„Ich war da, ich bin gekommen. Doch du hattest dich schon befreit!", schrie Dante.

„Ich habe jede Hexe abgeschlachtete, die sich mir in den Weg stellte. Doch deine Zelle war leer, verdammt!", schrie er.

„Lügner!", brüllte Gabriel und riss sich kurz los.

Hope musste all ihre Kräfte bündeln, um ihn davon abzuhalten, Dante an die Kehle zu springen. Sie hob die Hände und zielte auf jeden der beiden, um sie besser halten zu können.

„An dem Tag wurde mir alles genommen!", schrie Gabriel.

„Deswegen werde ich dir jetzt alles nehmen, was du hast."

Erschrocken sah Hope, wie Gabriel zu ihr sah.

„Das Kind eines Vampirs und eines Formwandlers. Die Hoffnung auf Frieden", lachte er.

Es war kein schönes Lachen, es war grausam und kalt.

Hope zitterte vor Anstrengung. Sie konnte nicht mehr, sie war am Limit.

Keuchend riss sie sich zusammen und hielt sie fest.

„Ich werde dir alles nehmen. Erst deine Hoffnung und dann dein Leben!"

Mit einem Schlag hatte Gabriel sich von ihrer Kraft gelöst und stand vor ihr. Erschrocken machte sie einen Schritt zurück.

Er sah auf sie hinab.

„Ich habe dich beobachtet, kleine Hope."

Gabriel nahm eine Strähne ihres Haars in die Hand und besah sie sich.

„Ich habe deine Stärke bewundert", knurrte er fast.

Stärke? Wovon sprach er?

„Ich war immer da, du hast mich gespürt, stimmt`s?"

Sie schluckte und zwang sich nicht noch einen Schritt zurückzumachen.

„Zuerst dachte ich, du bedeutest ihm nichts. Doch dann hat er begonnen dich zu lieben", murmelte er und ließ ihr Haar los.

„Wie ich sehe, gefällt dir mein Geschenk", meinte er und sah zu ihrer Hand.

Verwirrt sah sie nach unten. Sie trug das Armband, das sie von Dante bekommen hatte.

Er wollte doch nicht sagen?

Gabriel grinste.

„Du dachtest, es wäre von ihm?"

Schallendes Gelächter.

„Du bist so naiv", knurrte er und legte ihr eine Hand in den Nacken.

Hope konnte Dante unruhig neben ihnen stehen sehen.

Er wollte angreifen, seinen Bruder von ihr reißen.

Doch Gabriel war unberechenbar. Mit einer kleinen Bewegung konnte er ihr das Genick brechen.

Er durfte keinen Fehler machen.

„Selbst nachts hast du mich gespürt", schnurrte sein Bruder.

Dante erstarrte und Wut stieg in ihm auf. Seine Fänge lechzten danach, sich in die Kehle seines Bruders zu bohren. Er berührte sie, hatte sie verfolgt.

Dafür würde er bezahlen.

Das Tier in ihm raste, doch er musste es unter Kontrolle behalten. Jeder noch so keine Fehltritt konnte fatale Folgen haben.

Dante sah, dass Hope Angst hatte, roch es. Doch sie wich nicht vor ihm zurück. Ganz im Gegenteil, ihr Blick wurde hart.

„Du bist verabscheuungswürdig!", spie sie Gabriel ins Gesicht. Dieser hatte ganz offensichtlich nicht mit so einer Reaktion gerechnet. Seine Miene wurde brutal, bevor sie wieder weich wurde und er lächelte.

„Diese Augen", murmelte er.

Er näherte sich ihr weiter und Dante knurrte warnend.
Gabriel sah zu ihm.

„Mach dich bereit sie zu verlieren", sagte er.

In seinem Kopf knallte eine Sicherung durch und er stürzte sich auf Gabriel. Er durfte sie nicht verlieren, nicht sie.

Brüllend hieb er auf seinen Bruder ein, der lachte nur, schubste Hope aus der Gefahrenzone und schlug auf ihn ein. Sein Herz raste, sein Atem ging keuchend.

Gabriel war schon immer der bessere Kämpfer gewesen.

Doch jetzt ging es um Hope und Dante erreichte eine Geschwindigkeit und Stärke, die er noch nie zuvor besessen hatte. All seine Sinne waren geschärft, seine Muskeln bis zum Zerreißen gespannt.

Er übernahm die Oberhand und drängte Gabriel zurück.

Der Mond beschien die Kämpfenden und es war ebenso schön, wie tragisch. Tränen schwammen in ihren Augen.

Gabriel hackte auf Dante ein, Blut spritzte in alle Richtungen. Immer wieder schrie sie, sie sollen aufhören.

Doch sie ignorierten sie oder hörten sie nicht.

Gabriel schien die Oberhand zu behalten, doch dann wendete sich das Blatt und Dante war es nun, der erbarmungslos auf seinen Bruder eindrosch.

Es war schrecklich.

„Ich werde dir das Herz aus der Brust reißen!", schrie Dante und brach seinem Bruder mit einem einzigen Schlag den Arm.

Dieser lachte.

„So selbstgefällig", höhnte er und musste einen weiteren schweren Treffer Dantes einstecken.

„Doch für wie lange?", schrie er und durchstieß Dantes Deckung.

Hope schrie.

Gabriel wandte ihr den Kopf zu, während er seine Hand im Bauch seines Bruders versenkte.

Schreiend fiel sie auf die Knie.

Das durfte nicht wahr sein.

Gabriel lachte und riss Dante etwas aus dem Bauchraum.

Hope sah nicht, was es war, aber das war auch egal.

Es war klar, dass Dante dies nicht überleben würde.

Ihr Herz setzte einen Schlag aus, ihr Blut rauschte in ihren Ohren.

Wie betäubt sah sie, wie Dante sich an die Schulter seines Bruders klammerte, wie er keuchte, als Gabriel seine Hand aus seinem Bauch riss.

Das Blut spritzte, tropfte zu großen Pfützen auf den Boden.

Dante wandte den Kopf, sah Hope auf dem Schnee sitzen, der Mond beleuchtete sie von hinten.

Sie sah aus wie ein Engel.

Tränen liefen ihr über das Gesicht.

Gabriel hatte ihn schwer verletzt, zu schwer. Selbst wenn er jetzt von ihm abließ, würde er nicht schnell genug heilen.

Keuchend fiel er auf die Knie.

Gabriel lachte.

Dante spuckte Blut.

Dann fiel er vorne über in den Schnee.

Er färbte sich augenblicklich rot.

Dante hörte Hope schreien, sie schrie seinen Namen, immer wieder.

„K...kleines", murmelte er.

Hope rannte zu ihm, es war ihr alles egal. Sie musste nur zu ihm.

Taumelnd ließ sie sich neben ihm in den Schnee fallen.

„Dante! Dante!"

Seine Augen waren geschlossen.

Doch er atmete noch, sein Herz schlug noch.

Vorsichtig drehte sie ihn um, legte seinen Kopf in ihren Schoß.

„Dante", weinte sie und wischte ihm den Schnee und das Blut aus dem Gesicht.

Da öffnete er die Augen und sah sie an.

Diese onyxfarbenen Augen, die sie immer so frech anblitzten. Jetzt waren sie voller Schmerz und Pein.

„K...kleines", murmelte er und wollte eine Hand an ihre Wange legen, schaffte es aber nicht.

Schluchzend griff sie nach seiner Hand und drückte sie an ihre Wange.

„Ich bin hier, alles wird wieder gut", murmelte sie.

Er lächelte leicht.

Sein Körper bäumte sich auf und er spuckte einen Schwall Blut in den Schnee.

Die Lache um ihn herum wurde immer größer.

„Oh Gott!", fluchte sie als sie die Größe und Menge der Blutlache sah.

Dante lachte hustend und spuckte noch mehr Blut.

„Du sollst doch nicht mich ansehen und dabei Gott sagen, es kommt nur zu Verwechslungen. Wie oft muss ich dir das denn noch sagen?"

Sie schlug ihn leicht gegen den Arm.

„Nicht lachen!"

Er durfte sich jetzt nicht anstrengen, nicht bewegen.

„Ich liege im Sterben und du schlägst mich immer noch",
witzelte er.

„Sag das nicht, du wirst wieder gesund."

Er lächelte.

„Kleines", murmelte er nur.

Dann verkrampfte sich sein Körper.

Er schloss die Augen.

Hope ließ seine Hand fallen und rüttelte ihn.

„Nein, nein! Tu mir das nicht an!", schrie sie und er öffnete wirklich seine Augen.

Neue Tränen liefen ihr die Wangen hinunter, tropften auf
sein Gesicht. Ihr Herz raste, die Kraft türmte sich in ihr
auf.

„Versprich mir, dass du weiter machst, ja?", murmelte er
und seine Augen flackerten.

Es ging zu Ende.

„Dante!"

Doch sie verlor ihn. Sein Herz schlug immer langsamer.

„Es ist mir egal, ob du mich hasst oder liebst, aber ich
werde dich nicht sterben lassen!", schrie sie.

Sein Herz hörte auf zu schlagen.

„Nein!"

Hope schrie all ihren Schmerz in den Nachthimmel.

Sie weinte und schrie.

Gabriel, der die ganze Zeit neben ihr gestanden und das
Schauspiel angesehen hatte, rührte sich.

„Lass ihn, es ist vorbei", sagte er nur.

Sie sah mit tränennassen Augen zu ihm hoch.

Seine Miene war unergründlich.

„Das werde ich nicht zulassen!"

Gabriel schnaubte und zog an ihrem Arm.

„Was willst du denn machen?", schnauzte er und zog sie von Dante weg.

„Nein!"

All ihre Macht brach aus ihr heraus und schlug auf Dante ein. Es war eine andere Kraft als die Telekinese. Sie fühlte sich anders an, reiner.

Ihre Macht durchdrang ihn, ließ ihn leuchten.

Sie fand seine Wunden, schloss sie und heilte ihn.

Hope gab alles, pumpte alles, was sie hatte in ihn.

Sie spürte, wie sein Herz wieder schlug.

Hoffnung und unendliche Freude explodierten in ihr.

Sie gab noch mehr und merkte, wie auch in ihr eine Wandlung vor sich ging.

Dantes erst schwacher Herzschlag wurde immer stärker und gleichmäßiger, auch seine Atmung setzte wieder ein. Er lebte.

Als er die Augen verwundert wieder öffnete, lächelte sie.

Ihre Kraft brach ab, versiegte.

Hope hatte alles gegeben, sie konnte nicht mehr.

Mit einem Seufzer der Erleichterung schloss sie die Augen und fiel. Er lebte!

29

Dante sah auf Hope, die über seinen Beinen zusammen-
gebrochen war.

Er lebte.

Dank ihr.

Irgendwie hatte sie es geschafft, ihn zu retten.

Sein Blick flog zu seinem Bruder. Auch sein Blick lag auf
ihr.

„Du warst tot", murmelte er und sah ihm in die Augen,
die seinen so ähnlich waren.

Ja, er war tot gewesen, doch sie hatte ihn zurückgeholt.

„Sie hat Kräfte, die selbst meine bei Weitem übersteigen", murmelte Gabriel eher zu sich selbst als zu ihm.

Dante hob Hope in seine Arme. Sie war so schlaff.

Ja, auch Gabriel hatte Heilkräfte, als einziger seiner Rasse. Er war etwas besonders. Deswegen hatten die Hexen
ihn gewollt.

Doch selbst er hätte ihn nicht mehr heilen können.

Dante konzentrierte sich stirnrunzelnd auf Hope in seinen Armen. Ihr Atem kam nur noch keuchend und ihr
Herz stotterte.

„Sie hat sich überanstrengt", meinte Gabriel und sah auf
sie hinab.

Ja, sie hatte all ihre Kraft in ihn gestoßen.

Und jetzt starb sie an der Anstrengung. Es war zu viel
gewesen. Erst hatte sie sie beide halten müssen und jetzt
das. Ihr Körper konnte nicht mehr.

„Hope?"

Dante schüttelte sie leicht. Ihr Kopf rollte zur Seite.

„Hope!"

Fluchend legte er sie in den Schnee.

Das war doch jetzt nicht wahr.

Sie starb, nur weil sie ihn gerettet hatte!

„Hope!"

Verzweifelt schüttelte er sie, doch es ging zu Ende, wie eben bei ihm. Nur mit dem Unterschied, dass er keine Heilkräfte besaß.

„Lass mich das machen", sagte Gabriel und stieß ihn zur Seite.

„Nein!", schrie er und zog Hope wieder in seine Arme.

Sie war so schlaff wie eine Puppe. Panik stieg in ihm auf.

„Denkst du, ich weiß nicht, was passiert, wenn du sie heilst?", fuhr er seinen Bruder an.

„Was willst du denn machen? Wenn ich sie nicht heile, stirbt sie!"

Dante zögerte, dann legte er sie wieder ab und biss sich ins Handgelenk.

„Das wird nichts bringen. Sie ist zur Hälfte Formwandler", höhnte sein Bruder.

Verzweifelt sah er auf sie hinunter, wie sie im Schnee lag und ihr Atem immer schwächer wurde.

Er traf eine Entscheidung, für die er sich selbst hasste.

„Tu es", murmelte er und rückte ein Stück zur Seite.

„Heil sie!", schrie er, als ihr Herz zu stolpern begann und Gabriel sich immer noch nicht bewegt hatte.

Dieser sah erst von ihm zu ihr und dann wieder zu ihr.

Er seufzte und hockte sich dann neben sie.

Gabriel hielt eine Hand über ihr Herz und eine über ihren Kopf. Dann schloss er die Augen und ließ seine Macht in sie fließen.

Ein warmes Leuchten ging von seinen Händen in ihren Körper.

Zuerst geschah nichts und Dante hatte schon Sorge, es wäre zu spät.

Doch ihr Herz fing wieder an gleichmäßig zu schlagen und sie seufzte.

Sie schlief und war am Leben.

Gabriel erhob sich.

„Es macht mehr Spaß, sie dir zu nehmen, wenn du sie mit deiner ganzen Seele liebst", erklärte er sein Tun und sah auf Hope hinab.

„Ich werde sie nicht töten. Das wäre zu leicht."

Gabriel wandte sich ab.

Seine Kraft war das Heilen. Doch jeden, den er heilte, konnte er mit nur einem Gedanken töten, egal wo er war.

Dante schluckte.

War es das Richtige, was er getan hatte?

„Ich lasse sie dir, für den Moment", sagte Gabriel, sah noch einmal auf Hope und verschwand.

Dante lief eine Träne über die Wange und er drückte Hope fest an sich.

Sie lebte.

30

„Das ist so unfair!", rief Jess wütend.

Hope lachte.

„Was kann ich dafür, wenn ich halt was Besonderes bin?", lachte sie.

Dante hatte die Arme von hinten fest um sie geschlungen.

Alle hatten den Kampf mit Gabriel gut überstanden. Auch Valentin. Obwohl es um ihn gar nicht gut gestanden hatte.

Lilli war ihm nicht von der Seite gewichen und auch jetzt saß sie dicht bei ihm.

„Ja, aber Telekinese und heilen? Das ist so unfair!"

Drake verdrehte mal wieder die Augen.

„Jess, was soll sie denn machen? Sich der Hälfte nach durchschneiden oder was?", stöhnte er.

Jess sah ihn wütend an.

„Du weißt genau, dass ich das so nicht gemeint habe!"

„Wir wissen alle, wie du es gemeint hast", lachte Lilli.

Hope schmiegte sich eng an seine Brust und er knurrte zufrieden.

Alles war gut ausgegangen.

Die Lehrer und vor allem Mrs. Ducan waren von der ganzen Aktion natürlich nicht begeistert.

Doch was hätten sie anderes machen können, als sie?

Wegen des Angriffs und der Verwüstung waren die Ferien vorverlegt worden, um die kaputt gegangenen Gebäude zu reparieren.

Valentins Kampf schien viel heftiger gewesen zu sein, als zunächst vermutet.

Er hatte eine Schneise quer durch den Wald hinterlassen und ein Schulgebäude fast komplett zerstört.

Hope fragte sich immer noch, wie er das geschafft hatte. Nachdem sie mal wieder in der Krankenstation aufgewacht war, hatte Dante neben ihr gesessen und sich leise mit Isabell unterhalten.

Anscheinend hatte die Schulleitung Wind von ihren Besonderheiten bekommen.

„Sie wusste es schon seit Wochen. Ich habe bei ihrem letzten Zusammenbruch eine Blutuntersuchung durchgeführt, da ist es mir aufgefallen", hatte Isabell gesagt, bevor sie gemerkt hatte, dass sie wach war.

Alle, die Schulleitung und Lehrer eingeschlossen hatten beschlossen, ihre Besonderheiten streng geheim zu halten.

Dante weigerte sich zwar standhaft ihr zu sagen, warum aber sie konnte sich ihren Teil schon denken.

Bastarde wurden generell hingerichtet, weil man ihre Stärke nicht einschätzen konnte.

Seufzend ließ sie sich wieder an ihn fallen und sog seinen Geruch ein.

Sie liebte ihn wirklich. Jetzt waren sie auch ganz offiziell zusammen. Anakin hatte zwar ein langes Gesicht gemacht, aber er war nach wie vor ihr Freund und sie hoffte, dass das auch so bleiben würde.

Sie lächelte Mika zu, der gerade an ihrer kleinen Gruppe vorbei kam.

Jetzt wusste sie auch, was er damals in der Bibliothek gemeint hatte.

Die Hoffnung würde nicht alles überdauern.

Er hatte recht gehabt.

Sie hatte die Hoffnung aufgegeben. Hatte Dante für tot gehalten.

Ihre Hoffnung hatte somit nicht überdauert.

Hope lächelte und winkte ab, als sie Dantes fragenden Blick sah.

Mittlerweile war die Woche verstrichen und es war Zeit für das Treffen mit ihren Eltern.

Sie saßen in einem kleinen Kaffee. Ihr Vater hatte sich einen Schal um das Gesicht gewickelt, doch sie sah ihn trotzdem lächeln, als er sie sah.

„Ich möchte euch jemanden vorstellen", begann sie, kaum das sie in Hörweite war.

Dante, dessen Hand sie fest in ihrer hielt, sah nervös aus.

Aufmunternd drückte sie seine Hand und sah zu ihm hinauf.

Er würde es schon schaffen, immerhin war er ja schon groß.

Lächelnd wandte sie sich wieder an ihre Eltern.

Epilog

Dante hatte sie einmal gefragt, wann sie gemerkt hätte, dass sie ihn liebte.

Ihr war es gleich eingefallen.

Es war ein kalter Samstagabend gewesen, kurz vor Sonnenaufgang. Sie hatte ihn noch nicht so gut gekannt.

Er hatte sie auf seine typische Art erschreckt, indem er sich angeschlichen und einfach angefangen hatte zu reden.

„Was machst du da?", hatte er sie gefragt.

Sie war erschrocken zusammengefahren und hatte aufgekeucht.

„Bist du verrückt?", hatte sie ihn angemacht.

Er hatte nur gegrinst.

„Ich suche Kunstbücher", hatte sie gesagt und gehofft, dass er wieder verschwinden würde, wenn er seine Infos bekommen hatte, wozu er sie auch immer brauchte.

„So etwas liest du?", hatte er entsetzt gefragt und fast schon angewidert ausgesehen.

„Ja, was dagegen? Kunst ist weitaus mehr als das bloße Malen. Es ist eine Geschichte, die sich entwickelt, Probleme aufgreift und sehr vielfältig ist", hatte sie ihn belehrt.

Er hatte nur geschnaubt.

„Du hast eh keine Ahnung davon", hatte sie gemurrt und ein weiteres Buch aus dem Regal genommen.

Er hatte sich dagegen gelehnt, die Arme verschränkt und sie angesehen.

„Tja, ich bin halt der blöde Dante", hatte er gekränkt gesagt.

Hope hatte entnervt geantwortet, dass sie das so nicht gemeint hatte, sich aber nicht zu ihm umgedreht.

„So kam`s aber rüber", hatte er weiter gestichelt und sie hatte nicht verstanden, was er eigentlich von ihr wollte.

Sie hatte geseufzt und ganz leise Idiot gemurmelt.

„Du weißt schon, dass ich dich hören kann?", hatte er gefragt.

Hornochse hatte sie da nur gedacht. Was wollte er eigentlich von ihr?

Wütend hatte sie vor sich hingemurmelt.

„Was sagst du?", hatte er nachgehackt.

Jetzt hatte sie nicht mehr vor sich hingemurmelt, sondern geknurrt.

„Sprich lauter, der Idiot versteht`s nicht", hatte Dante gesagt und da war ihr die Hutschnur geplatzt.

Sie war zu ihm herumgefahren und hatte ihn angeknurrt.

„Du bist nicht blöd, du bist klug und intelligent!", hatte sie gesagt und war zur Ausleihe gegangen.

„Ich hab dir noch die ganze Zeit hinterher gesehen", erinnerte sich Dante.

„Du wolltest mich doch nur ärgern", lachte Hope.

„Vielleicht", gestand Dante ein.

„Und du? Wann hast du angefangen dich in mich zu verlieben?", wollte nun sie wissen.

„Weißt du noch, als du vor Cloé geflohen bist?"

Sie nickte. Diese Schlange von einer Vampirin!

„Als ich bei dir geblieben bin und du geschlafen hast. Du sahst damals so klein und wehrlos aus."

Hope lächelte.

„Ich hab sogar ein Foto von dir gemacht und versucht dich zu zeichnen, so hast du mich damals berührt", gestand er und seine Wangenknochen wurden leicht rot.

Sie gab ihm einen zärtlichen Kuss.

„Und ist das Bild was geworden?", erkundigte sie sich.

Er lachte und nahm sie in die Arme.

„Nee, ich hab`s irgendwann aufgegeben", murmelte er, bevor er sie küsste.

MIX

Papier | Fördert
gute Waldnutzung

FSC® C083411

Zeitfracht Medien GmbH
Ferdinand-Jühlke-Straße 7
99095 Erfurt, Deutschland
produktsicherheit@kolibri360.de